漫時光
山河枕
第一部・生死赴
上卷
墨書白——著
高寶書版集團

目錄

CONTENTS

第一章 重活一世

九月秋雨微寒，庭院內傳來雨聲淅淅瀝瀝，混雜著誦佛之聲落入耳中，讓楚瑜神智有些恍惚，昏昏欲睡。

她身上帶著涼意，膝下有如針刺一般疼，似乎是跪了許久。外面是熟悉又遙遠的吵鬧聲。

「她馬上要出嫁了，這樣跪著，跪壞了怎麼辦？」

「我聽不得你說這些道理不道理，我就且問她如今半步邁出將軍府未曾？既然沒有，有什麼好罰？」

「如今打也打過，罵也罵過，你們到底要如何？」女人聲音裡帶著哭腔：「非要逼死阿瑜，才肯作罷嗎！」

是誰？

楚瑜思緒有些渙散，她抬起頭來，面前是神色慈悲的觀音菩薩，香火繚繞而上，讓菩薩的面目有了幾分模糊。

這尊玉雕菩薩像讓楚瑜心裡有些詫異，因為這尊菩薩像在她祖母去世之時，就作為陪葬葬下了。

而她祖母去世至今，已近十年。

若說玉雕菩薩像讓她吃驚，那神智逐漸回歸後，聽見外面的聲音，楚瑜更覺得詫異了。

那聲音，分明是她四年前過世的母親！

這是哪裡？

她心中驚詫，逐漸想起神志不清前的最後一刻。

那應該是冬天，她躺在厚重的被子裡，周邊是劣質的炭爐燃燒後產生的黑煙。

有人捲簾進來，帶著一個不到八歲的孩子。她身著水藍色蜀錦裁製的長裙，外籠羽鶴大氅，圓潤的珍珠耳墜垂在她耳側，隨著她的動作輕輕起伏。她已經年近三十，卻仍舊帶著少女獨有的那份天真明媚，與躺在床上的她截然不同。

她與面前女子是一前一後同時出生的，然而面前的人還容貌如初，她卻已是暮年滄桑。她的雙手粗糙滿是傷痕，面上因長期憂愁細紋橫生，一雙眼全是死寂絕望，分毫不見當年將軍府大小姐那份颯爽英姿。

那女子上前，恭恭敬敬朝她行禮，一如在將軍府中一般：「姐姐。」

楚瑜已沒有力氣，她遲鈍地將目光挪向女子身邊的孩子，靜靜看著他。

那孩子看見楚瑜，沒有分毫親近，反而退了一步，有些害怕的模樣。

楚瑜呼吸遲了些，那女子察覺她的情緒起伏，推了推那孩子，同孩子道：「顏青，叫夫人。」

孩子上前，恭恭敬敬叫了聲，大夫人。

楚瑜瞳孔驟然急縮。

大夫人？什麼大夫人，分明她才是他的母親！分明她才是將他十月懷胎生下來的那個人！

「楚錦……」楚瑜顫抖著聲，她本想脫口罵出，然而觸及自己妹子那從容的模樣，她驟然發現。

謾罵並沒有作用。

此時此刻，她早已失去了手中的劍、心中的劍，她想要孩子喚一聲母親，需得面前這個妹妹許肯。

她懇求地看著楚錦，楚錦明瞭她的意思，卻是笑了笑，假裝不知，上前掖了掖她的被子，溫柔道：「楚生一會兒就來，姐姐不必掛念。」

楚瑜知曉楚錦是不會讓她聽到顧顏青那聲母親了，她一把抓住她，死死盯著她。

楚錦靜靜打量著她，許久後，緩緩笑了。

她揮了揮手，讓人將顧顏青送了下去，隨後低頭瞧著楚瑜的眼睛。

「姐姐看上去，似乎不行了呢？」

楚瑜說不出話，楚錦說的是實話。

她不行了，她的身子早就敗了，她多次和顧楚生請求，想回到華京，想看看自己的父親——這輩子，唯一對她好的男人。

然而顧楚生均將她的要求駁回，如今她不久於人世，顧楚生終於回到乾陽來，說帶她回華京。

可是她回不去了，她註定要死在異鄉。

楚錦瞧著她，神色慢慢變得冷漠。

「恨嗎？」

她平淡開口，楚瑜盯著她，用眼神給予了回覆。

怎麼會不恨？

她本天之驕子，卻一步一步落到了今日的地步，怎麼不恨？

「可是，妳憑什麼恨呢？」楚錦溫和道：「我有何處對不起妳嗎，姐姐？」

這話讓楚瑜愣了愣，楚錦抬起手，如同年少時一般，溫柔地覆在楚瑜手上。

「每一條路，都是姐姐選的。阿錦從來聽姐姐的話，不是嗎？」

「是姐姐要與顧楚生私奔，阿錦幫了姐姐。」

「是姐姐要為顧楚生掙軍功上戰場敗了身子，與他人無干。」

「是姐姐一廂情願要嫁給顧楚生，沒人逼姐姐，不是嗎？」

是啊，是她要嫁給顧楚生。

當年顧楚生和楚錦訂了娃娃親，可她卻喜歡上了顧楚生。那時候顧家蒙難，顧楚生受牽連被貶至邊境，楚錦朝她哭訴怕去邊境吃苦，她見妹妹對顧楚生無意，於是要求自己嫁給顧楚生，楚錦代替她，嫁給鎮國侯府的世子衛珺。

那時所有人都覺得她瘋了，用一門頂好的親事換一個誰見著都不敢碰的落魄公子。疼愛她的父親自然不會允許，而顧楚生本也對她無意，沒答應。

沒有人支持她這份感情，是她自己想盡辦法跟著顧楚生去乾陽，是顧楚生被她這份情誼感動，感恩於她危難時不離不棄，所以才娶了她。

顧楚生本也非池中物，她陪著顧楚生在邊境，度過了最艱難的六年，為他生下孩子。而他步步高升，回到了華京，一路官至內閣首輔。

如果只是如此，那也算段佳話。

可問題就在於，顧楚生心裡始終記掛著楚錦，而楚錦代替她嫁過去的鎮國侯府在她剛嫁過去時就滿門戰死沙場，只剩下一個十四歲的衛韞獨撐高門，那時候楚錦不願為了衛珺守寡，於是從衛家拿了休書，恢復獨身。

顧楚生遇到楚錦，兩人舊情複燃，重修於好，楚瑜哪裡忍得？

在楚錦進門之後，她大吵大鬧，她因嫉妒失了分寸，一點一點消磨顧楚生的情誼，最終被顧楚生以侍奉母親的名義，送到乾陽。

在乾陽一待六年，直到她死去，滿打滿算，她陪伴顧楚生十二年。

楚錦問得是啊。

她為什麼要恨呢？

顧楚生不要她，當年就說清楚了，是她強求；顧楚生想要楚錦，是她仗著自己曾經犧牲，就逼著他們二人分開。

他們或許有錯，但千錯萬錯，錯在她楚瑜不該執迷不悟，不該喜歡那個不喜歡的人。

風雪越大，外面傳來男人急促而穩重的腳步聲。他向來如此，喜怒不形於色，你也瞧不出他心裡到底想著什麼。

片刻後，男人打起簾子進來。

他身著紫色繡蟒官服，頭戴金冠，看上去消瘦許多，一貫俊雅的眉目帶了幾分凌厲的味道。

他站在門口，止住步子，風雪夾雜灌入，吹得楚瑜一口血悶在胸口。

她驟然發現，十二年，再如何深情厚誼，似乎都已經放下。

她看著這個男人，發現自己早已不愛了，她的愛情早就消磨在時光裡，只是放不下執著。

她不是愛他，她只是不甘心。

想通了這一點，她突然如此後悔這十二年。

十二年前她不該踏出那一步，不該追著這個薄情人遠赴他鄉，不該以為自己能用熱血心腸，捂熱這塊冰冷的石頭。

她緩慢笑開，好似尚在十二年前，她還是將軍府英姿颯爽的嫡長女，手握長槍，神色傲然。

「顧楚生，」她喘息著，輕聲開口：「若得再生，願能與君，再無糾葛！」

顧楚生瞳孔驟然急縮，楚瑜說完這一句，一口血急促噴出，楚錦驚叫，顧楚生急忙上前，將人一把攬進懷裡。

他雙手微微顫抖，沙啞道：「阿瑜……」

若得再生……

楚瑜腦子裡迴盪著死前最後的心願，恍然間明白了什麼。巨大的狂喜湧入心中，她猛地站起身。

旁邊正在誦經的楚老太君被她嚇了一跳，見她踉蹌著扶門而出，衝到大門前，盯著正在爭執的楚大將軍夫婦。

楚夫人謝韻正由楚錦攙扶著，與楚建昌爭執，楚建昌已瀕臨暴怒邊緣，控制著情緒道：「鎮國侯府何等人家，容妳想嫁誰就嫁誰？顧楚生那種文弱書生，與衛世子有和可比？莫要說衛世子，便就是衛家那只有十四歲的衛七郎，都比顧楚生強！別說要折了鎮國侯府的顏面，哪怕沒有這層關係，我也絕不會讓我女兒嫁給他！」

「我不管你要讓阿瑜如何，我只知道她如今被你打了還在裡面跪著！」謝韻紅著眼：「這是我女兒，其他我不管，我就要她平平安安的，今日若跪出事來，你能還我一個女兒？」

「她自幼學武，妳太小看她。」楚建昌皺起眉頭：「她皮厚著呢。」

「楚建昌！」謝韻提高了聲音：「你還記不記得她只是個女兒家！」

「所以我沒上軍棍啊。」

楚建昌脫口而出，謝韻氣得抬起手來，臉色漲紅，正要將巴掌揮下，就聽到楚瑜急促又欣喜的呼喚聲：「爹、娘！」

那聲音不似平日那樣，包含了太多。彷彿旅人跋涉千里，歷經紅塵滄桑。

兩人微微一愣，扭過頭去，便看見楚瑜急促地奔了過來，猛地撲進楚建昌懷裡。

「爹……」

溫暖驟然而來，楚瑜幾乎要痛哭出聲。

還活著，大家都還活著。一切都還沒有發生，她的人生，完全可以重新來過。

楚瑜突如其來的撒嬌嚇了楚建昌一大跳，他第一個反應是覺著自己這個孩子是不是跪壞了？

畢竟楚瑜自幼跟著他習武長大，和一般的姑娘家有些不同，從來沒這麼哭哭啼啼扭扭捏捏的。

她喜歡顧楚生，就什麼好的都給他。顧家為謀反的秦王說話獲罪，所有人躲都躲不及，她卻能在自己即將出嫁前給顧楚生送錢送信，還要跟著他私奔到邊境。

這個膽子，是大得沒邊了。

不過好在這件事被她的貼身丫鬟告訴了楚建昌，在楚瑜準備逃跑的前一刻將她攔了下來，才沒讓她犯下大錯。

想到這裡，楚建昌又板起臉來，冷著聲道：「想清楚沒？還沒想清楚，就繼續跪著。」

「想清楚了！」

楚瑜知道楚建昌問的是什麼事。

她捋了捋記憶，現在應該是她十五歲。

十五歲的九月，她由皇上賜婚，嫁給鎮國侯府世子衛珺。婚事定了下來，三媒六娉，眼看著就要成親了。結果也是這時候，謀反了半年的秦王終於被擒入獄，而顧楚生的父親曾受恩於秦王妃，便為秦王家眷說了幾句好話，引得聖怒。顧楚生的父親被砍頭，而剛剛步入朝堂的顧楚生也受到牽連，被貶至邊境，從翰林學士變成了九品縣令。

她得知此事心中焦急，恰巧楚錦同她哭訴，不願陪著顧楚生去邊境受苦，於是姐妹兩一合計，讓楚瑜先跟著顧楚生私奔，等楚瑜跑了，楚家沒辦法，只能讓楚錦頂上，嫁到鎮國侯府去。

楚錦也是嫡女，只是不是嫡長女，與一貫舞刀弄棒的楚瑜不同，她跟著謝韻自幼學詩作賦，加上容貌昳麗，是華京大半公子日思夜想的正妻人選，將楚錦嫁過去，以衛家和楚家的關係，衛家大概不會說什麼。

兩人算計得好，於是讓小廝先給顧楚生報了信，讓顧楚生離開那天在城門外等著。眼見著就要到時間了，結果爬牆的時候被楚建昌逮了個正著。

當年她被抓了之後，跪了一晚上，是楚錦說動了謝韻將她帶回房間，然後偷偷放跑了她，她才有機會快馬加鞭一路追上已經走了的顧楚生。

而這一次，楚瑜是絕不會再跑了，於是她果斷同楚建昌道：「我不跑了，我好好等著嫁給衛世子！」

楚建昌狐疑地看了楚瑜一眼，不明白楚瑜怎麼突然轉變了心思，琢磨著她是不是想欺哄他。

然而自家女兒向來是個直腸子，騙誰都不騙自家人，想了想，看著楚瑜明亮的眼和蒼白的臉色，楚建昌也覺得心疼，便擺了擺手道：「罷了罷了，先去休息吧。後日妳就要成親了，別再動什麼歪腦筋。反正那顧楚生也已經走了，妳啊，就死了這條心吧。」

「嗯。」楚瑜點了點頭，旁邊楚錦過來攙扶住她，楚瑜微微一顫，下意識想收回手，卻還是克制住自己，沒有動作。

楚建昌看楚瑜低頭，以為她是難過，嘆了口氣，拍了拍她的肩膀道：「衛世子比顧楚生強，妳見了就知道了。感情都是相處之後才有的，妳別抗拒，爹不會害妳。」

「我知道。」

楚瑜點頭，這一次真心實意。

衛世子衛珺，以及整個衛家，都是保家衛國的錚錚男兒，哪裡是玩弄權術的顧楚生能比得上的？

她也想和衛珺培養感情，但估計是沒機會的。

楚瑜想到衛家的命運，有了那麼幾分惋惜。

見楚瑜沒什麼精神，楚建昌擺了擺手，讓謝韻和楚錦扶著她回去了。謝韻一路都在說著勸阻的話，讓她死了對顧楚生的心思，為人父母，總希望自己女兒過得好些。楚瑜沒說話，就靜靜聽著。

這位母親雖然後來做了些荒唐事，偏袒楚錦一些，但也是真心對她的。只是手心手背的肉，總有些厚、有些薄。

她沉默著，由楚錦扶著她到了臥房。下人伺候她梳洗之後，她躺到床上，準備睡覺。

這一日發生的事情太多，她要蓄養精銳，然後規劃一下，以後的路怎麼走。

她以前一直以為，自己的路，只要追隨顧楚生就可以了。如今驟然有了嶄新的選擇，她竟然有些不知所措。

合眼沒有片刻，她便聽見楚錦的聲音。

楚錦端著藥走進來，摒退了下人，隨後來到楚瑜面前。她放下藥碗，坐到床邊，溫和道：「姐姐。」

楚錦慢慢睜開眼，看見楚瑜擔憂的神色：「姐姐，妳還好嗎？」

那樣的神色不似作偽，楚瑜心神一恍，忍不住思索，或許十五歲的楚錦，對於她這個姐姐，還是有著那麼幾分溫情的。

見楚瑜不答話，楚錦靠近她，小聲道：「姐姐，顧大哥讓人帶了話來，說他等著您。」

聽到這話，楚瑜猛地抬頭，不可思議地看著楚錦。

顧楚生等著她？

不可能。

當年的顧楚生，根本不在意她，收了書信後，甚至提前半天，快馬加鞭離開了華京，又怎麼會等她？

是哪裡出了差錯？

她盯著楚錦，思索片刻後，便明白過來。

顧楚生是不可能說這樣的話的，而楚錦希望她離開，好騰出鎮國侯府世子妃的位子給她，所以她故意說這樣的話，給楚瑜希望，讓楚瑜趕緊離開。

上輩子她沒這樣說，是因為上輩子的楚瑜不需要楚錦給她希望，就選擇頭也不回的離開。

可這輩子她卻明確和楚建昌表示，她要嫁到衛府去。

楚瑜想笑，自己這個妹妹，果然從來都是以自己的利益為先。

然而她忍住到了唇邊的笑意，板起臉來，皺著眉頭道：「這樣的話，妳莫要同我再說了。」

「姐姐？」楚錦有些詫異，眼中閃過一絲慌亂。楚瑜平淡道：「我想明白了，我與鎮國侯府乃聖上御賜的婚，我若逃婚，哪怕衛家看在楚家面子上不說、聖上不說，但這畢竟是欺君枉法，而衛家心中也會積怨。」

後來楚家的敗落，與此不無關係。

衛家雖然在不久後滿門青年戰死沙場，卻留下了一個殺神衛韞。

那少年十四歲就縱橫沙場，十六歲滅北狄為父兄報仇。

後來的朝廷，幾乎是文顧武衛的天下，衛韞這個人睚眥必報，恩怨分明。當年對他好的人，他湧泉相報，而對他壞的人，他也不會放過分毫。

楚家李代桃僵讓楚錦嫁給衛珺、楚錦落井下石離開衛家，走時還與衛老太君起了齷齪，氣得老人家大病一場，這些事衛韞都一一記著，在平步青雲後，報復在楚建昌身上。

如果不是顧楚生對楚家還照拂一二，楚建昌又豈能安安穩穩告老還鄉？

想起衛韞的手段，楚錦忍不住有些膽寒。她用左手壓住自己的右手，抬眼看向楚錦，滿眼憂慮道：「妹妹，我們不能為了自己的幸福，置家族不顧。」

楚錦被楚瑜說得梗了梗，憋了半天，強笑著道：「姐姐說得是。阿錦只是想想，這是賠上姐姐一輩子的事，用姐姐的幸福換家族，阿錦覺得心疼。若能以身代姐姐受苦，阿錦覺著，再好不過。」

去衛家受苦？

誰不知道現在的衛家正得聖寵，如日中天，衛家自開國以來世代忠烈，乃三公四候之高門，家教雅正，家中子弟個個生得芝蘭玉樹，那衛世子就算不是最優秀的一個，也絕對不會讓楚錦吃虧。

算起來這門親事，還是楚家高攀。

楚錦為了說服她，真是什麼話都說得出來。

想到衛家後來的犧牲，聽到楚錦這樣的話，楚瑜心裡有些不適，神色嚴正道：「衛家滿門忠烈，為國拋頭顱灑熱血，能嫁給衛世子，是我的福氣，只是我之前蒙了心眼，如今我已醒悟，妳便不要再說這樣的話了。若再讓我聽到，別怪我翻臉！」

楚錦被楚瑜說得啞口無言，看著面前的人一臉正直的模樣，楚錦簡直想提醒她，昨晚她還在和她謀劃著如何私奔一事。

然而她心知這位姐姐武力強悍，心思簡單，認定的就不會回頭，若多做爭執，動起手來怕是她要吃虧。

於是楚錦艱難地笑了笑道：「姐姐能想開便好。我看姐姐也累了，藥放在這裡，阿錦先告退吧。」

楚瑜點點頭，閉上眼睛，沒再說話。

楚錦恭敬地退了出來，走到庭院中，便冷下神色。

她捏緊手掌。

如今楚瑜不肯私奔，她難道真的要嫁顧楚生不成？

不行，她絕不能嫁給顧楚生。

世子妃當不了，她也絕不能跟著顧楚生到邊境去。從邊境回華京，從九品縣令升遷回來，她最美好的年華，怕就要葬送在北境寒風之中了。

楚錦心中暗自盤算。

而這時，顧楚生在城門馬車裡，靜靜讀著最新的邸報。

他染了風寒，一面看，一面輕聲咳嗽。

父親逝世，牽連被貶，這位天之驕子驟然落入塵埃，所有人都以為他會手足無措，卻不想這個少年展現出超常的從容。

他似是在靜靜等候著誰，不慌不忙。

旁邊官兵有些不耐煩道：「顧公子，該走了。」

顧楚生抬眼看了城門一眼，給小廝一個眼神。

小廝趕緊上前去，再給官兵一兩銀子，賠笑道：「大人再稍等片刻，很快就好。」

「最遲等到日落，」官兵皺起眉頭：「不能再拖了。」

聽到這話，顧楚生皺起眉頭。

日落……

他回想一下上輩子楚瑜追上來的時間，他……應該能等到的。

想到這個名字，他痛苦地閉上眼睛。

外人都以為面對家族的一切，他毫不畏懼，其實並不是。

他少年時面對這一切，的確是惶惶不安，自暴自棄。是那個姑娘駕馬而來，在夜雨裡用劍挑起他的車簾，朗聲說的那句：「你別怕，我來送你」，給了他所有勇氣。

年少時並不知曉自己朦朧的內心，只以為他討厭她滿身汗臭，不喜她不知收斂，厭惡她與兵營軍士談笑風生。

她追逐，他躲避。他一直以為自己心裡，住著的該是楚錦那樣純潔無瑕的姑娘。

直到她死在他面前。

回想到那一刻，顧楚生覺得心臟驟然被人捏緊，他閉上眼睛，用緩慢的呼吸平息這份痛楚。

楚瑜的死，是他對她愛情的開始。

死後才知，無人再駕馬踏雨相送的人生，有多麼難熬。才知道當年他的厭惡，其實是嫉妒、是對不知名情感的惶恐、是少年人對於羞澀的反擊。

她死得時間越久、越長，他對她的感情，就越執著、越深。

直到他死於衛韞劍下，那一刻，方才覺得解脫。

一覺醒來，回到十七歲，他欣喜若狂。

真好。

他睜開眼，彎起眉眼。

他又能看到，那個活生生的楚瑜。

這一次……他一定會好好陪伴她。

顧楚生一直等到日落，都沒見到楚瑜的身影。

與記憶中不一致的事讓他忍不住有些擔憂，這時官兵失了耐性，強行拉過馬車，不滿道：「走了！」

顧楚生看著人來人往的城門，深吸口氣，終於啟程。

沒事，楚瑜一定會來。

他告訴自己，他回來必然會引起變故，但十七歲的楚瑜對他感情有多深，他是知道的。

上輩子她來了，這輩子，一樣會來。

顧楚生滿懷希望踏上自己的官路時，楚瑜正睡著美覺。

一覺醒來後，她就收到了楚錦派人送過來的消息，說顧楚生已經離京了。

楚瑜倒不是很關注顧楚生離京與否，她更在意的是，自己這位妹妹，怎麼這麼神通廣大？

她現在對外面的消息一點都不知道，楚錦卻連顧楚生什麼時候離京都清楚。這些事應該是楚錦從顧楚生那裡得到的消息，也就是說，其實那些年，顧楚生和楚錦的關係一直沒斷過。

在楚錦說著自己對顧楚生沒有任何情意，讓她和顧楚生私奔的時候，楚錦自己卻一直保持著和顧楚生的聯絡。

楚瑜抬手將手中的紙條扔進火爐，同來傳信的侍女道：「同二小姐說，這種事不必和我說了，規矩不用我說太多，她心裡清楚。」

說著，楚瑜抬頭，瞧著那侍女，冷聲道：「將軍府要臉，讓她自己掂量著些！」

侍女不知道紙條內容，被楚瑜說得有些懵，慌慌張張離開後，楚瑜看著炭爐裡明明滅滅的火光，忍不住嘆息一聲。

這張紙條，讓她對自己這位妹妹澈底的死心了。

楚錦這兩面三刀的性子，並不是未來養成的，而是壞在了骨子裡，壞在了根裡。

當年她喜歡顧楚生，但因著是楚錦的未婚夫，那麼多年，她從來沒有表現過。她沒有多說過一個字，甚至日常相處也會避開，聖上賜婚，她就答應，她自認做得極好，連當年她追著顧楚生到昆陽時，顧楚生本人都是懵的。

如果不是楚錦哭訴，如果不是楚錦求她，她又怎麼會去苦等顧楚生？

一面說著自己不喜歡，鼓勵姐姐尋求真愛，一面又與顧楚生藕斷絲連……

楚瑜有些無奈，她不明白楚錦為什麼會是這個性子，明明同樣出身在將軍府，明明同樣是嫡小姐，怎麼會有這樣不同的性格？

楚瑜想了一會兒，不願再多想下去，趁著剛剛回來，她找來筆墨，回憶著上輩子記得的所有大事。既然重新回來，她自然是不能白白回來。

短期來看，最大的事莫過於衛家滿門死於沙場。

當年七月二十七日，也就是楚錦嫁給衛珺當日，邊境急報送往華京，衛珺隨父出征。衛家一共七個孩子，包括最小的衛七郎衛韞，都跟著上了戰場。所有人都以為戰神衛家會像以往一樣在不久後凱旋歸來，然而一個月後，傳來的卻是二十萬精兵在衛家帶領下被全殲於白帝谷的消息。

衛韞扶柩回京，於大理寺受審，因為此次戰役失利的原因，是鎮國候衛忠不顧皇令強行追擊北狄逃兵所致。於是各大世家紛紛表明與衛家脫離關係，除了二公子衛束的夫人蔣氏自刎殉情以外，其他各房夫人侍妾均自請離去。衛韞代替兄長父親給這些人寫了和離書，一時之間，衛家樹倒猢猻散，偌大侯府只剩下衛韞和衛老太君，帶著五個還沒長大的孩子。

楚瑜當時跟著顧楚生遠在昆陽。昆陽是北境第二線，糧草運輸要地，楚瑜幫著顧楚生往前線運輸糧草好多次。

然而楚瑜接觸戰事的時候，也已經是衛家人都死了之後了。當年衛家人具體怎麼死，因何而死，她的確是不清楚的。

她只知道，後來國舅姚勇臨危受命，駐守白城，最後棄城而逃。各地均起戰亂，備受牽制，朝中無人可用之際，衛韞於牢獄之中請命，負生死狀上了前線。

要麼贏，要麼死。

而後衛韞凱旋歸來，回來那一日，提著姚勇的人頭進了御書房，出來後之後，皇帝為衛家所有戰死的男兒，都追加了爵位。

她不希望衛家人死。

楚瑜捏著筆，眼裡帶著寒光。

衛家那些鐵血男兒，不該死。

她細細寫下衛家所有片段，力圖還原當年的事。

一直寫到接近天明，謝韻帶著人端著盤子走了進來。

將軍府已經掛滿了紅燈，張貼了紅紙，謝韻看見正在寫東西的楚瑜，著急道：「妳這是在幹什麼啊？馬上就要成親了，還不好好休息，明日我看妳怎麼過！」

「母親，不妨事。」

楚瑜將那些紙扔進炭爐裡，梳理一夜，所有細節都在腦中盤過，已無比清晰。

楚瑜從容轉身，看見丫鬟準備的東西，含笑道：「是喜服？」

「是啊，趕緊換上吧。」謝韻有些不滿，但看著自家女兒歡歡喜喜的樣子，那些不滿也被沖淡了不少，招呼人進來，伺候楚瑜梳洗。

沐浴、更衣，擦上桂花頭油，換上大紅色金線繡鳳華袍。

而後楚瑜便端坐在鏡前，由侍女上前為她化妝。

楚錦端了梳子進來，走到謝韻旁邊，同謝韻道：「母親，梳髮吧。」

謝韻看著鏡子裡的楚瑜，沙啞著聲同楚錦道：「妳瞧瞧她，平日都不打扮，今日頭一次打扮得這樣好看，便是要去見夫君了。」

說著，謝韻拿起梳子，抬手將梳子插入她的髮絲，低了聲音：「日後去了衛家，便別像在家裡一樣任性行事了，嫁出去的女兒終究是吃虧些，妳在衛家，凡事能忍則忍，別多起爭執。」

若換做往日，聽這番話，楚瑜大概要和謝韻爭執一下的。然而如今聽著謝韻那帶著哭腔的聲音，她那點爭執的心散了去，嘆了口氣，只是道：「女兒知道了。」

謝韻點點頭，抬手給楚瑜梳髮。

「一梳梳白頭……」

「二梳白髮齊眉……」

謝韻一面給楚瑜梳髮，一面含著眼淚，等末了，她有些壓抑不住，似是累了一般，由楚錦攙扶著走到一旁。

侍女上前來給楚瑜盤髮，然後戴上了鳳冠。

做著這些時，天漸漸亮起來，外面傳來敲鑼打鼓之聲。一個丫鬟急急忙忙衝進來，歡喜道：「夫人、大小姐，衛家人來了！」

聞言，謝韻便站起身，似是想要出去，然而剛踏出門，驟然想到：「不成不成，他們還有一會兒。」

於是又回來，同屋裡女眷一起，待在屋中等候著衛家人的到來。

按著習俗，衛家人來迎親，楚家這邊會設一些刁難之事，一直到時辰，才讓楚瑜出去。於是外面熱鬧非凡，楚瑜等人等在屋裡候著，心裡不由得癢了起來。

楚錦畢竟還是年少，聽著外面的聲響，小聲道：「母親，不若我出去看一下吧？」

這話出來，大家都起了心思，所有人看著謝韻，謝韻不由得笑起來：「你們這些沉不住氣的，不過就是迎親，這有什麼好看的？」

好看。

楚瑜心裡琢磨著。

上輩子她的婚禮十分簡陋，和顧楚生在昆陽，在院子裡請了兩桌顧楚生的屬下，掀了個蓋頭，就算了事。顧楚生曾經說會給她補辦一個盛大的婚禮，可她等了一輩子。

等了一輩子的東西，總有那麼幾分不一樣，楚瑜壓著心裡那份好奇，同謝韻道：「母親，我們便出去看看吧。」

「妳這孩子……」

謝韻笑著推她，說話間，就聽爭執吵鬧之聲，隨後便看見兩個少年在房頂上打了起來。

楚錦驚呼出聲：「是二哥！」

楚家一共四個孩子，世子楚臨陽，二公子楚臨西，剩下的就是楚瑜和楚錦兩姐妹。楚家將門出身，楚臨陽還因著身分有些顧忌，楚臨西則早就沒給衛家人客氣動起手來。

女眷們湧到窗戶邊，爭相探出去頭去看屋簷上的人，楚瑜同謝韻、楚錦一起走到門前，仰頭看了上去。

楚臨西穿著一身藍色錦袍，頗為俊秀。而他對面的少年看上去不過十四出頭，身著黑色勁裝，頭髮用黑白相間的髮帶高束，穿得乾淨俐落，但身上那股由內而外散發出的傲氣卻絲毫不遜於楚臨西。

楚臨西本就生得好看，而對面的人卻更加俊朗。眼如星月，眉似山巒，丹鳳眼在眼角處微微向上，帶著幾分說不清道不明的風流昳麗。然而少年神色端正嚴肅，便只留那如刀一般銳利的氣勢，直逼人心。

那是華京世家公子難有的肅殺嚴謹，猶如北境寒雪下盛開的冰花，美麗又高冷。

楚瑜的目光凝在那少年身上，一瞬之間，她彷彿回到了上輩子，她第一次，也是唯一一次，那麼近距離看這個人。

那時候他已是名震天下的鎮北王，五軍都督府的大都督。手握兵權，權傾朝野。

她被顧楚生送離華京那日，風雪交加，他駕馬回京，黑衣白氅，面色冷然。

那時的他生得比現在硬朗許多，也不似此刻這樣，眼中尚含著少年人的稚氣和勃勃朝氣。

他的目光冷如寒冰深潭，駕馬攔住她的馬車。

「顧夫人？」

他的語調沒有起伏，雖然是詢問，卻沒有半點懷疑，早已知曉車簾之中的人是誰。

楚瑜讓人捲了車簾，坐在馬車裡，恭敬行禮，平靜回他：「衛大人。」

「顧夫人往哪裡去？」

「乾陽。」

「何時回？」

「不知。」

「顧夫人，」衛韞輕笑：「後悔嗎？」

楚瑜微微一愣，衛韞看向遠處：「顧夫人可知，當年衛府上門提親前，家中人曾來詢問，楚家有二女，兄長心慕哪位。兄長說，他喜大小姐，因大小姐習武，日後待我成年，他若不敵，可帶妻上陣。」

「成親前一夜，兄長一夜未眠，同我吩咐，楚家好武，若迎親時動了手，我需得讓著些。」說著，他轉頭看向她：「顧夫人與令妹不同，令妹趨炎附勢，乃蠅營狗苟之輩。顧夫人卻願捨御賜聖婚，隨顧大人遠赴北境，征戰沙場。可惜顧夫人有眼無珠，我兄長待夫人如珠寶，夫人卻不屑一顧。」

「夫人走至今日，」他目光平靜：「可曾後悔？」

那時楚瑜輕笑，她迎著對方的目光，神色坦然：「妾身做事，從來只想做不做，不想悔不悔。」

青年沒有說話，他靜靜看了她許久，淡然出聲：「可惜。」

她沒有回話，只恭恭敬敬跪坐著，看青年打馬離開。

如今她仰著頭，看著衛韞和楚臨西動手，他手上功夫明顯高出楚臨西很多，卻與楚臨西糾纏許久，讓得不著痕跡。

楚瑜不由得彎起嘴角，從旁邊花盆裡撿了一顆石子，朝著楚臨西砸了過去。石子砸在楚臨西身上，當場將楚臨西砸翻過去。

楚臨西嚎叫出聲：「衛七郎你陰我！」

衛韞站在屋頂上呆了片刻，隨後反應過來，朝著楚瑜的方向看過去。便看見女子身著喜服，頭戴鳳冠，斜靠在門邊，手裡拿著一塊石頭，上上下下扔著，笑得好不正經。

衛韞旋即明白發生了什麼事，燦然笑開。

他朝著楚瑜拱了拱手，隨後縱身躍下，楚臨西正和衛家其他兄弟鬧，楚臨陽調和，衛韞迅速繞到衛珺後面，小聲說了句：「哥，嫂子可漂亮了！」

衛珺穿著喜袍，雙手負在身後，面上假裝淡定，不著痕跡地往衛韞身邊靠了靠，小聲道：「你見著了？」

「楚臨西就是被嫂子打下來的。」衛韞說到這裡，有些憂愁：「哥，我覺得以後我可能打不贏你們夫妻倆了。」

衛珺彎眉笑開：「那是自然，你哥的眼光能錯？」

說話間，到了時辰，楚建昌也不再耽擱了，抬了手，楚臨陽趕緊招呼楚臨西和衛家人站列在兩邊。

而內院裡，侍女慌慌張張衝進來，給楚瑜蓋蓋頭，扶著楚瑜往外走去。

衛珺站在正前方，衛韞和二公子衛束站在衛珺身後，其餘人等分列幾排站在這三人後面，楚家人站在臺階上，禮官站在右首位，唱和道：「開門迎親——」

大門緩緩大開，楚瑜身著喜袍，由楚錦攙扶著，出現在眾人眼前。

她眼前一片通紅，什麼都看不到，只聽喜樂鞭炮之聲在耳邊炸開，而後一節紅色的綢布放到她面前，她聽見一個溫雅中帶著掩飾不住的緊張的聲音道：「楚……楚……楚姑娘……」

楚瑜輕笑，握住紅綢，溫和道。

「衛世子，別緊張。」

她說：「我跟著您。」

衛珺驟然安定，他握著紅綢，那忐忑的心終於放了下來。

他沒有選錯人。

鎮國侯府的世子妃，理當是這樣，能用一句話，讓他從容而立的人。

第二章　鎮國侯府

面前人平靜的情緒讓楚瑜很放心，她沒瞧見這個未來丈夫的模樣，但從他遞過來的手來看，大約不會太差。

楚瑜被他拉著送入花轎，他一路小心翼翼，彷彿她是一個需要倍加呵護的嬌弱女子。

楚瑜從來沒有過這樣的體驗，她過去三十多年，在所有人心裡，都是一位錚錚女漢子，不需要憐惜，也不用寵愛。

顧楚生對她從來都是相敬如賓，更多的，甚至是上司對下屬那樣冰冷的態度。

楚瑜坐在花轎裡，偷偷掀起簾子，想去看前面的衛珺。

然而衛珺駕馬走在前方，反而是一眼看見了守在邊上的衛韞，衛韞察覺到楚瑜的動作，朝她勾了勾唇角，眼裡全是了然的笑意，似乎抓住了她的把柄一般。

楚瑜彷彿被人看穿了心思，還是被一個小孩子看穿心思，她心裡不由得有些尷尬，趕緊放下蓋頭和轎簾，乖乖坐了回去。

坐到轎子裡後，楚瑜開始盤算。

上輩子邊境消息抵達華京就是在這一日，但具體是在哪個時間，楚瑜卻不大知道。

邊境如今危急，衛家是最適合出征的人選，她很難找到理由阻止衛家出征。衛珺可以試一試以新婚之名留下，其他人卻的確沒什麼理由。

那只能從預防他們戰敗的原因入手。

聽聞當年是因為衛忠追擊殘兵，卻中了圈套，這一次，如果衛家好好守城，應該就不會有此災禍。

楚瑜思索著，聽著外面吹吹打打許久，轎子終於停了下來。

沒一會兒，她聽見轎門被人猛地踹開，在一片哄笑聲之間，那一方紅綢又被遞了過來。

這次衛珺沒有結巴，笑著道：「楚姑娘，我帶妳進去。」

楚瑜握住紅綢，看著腳下，被衛珺拉著往前。

她走得穩當，衛珺提醒得細緻，周邊是衛家子弟竊竊私語的聲音，雖然小，卻足以讓她聽到。

許多都是半大的孩子，帶著朝氣道：「聽說嫂子好看。」

「小七說的，特別漂亮。」

「能比那個第一美人楚錦漂亮嗎？」

「小七眼光很高的，肯定比楚錦漂亮！」

楚瑜聽著衛家人率真的言語，忍不住帶了笑意。衛珺也聽到了，略有些尷尬，他知道楚瑜習武，想著楚瑜肯定是聽到的。於是扶著楚瑜過火盆的間隙，他在她旁邊小聲道：「妳別生氣，一會兒我去收拾他們。」

楚瑜聽到這話，實在有些忍不住，笑出聲道：「無妨的，他們這樣，我很喜歡。」

衛珺聽到楚瑜的聲音，雖然還沒見到楚瑜的樣子，卻也想，這樣的姑娘，一定是很好看的。

他心裡有些期待，帶著楚瑜到了大堂上。

兩人按著禮官的唱和聲拜了天地。

這一路很順利，楚瑜心裡高興，對衛家的生活，也多了那麼幾分期待。

她內心很平靜，是一種從容放鬆的歡喜，在最後直起身的時候，蔓延開來。

她沒有嫁給顧楚生，一切都不會重來。

她站在衛珺面前，很想掀開蓋頭看一看面前這個男人。她感覺衛珺應該比她高上半個頭，直覺覺得衛珺應該是個稍稍文弱一點的男子。

楚瑜站著沒動，旁邊的人上來扶她要回房中。衛束上前，起鬨道：「大哥，趕緊去掀蓋頭吧，別喝酒了！」

「對對，」其他公子跟著大喊：「大哥去掀蓋頭！我們不要你喝酒！」

「去去去！」衛珺紅了臉，同他們道：「按規矩來，一邊去！」

說著，他有些擔心楚瑜不高興，扭過頭，小聲道：「楚姑娘，妳先去等一會兒……」

「世子一會兒就來嗎？」

楚瑜小聲開口，那聲音柔軟清脆，衛珺心裡軟成一片，小聲道：「嗯，不會很久。」

「那世子答應我，」楚瑜聲音裡帶了幾分鄭重：「無論發生什麼，一定要儘快回來。」

說著，楚瑜覺得這話有些突兀，便小聲道：「妾身等著世子回來挑蓋頭。」

衛珺起初有些疑惑，隨後便明白，楚瑜怕是不喜歡蓋頭蓋著。他小聲道：「妳若不喜歡這蓋頭，別人不在，妳便取下來等我。衛家沒有這麼多規矩。」

說完，衛珺又擔心楚瑜以為他要在外多加停留，便加了句：「我會儘快回來。」

楚瑜點點頭，由其他人扶著回房，衛珺回過身去，開始招呼賓客。

楚瑜回房之後，老老實實坐在床邊。

她的確不喜歡這蓋頭，可她喜歡衛家，衛珺待她上心，她便願意用自己能做到的最好去回報衛珺。

坐在床上的時候，她有些無聊，便開始幻想。

她不是個記仇的人，上輩子的事既然在這輩子沒有發生，她也不願為此苦惱。顧楚生已經離開華京，她也嫁到了衛家，如今和顧楚生、楚錦的過去不是最重要的，最重要的，是朝前看。

今天來看，衛家果然如傳說中那樣好相處，她日後在衛家，日子應該不會太難過。等一會兒衛珺回來，她便以新婚之名試試看能不能讓衛珺留下，就算不能，她也試試跟著衛珺一起到前線去，哪怕去不了，她提醒了讓他們別追殘兵，應該就不會出什麼事。

衛家只要此戰勝了，日後她和衛珺便可以好好過日子。她知道未來十二年的朝事變遷，可保衛家於不敗之地。

衛家好好的，衛韞大概也不會成日後那尊殺神。她今日見著這少年，還是如鳥雀一般歡喜的孩子，應該會長成他哥哥那邊溫雅的將軍吧？

楚瑜思索著，思緒有些遠了。

等了半天，旁邊丫鬟見她一動也不動，上前詢問：「少夫人是否需要吃些糕點？」

「不用了……」楚瑜溫聲開口，便是這時，遠處傳來戰馬嘶鳴之聲與匆忙的腳步聲。楚瑜心中一緊，她猛地掀開蓋頭，朝外面走去。

丫鬟被她驚到，上前攔她，焦急道：「少夫人，您這是要去哪裡？」

楚瑜不敢表現得太過奇怪，畢竟未卜先知這種事讓他人知道，她怕是要被當做妖孽一把火燒了。

她壓住自己的焦急，皺著眉道：「我聽到外面有戰馬之聲，怕是出了事，我想去看看。」

「少夫人不必擔憂，」丫鬟笑起來：「世子會處理好一切，少夫人在此等候即可。」

「我放心不下。」楚瑜推開丫鬟，便往外走去，冷著臉道：「我必須去看看。」

丫鬟被楚瑜推到一邊，楚瑜打開門便匆匆往外走去。

她不知道衛家的結構，只能朝著喧鬧之聲的方向走去。

此時外面腳步聲越發急促，人也多了起來，丫鬟追著楚瑜，臉上全是焦急，試圖去拉楚瑜道：「少夫人！少夫人您還沒掀蓋頭，您……」

話沒說完，外面傳來急促的腳步聲，隨後衛韞便從轉角處出現。

他身穿鎧甲，還帶著稚氣的眉目之間全是肅殺。

楚瑜停住步子，捏緊拳頭。衛韞看著面前這身著鳳冠霞帔的女子，迎上對方了然的眼，果斷單膝跪下，朝著楚瑜行了軍禮，將玉佩雙手奉上，平靜道：「前線急報，少將軍奉命出征，命末將將此玉交予少夫人，吩咐夫人，會凱旋而歸，無需擔憂。」

聽到這話，楚瑜看見衛韞捧著的玉佩，那玉佩被撫摸得光滑，明顯是貼身佩戴之物。

她抬手握住玉佩，抬眼看向外面：「衛珺在哪裡？」

「少將軍已啟程。」

衛韞的聲音小了些，知道新婚之日出征，對於女方而言，是多大的打擊。他想了想，正想安慰什麼，便看見楚瑜猛地衝了出去。

她跑得極快，喜服翻飛在風中。衛韞愣了愣，隨後反應過來，追著楚瑜衝了出去，焦急道：「嫂子！」

楚瑜沒說話，她一路狂奔到大門前，抬手抓了一個將士扔了下來，搶了馬就衝了出去。

衛家人看得目瞪口呆，直到衛韞追了出來，學著楚瑜的樣子搶了馬追了出去，這才反應過來。

「那是世子妃？」

「是少夫人？」

所有人驚詫之際，楚瑜卻是格外冷靜。

九月寒風帶著寒意，她的馬打得太快，割在臉上如刀一般疼。

衛韞緊隨在她身後，他全然沒想過，這位嫂子的騎術如此精湛。

他艱難出聲：「嫂子！妳別追了，追上去也沒用啊！我哥會回來的，妳別擔心！」

楚瑜沒說話，她知道出城的路線，從華京帶兵出城往北境，必然是走北門。她一路繞著路，從山上看到那疾馳的隊伍，她夾著馬就從山坡上俯衝下去。

衛韞嚇得肝膽俱裂，琢磨著這嫂子要是在這裡出了事，他怎麼和父兄交代。

他咬著牙跟著楚瑜衝，便見楚瑜直接衝到官道之上，一人一騎逼停了一支隊伍。

衛家人看著突然出現的紅衣女子，都愣了愣，隨後就看見跟著而來的衛韞，衛忠上前，有些不敢相信：「小七，這是……」

「公公。」楚瑜朝著衛忠行了個軍禮，恭敬道：「兒媳失禮了。」

聽了這話，衛家軍眾人面上五顏六色。

看著這人的喜服和衛韞就有了猜想，沒想到來的真的是楚瑜。

而衛珺在衛忠身後，整個人都懵了。

隨後便看楚瑜將目光落在他身上，秋雨細細密密，楚瑜手握韁繩，大紅色廣袖喜服沾染雨帶塵。

她微微仰頭，提高了聲音，朗聲開口：「我夫君衛珺何在？」

衛家軍紛紛低頭，不敢抬頭。

只有衛珺硬著頭皮，駕馬出列，艱難道：「我……我在。」

衛珺出來，大家都有點尷尬。被妻子追著出來，放誰身上都不是件體面事。

楚瑜看著衛珺，面前的青年清秀溫雅，和她想像中一樣，更像個書生，不像武將。

他生得普通，比不上未來衛韞那份驚了整個大楚的俊美，卻讓楚瑜心裡覺得格外喜歡。

她靜靜看著他，捏著韁繩道：「夫君可還記得你承諾過我什麼？」

衛珺不言，楚瑜嫁馬來到衛珺身前，抬手將蓋頭放下，身子微微前傾。

「世子曾答應過我，會回來掀蓋頭。」

周圍聽到這話的人都愣了愣，衛珺手指微微一顫，他看著面前烈烈如火的女子，心裡彷彿被重重撞擊了一下。

本是媒妁之言，只是盡一份責任，卻在這一刻，憑空有了那麼幾分漣漪。

他抬起手，小心翼翼，一點一點掀開楚瑜的蓋頭。

楚瑜垂著眼簾，在光重新進入視線那一刻，她抬眼看他。

明眸孕育春水，她燦然笑開。

「夫君，」她輕聲開口：「日後妾身的一輩子，就繫於夫君一身了。」

衛珺沒有說話，心跳快了幾分。

楚瑜坐直了身子，平靜道：「妾身願隨夫出征。」

「不可。」衛忠率先開口：「我衛家斷沒有讓女子上戰場的道理！」

衛家不乏將門出身的妻子，卻從來沒聽說哪一位跟著自己夫君上過戰場。

楚瑜還想再爭：「公公，我自幼習武，以往也曾隨父出征……」

「那是楚家。」衛忠皺了皺眉頭，想了想，放軟了口氣道：「阿瑜，妳想護著珺兒的心情我明白，但男兒有男兒的沙場，女子也有女子的內宅，妳若真是為珺兒著想，便回去幫著妳婆婆打理家中雜物，靜靜等著珺兒回來。」

衛忠是個大男子主義極重的人，對此楚瑜早有耳聞。她看了周邊將士的神色一眼，哪怕是衛珺也帶著不贊同。

對於這個結果，她早有準備，如今不過只是試一試。於是她深吸一口氣，抬眼看著衛珺：「好罷，我等夫君歸來。」

「妳放心……」衛珺心裡感動，說話忍不住有些低啞，他知道戰場多麼凶險，以往一貫不覺得什麼，今日卻有了那麼幾分不安。他低著頭道：「我一定會平安回來。」

「好，」楚瑜點點頭，認真地看著他：「那你且記住，我在家等你，你務必好好保護自己，此戰以守為主，窮寇勿追。」

衛珺愣了愣，有些不明白，楚瑜盯著他，再次開口：「答應我，這一次無論如何，衛家軍絕不會追擊殘兵。」

「父親不會做這種莽撞之事。」衛珺回過神來，笑道：「妳不必多慮。」

「你發誓，」楚瑜抓住他的袖子，逼著他，小聲道：「若此戰你父親追擊殘兵，你必要阻止。」

衛珺有些無奈，只以為楚瑜是擔心過度，抬手道：「好，我發誓，絕不會讓父親追擊殘兵。」

聽到這話，楚瑜放下心來，她鬆開衛珺的袖子，笑著道：「好，我等你回來。」

說罷，楚瑜果斷讓開了路，同衛忠道：「侯爺，叨擾了。」

衛忠神色柔和，看見自己兒子娶了這樣一個全心全意對待他的妻子，他心裡很是滿意。

他點了點頭，同衛韞道：「小七，送你嫂子回去。」

說完，不等衛韞應聲，便重新啟程。

楚瑜看著衛珺遠走，他身上喜服還沒換下來，在隊伍裡格外惹眼。衛韞陪著她目送衛家軍離開，等走遠後，才道：「嫂子，回吧。」

這次他言語裡沒有了平日的嬉鬧，多了幾分敬重。

楚瑜回頭看他，見少年目光清澈柔和。她平靜道：「追去吧，我不需要你送。」

「嫂子……」

「你一來一回，再追他們浪費太多時間，上了前線還要消耗體力，別把體力耗在這事兒上。」

衛韞有些猶豫，楚瑜看向衛珺離開的方向。

她把能做的都做了，衛珺答應她不會追擊殘兵，應該不會有什麼了……

可她還是有那麼幾分擔憂，雖然只有這匆匆一面，可是她對衛珺是極為滿意的，這個人哪怕不當夫妻，作為朋友，她也很是喜歡。

她扭過頭去看著衛韞，衛韞當年是活下來的，必然有他的法子。她看著他，認真道：

「衛韞，答應我一件事。」

「嫂子吩咐。」

衛韞看見楚瑜那滿是期望的目光，下意識開口，卻是連做什麼都沒問。

楚瑜言語中帶著幾分請求：「好好護著你哥哥，你們一定要好好回家。」

如果真的有了意外，那至少……不要只剩下這個十四歲的少年回來，獨身承受未來那些腥風血雨。

聽到這話，衛韞愣了愣，隨後便笑了。

「嫂子放心，」他言語裡滿是自豪：「您別看大哥看上去像個書生，其實很強的。」

楚瑜還要說什麼，衛韞趕緊道：「不過我一定會保護好大哥，戰場上好好護著他，要是他少了一根頭髮絲兒，我提頭來見！」

衛韞拍著胸脯，打著包票，明顯是對哥哥極有信心。

楚瑜有些想笑，卻還是憂心忡忡。

她想了想，終於道：「去吧。不過記得，」她冷下臉色：「衛家此次，一定要以守城為主，窮寇莫追！」

衛韞懵懂地點頭，駕馬走了幾步，他忍不住停了下來，回頭看向楚瑜：「嫂子，為什麼妳要反覆強調這一點？」

衛韞敏銳，衛珺覺得是楚瑜擔心過度，可衛韞卻直覺不是。

楚瑜不擅說謊，她沉默片刻後，慢慢道：「我做了一個噩夢。」

「夢裡……你們追擊殘兵而出，於白帝谷兵敗，衛家滿門……只有你回來。」

聽到這話，衛韞瞬間冷下臉來。

出征之前說這樣的話，是為大不祥，他有些想發怒，可那女子的神色卻止住了他。

她神色裡全是哀寂，彷彿這事真的發生了一般。於是他將反駁的話堵在唇齒之間，僵著聲說了句：「夢都是反的，您別瞎想。」

說罷，便轉過身，追著自己父兄去了。

他偶然回頭，看見是那平原一路鋪就至天邊，女子身後高城屹立，天地帶著秋日獨有的枯黃，女子紅衣駕馬，獨立於那帶著舊色的枯黃原野之上。

她似乎是在送別，又似乎是在等候。

清瘦的臉輪廓分明，細長的眼內含從容平靜。

他此生見過女子無數，卻從未有一個人，美得這樣驚心動魄，落入眼底，直衝心底。

楚瑜送衛家軍最後一人離開後，駕馬回了衛府。

回到衛府後，管家見她歸來，焦急道：「少夫人，您可算回來了，夫人讓您過去一趟。」

「不好意思。」楚瑜點點頭，翻身下馬，同那管家道：「煩請您同夫人說一聲，我這就過去。」

管家對楚瑜本是不滿，從未見過如此出格的新娘子，但楚瑜道歉態度誠懇，他心裡舒服了不少，恭敬道：「少夫人放心，您先去洗漱吧。」

說著，管家便安排人領著楚瑜回到臥室。楚瑜簡單熟悉過後，換上一身水藍色長裙，便跟著下人到了衛夫人房中。

衛夫人本名柳雪陽，是衛忠的妻子，衛珺和衛韞的生母。

衛家七個孩子，兩個嫡出，世子衛珺和老七衛韞。剩下五位，老二衛束、老五衛雅是二房梁氏所出；老三衛秦、老四衛風、老六衛榮，均為三房王氏所出。

柳雪陽出身詩書之家，因身體不好，不太管事。而衛忠的母親，老婦人秦氏不管小事，只管殺伐大事。於是家中中饋，便落到了二房梁氏手中。

嫁入衛家之前，謝韻曾將衛家的事好好交代過，說到柳雪陽，只是道：「這位夫人性子軟弱，耳根子軟，從沒發過什麼脾氣，妳不必太在意。反而是管事的梁氏，需得好好討好。」

新婦討好婆婆，這是後院生存之道，謝韻一輩子經營於此，這樣教導楚瑜，倒也沒有錯處。

只是楚瑜自幼多在楚建昌身邊長大，對於謝韻這一套有些不大喜歡。

柳雪陽是她婆婆，是衛家正兒八經的大夫人，她對梁氏如何敬重，對柳雪陽只能更勝。

更何況，誰說柳雪陽性子軟的？

當年衛韞下獄後，士兵查封衛府時，羞辱到衛家女眷頭上，衛家女眷走的走，逃的逃，那梁氏早就捲了錢財不見蹤影，便是最貞烈的衛束妻子蔣氏，也只是選擇了自盡。唯獨這位大夫人，提著劍直接殺了人，被士兵誤殺於兵刃下，這才驚動了聖上。

雖說以命相博的行為蠢了點，可她這樣書香門第出身的柔弱女子，能提劍殺人，誰又能說她軟弱？

楚瑜心中對柳雪陽有贊許和敬仰，她整理了衣衫，恭恭敬敬站在柳雪陽門口，等著下人進去通稟。

過了一會兒，下人帶著楚瑜進了房中，楚瑜沒有抬頭，她進門之後，一絲不苟朝著榻上之人行了禮，恭敬道：「兒媳見過婆婆。」

上方傳來有些虛弱的女聲：「看上去倒是個守規矩的，怎麼就做這種混帳事兒呢？」

楚瑜沒有說話，柳雪陽被人扶著直起來。

她一動，便輕輕咳嗽起來，旁邊侍女熟門熟路上前給她遞上帕子，柳雪陽輕咳了片刻後，看向楚瑜，無奈道：「身於將門，戰事常有。我知妳新婚逢戰委屈，但這便是我衛家女人的命。我衛家兒郎保家衛國，我等不能征戰沙場報效國家，便好好居於內室，等候丈夫歸來，不能為了一己之私阻攔丈夫去前線征戰，妳可明白？」

聽了這話，楚瑜明白了，柳雪陽的意思，估計以為她是去攔著衛珺，不讓他上戰場的。

於是楚瑜接道：「婆婆說得是，兒媳也是如此作想。兒媳稍有武藝，因而想隨著世子到前線去，也可協助一二。」

聽了這話，柳雪陽面上好看許多，她嘆了口氣：「是我誤會妳了，難為妳有這份心。不過打仗畢竟是他們男人家的事，身為女子，安穩內宅，開枝散葉才是本分。」

說著，她招了招手，旁邊一個同柳雪陽差不多大的女人上前，將一個盒子捧到楚瑜面前。

「這是見面禮，」柳雪陽聲音溫和許多，看著楚瑜的目光中帶著柔情：「妳進了我衛家門，好好侍奉承言，我不會虧待妳。」

承言是衛珺的字，衛珺如今已二十四歲，只是因著和楚家的婚約，一直等著楚瑜及笄。楚瑜聽了這話，誠心誠意道：「婆婆放心。」

柳雪陽打量著楚瑜，楚瑜垂著眼任她看了許久，片刻後，終於聽上面人道：「好好歇息去吧。」

楚瑜應聲，恭敬告退。

等出去之後，她站在衛家庭院裡，重重舒了口氣。

她拿出手中玉佩，想起衛珺。

這人，是個好人吧。

她悠悠地想——這輩子，一定會好起來吧。

楚瑜一個人在新房裡過了一夜，第二日起來，便有條不紊指揮著下人打掃房屋，隨後將衛珺這一房的人都叫過來熟悉了一下。

衛家家教森嚴雅正，對子弟管教甚多，其中一條就是成親之前不得沾染女色，因此衛珺房中除了幾個新派來伺候楚瑜的丫鬟，其他清一色都是小廝。

衛家每一位公子一定配三個侍從，一位頗有武藝對外交涉，一位管理內務雜事，一位貼身伺候。貼身伺候的小廝跟著衛珺去了北境戰場，剩下的管家衛夏和侍衛衛秋還在府中。

兩人規規矩矩帶著楚瑜花了一早上時間熟悉了衛珺一房所有人事後，楚瑜對衛家大致有了數。她看了衛珺的帳目，想了想同衛秋道：「如今可能聯繫上北境的人？我想第一時間瞭解戰場上的消息。」

「少夫人放心，」衛秋立刻道：「衛家養有信鴿，會第一時間得到前線消息。」

有信鴿通訊管道，衛家果然是世代將門。

楚瑜點了點頭，想了想道：「那我可否給世子寫封信？」

「自然。」衛秋笑著道：「少夫人想寫什麼？」

楚瑜也沒想太多，提了紙筆來，隨意寫了一下生活瑣事，然後詢問了戰事。

所有感情都是要培養的，雖然楚瑜對衛珺，僅處於欣賞的心態，卻仍舊打算積極培養這段感情。

畢竟已經是福氣，占著妻子這個位置，便該努力嘗試。

楚瑜一直覺得，自己最大的優點，大概就是心態十分堅強。

當年學武時是這樣，被打趴下了，哪怕骨頭斷了，也能靠著手裡的劍支撐自己，一點點站起來。

雖然經歷了顧楚生那令人絕望的十二年，可她並沒有因此對這世間所有人絕望。她始終相信，這世上總有人，值得真心以待。

將信寫完送出去後，待到下午，楚瑜便一一拜訪了各公子房裡的人。

衛家七個孩子，除了嫡出的衛珺和衛韞沒有娶妻，其他五位都已娶妻生子。因為是庶出出身，妻子大多也是高門庶出之女。

對於衛家各房女眷，楚瑜沒有太多的記憶，也就記得二房蔣氏自刎殉情，其他大多自請離去，扔了自己的孩子在衛家，給衛韞一個人養大。

楚瑜在拜訪時特意去看了那些孩子，這些孩子年紀相差不大，最大的一個是二公子衛束的孩子，如今不過六歲，最小的一個是六公子的孩子，也就兩歲出頭，還走不穩路。

這些孩子平日就在院子裡一起打鬧，感情倒也不錯，楚瑜瞭解了孩子的習性和各房少夫人的脾氣，心裡對整個衛家差不多有了底。

衛家這些個少夫人都是不管事的，要麼就是像蔣氏一樣一心記掛在丈夫身上，要麼就是將心思放在衣服首飾葉子牌上，而衛府家大業大，倒也沒誰受了委屈，因此和睦得很。

衛家如今內宅中唯一管事的，便是二夫人梁氏，也就是未來捲了衛家大半財產跑得不知所蹤的那位。

——被一個妾室搬空了家底，這事兒不僅讓衛家被華京貴族笑了多年，更重要的是，也讓衛韞官途因為沒有足夠的金銀打點，走得格外艱難。

楚瑜心裡記掛著戰場，又操心著內務，夜裡睡得極淺。

待到第二日，到了回門的時間，楚瑜迫不得已早早起來，先去柳雪陽那裡拜過早後，同柳雪陽通稟回門之事，得了應許，便讓人準備了馬車，往外走去。

走了沒有多遠，一個侍女便攔住楚瑜，猶豫著道道：「少夫人似乎未曾同二夫人通稟？」

聽了這話，楚瑜看了這侍女一眼。這是衛家人送來伺候她的丫鬟，如今衛家中饋由梁氏一手把控，這侍女該是梁氏的人了，她說這話，便是敲打她的意思。

楚瑜輕輕笑了笑：「妳叫什麼來著？」

昨日認的人太多，一時忘了。那侍女退了一步，恭敬道：「奴婢春兒。」

「哦，春兒。」楚瑜點了點頭，隨後道：「那妳去同二夫人稟報罷。」

春兒見楚瑜服了軟，面上露出笑來，行了個禮便告退了去。等她走後，楚瑜扭頭同旁邊侍從道：「走吧。」

侍從愣了愣，遲疑道：「春兒姐……」

「難道還有我等一個丫鬟的理？身為貼身丫鬟，主子都要出門了卻還四處遊走，我是主子還是她是主子？」

楚瑜冷了臉：「走！」

聽到這話，侍從瞬間明白，春兒要完。

他哪裡敢沾染上這事兒？春兒是一等丫鬟，他只是個駕馬的馬夫，這內宅之事他半點也不想招惹，於是趕忙假裝什麼都不知道一般，駕馬離開。

等春兒通稟了梁氏，得了出門的許可，歡歡喜喜跑出來後，發現楚瑜早已經去了。她瞬大了眼，問守門的侍衛道：「少夫人呢？」

「少夫人都走了，妳怎麼還在這兒？」

守衛皺起眉頭，一聽這話，春兒瞬間白了臉色，明白自己怕是惹了楚瑜了。

而楚瑜悠悠坐在馬車上，心裡琢磨著，這次她嫁得匆忙，帶過來的陪嫁丫鬟都是謝韻安排的。她用慣的丫鬟長月、晚月兩個人長得貌美，謝韻擔心兩人對衛珺有非分之想，因此換成了兩個長相普通的。這兩人楚瑜並不熟悉，帶過去也和沒帶一般，因此這次回門她不僅打算看看家裡的情況，還打算把長月和晚月帶回去。

將軍府與衛家隔著半個城，楚瑜行了半個時辰，這才來到楚家，然而這時還是上午，按照楚家的習慣，也就剛剛用完早膳。

因沒想到她來得這樣早，楚建昌和楚臨陽、楚臨西都在外還沒來得及回來，家裡只有女眷在。楚瑜倒也不著急，歸寧有一天的時間，她總是能見到父兄的。

她由丫鬟引著進了屋中，謝韻已經帶著楚錦，以及兩位嫂子在等她了。

大嫂謝純是謝家嫡女，謝韻看著長大，與楚臨陽算是表親，是個嫺靜溫婉的女子。見楚瑜來了，她也沒有過多表示，坐在謝韻手邊第一個位子上，跟著謝韻站起身，朝著楚瑜笑笑，倒是挑不出什麼錯處。

二嫂姚桃是姚家庶出之女，但頗受姚家老夫人喜愛。姚家出身商戶，因戰功立家，本是不大受世家瞧得起的。但如今天子以姚家為刀壓世家之勢，甚至讓姚家女當了皇后之後，姚家地位便不可同日而語。

姚桃剛嫁進來時過是活潑伶俐，但姚家勢起之後，便有了那麼幾分傲氣，在楚家行事越發張狂起來。

她隨著謝純站在謝韻身後，待楚瑜進來，楚瑜上前行了禮，謝韻趕緊扶著楚瑜，紅著眼道：「這麼久都沒回來，是不是衛家拘著妳？可是衛家人難以相處？」

「婆婆這話是怎麼說的呢？」姚桃輕笑起來：「大姑剛嫁過去夫君就上了戰場，孤身一人在衛家，自然是有很多事要自己打理自己忙，怎麼能說是衛家不好相處？這好不好相處，大姑怕是還不知道呢。」

新婚當夜丈夫就上戰場，這事兒換任何一個女子心中都不是滋味，姚桃卻專門挑了出來。

楚瑜知道這是姚桃在嘲諷她，她與姚桃一貫不和，姚桃庶女，看不慣她嫡女做派，而楚瑜也瞧不上姚桃。姚桃外向，楚瑜耿直，兩人之前便已結怨，說話不帶分毫掩飾。

畢竟多活了十二年，楚瑜比年少時候會偽裝得多，然而面對姚桃這種人，她卻是不想裝的，只是扎人的話剛準備出口，她驟然想起來，過往就是這樣不知掩藏的性子，讓謝韻一直覺得，她不會被欺負，因而事事袒護楚錦。

於是楚瑜笑了笑，眼中帶了些黯然，低下頭去，沙啞道：「二嫂莫要說這些了。」

楚瑜的性子向來風風火火，突然變成這樣，謝韻心疼不已，覺著女兒必然是難過得狠了。姚桃嚇得愣了愣，一時竟不由得反思，楚瑜露出這表情，莫不是自己做得太過了？

謝韻氣得眼眶發紅，吼了姚桃道：「回妳的房去！有這麼同姑子說話的嗎！」

被謝韻這麼一吼，姚桃愣了愣，方才那點反思瞬間拋諸腦後，她冷哼了一聲：「我說些實話又怎麼了？是覺著攀上了衛家的高枝了不得了？攀上了又如何，也就是守活寡……」

「姚桃！」謝韻怒吼：「妳給我滾回去！」

「母親莫要生氣了，」楚錦嘆了口氣，看向姚桃：「二嫂也別同母親置氣，是姐姐敏感了些，讓母親著急，妳別見怪，先回去休息吧。」

楚錦說這話，將所有錯處攬到楚瑜身上，面上一派落落大方。姚桃和楚錦向來交好，聽到楚錦的話，心裡舒心許多，冷哼了一聲，便轉身離開。

房間裡就留下了楚錦和楚瑜兩人，楚瑜面上不顯，按照她以往的性子，此刻她早就拍案而起，詢問楚錦她怎麼就「敏感」了？

然而不用想楚錦也只會說，自己也是為了安撫姚桃，讓她心裡放寬，別如此狹隘。

總之高帽子都是楚瑜帶，虧都是楚瑜吃。

而楚錦之所以敢如此，不過是因著，她篤定謝韻會偏向她，而楚瑜作為姐姐，雖然看上去潑辣不饒人，卻從來是重親情之人。

當年楚瑜是如此，如今楚瑜可不太一樣。

她沉默著抿了口茶，氣氛安靜下來，因她沒有鬧下去，倒給了時間讓謝韻反應過來，埋怨楚錦道：「方才明明是老二媳婦兒先指責阿瑜，妳怎的反而說是妳姐姐不是了？」

「這也只是權宜之計，姐姐回門，總不能一直這麼鬧下去。」

楚錦扶著謝韻坐下，給謝韻倒了茶，剛剛好的溫度，讓謝韻心裡舒心許多。

她轉過頭去，看向一直不說話的大女兒：「她走了也好，咱們母女好好說說話。妳實話同母親說，在衛家可受苦了？」

「未曾。」楚瑜笑了笑，面上露出些許溫柔，那是做不得假的歡喜，提及衛珺道：「阿珺很好，我很喜歡。」

謝韻放下心來，點頭道：「妳嫁得好便好，妳嫁出去了，我也該操心阿錦的婚事了。」說著，謝韻將目光落在楚瑜身上：「阿錦的婚事……」

她沒說完，楚瑜便懂了謝韻的意思。

謝韻不想讓楚錦嫁給顧楚生，而楚錦也不願意，畢竟顧家如今已落魄到這樣的程度。然而她卻不會讓楚錦如願。

於是她點了點頭，認真道：「是該和顧家商量婚期了。」

第三章 顧楚生

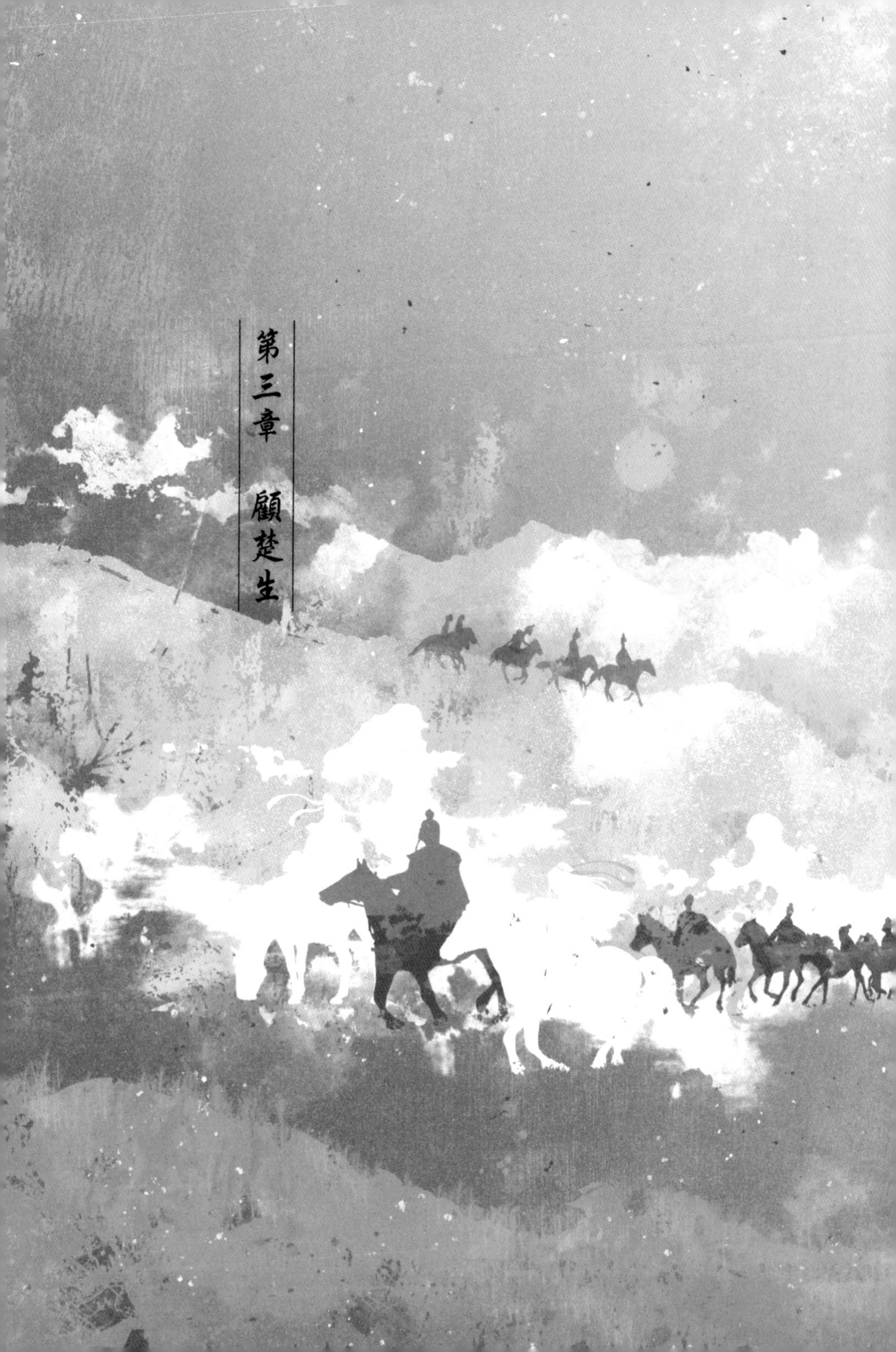

聽到這話，楚錦臉色頓時難看起來。她是同楚瑜哭訴過自己的心思的，如今楚瑜卻還說要同顧家議婚，那就是不打算管她了。

謝韻聽到這話，以為楚瑜沒明白她的意思，嘆了口氣道：「如今顧家那個樣子，怎麼能讓阿錦去受苦呢？為娘的意思是，妳如今也嫁進衛家了，不如看看衛家有沒有合適的人選。」

如今衛家也就剩一個衛韞沒有成親，衛韞已經十四歲，男子一般十五到十七便會訂婚成親，如今楚錦也不過十五，等衛韞一兩年，楚錦倒也等得起。

只是衛韞那樣好的人，楚瑜怎麼會讓自己親妹妹去禍害人家？

於是她面露難色道：「這，父親怕是不會應許吧？」

楚建昌重承諾，既然答應了顧家，不管顧家如何，都不會反悔。

謝韻聽楚瑜說起楚建昌，露出惱怒之色：「那隻老牛，妳們姐妹別管他，有我擔著，別怕出事！阿瑜啊，阿錦的婚事……」

說話間，門外便傳來了楚建昌的笑聲。楚建昌帶著楚臨陽、楚臨西兩兄弟走進來，楚瑜等人趕緊站起來行禮，楚建昌見到楚瑜，很是高興，拍著楚瑜的肩膀道：「精神頭不錯呀！」

楚瑜和楚錦兩姐妹，楚瑜自幼跟在楚建昌和楚臨陽身邊，十歲之前都是在邊境長大，楚建昌不知道怎麼養女兒，便當做楚臨陽一般養大。而楚錦則是一直跟著謝韻待在華京，因而雖然是親姐妹，卻是截然不同的性子，父母態度也是全然不同。

楚錦愛哭易傷感，楚建昌是不敢罵也不敢說，但楚瑜不同，在楚建昌心中，這女兒和自家大兒子沒什麼差別。

楚瑜被這麼結結實實拍了幾巴掌，面色不動，笑著道：「父親今日回來得甚早。」

「知道妳要來，」楚建昌坐到椅子上，楚錦給他倒了茶，楚建昌喝著茶道：「我便帶著妳兄長先來了。」

「阿瑜。」楚臨陽嘆了一聲，眼中帶了些無奈：「妳受委屈了。」

他也是武將出身，自然知道衛珺的不得以，倒不是怪罪衛珺，只是疼惜自己這個妹妹嫁了個同自己一樣提著腦袋過日子的人。

楚臨陽與楚瑜感情好，從小就是他照看她，可惜楚臨陽上輩子死得太早，不然楚瑜也落不到那樣的地步。

楚錦聽到大哥嘆息，便知道楚臨陽是心疼他，心裡又酸又暖，溫和道：「能嫁到衛家是華京多少姑娘盼都盼不來的福氣，阿瑜心裡歡喜著呢。」

見妹妹並沒有如他想像那樣難過，楚臨陽放心不少。楚臨西探過身子來，卻是問謝韻道：「母親，妳們方才在說什麼呢？」

謝韻有些尷尬，當著楚建昌的面，謝韻是不太好意思提給楚錦找下家的事的。

楚錦抿了抿唇，也沒言語，楚瑜卻是假作什麼都不知道，笑著道：「在說阿錦的婚事。」

「也是，」楚建昌點點頭：「阿錦和楚生也到了婚配年紀了，當初說好等妳出嫁，便安排阿錦和他的婚事的，我這就讓人休書去給楚生，如今楚家落難，楚生這孩子心高氣傲，怕是會擔心我們悔婚，不肯主動來提。」

說著，楚建昌便朝楚臨陽道：「臨陽，這事兒你去……」

「父親！」

楚錦有些站不住了，這畢竟是她的婚姻大事，哪怕她一貫忍得住，如今也忍耐不下了。她「噗通」跪到楚建昌面前，眼睛瞬間紅了，哭著道：「父親，我不嫁，我不想嫁！」

楚建昌愣了愣，他是極怕女人哭的，以前謝韻哭他就沒轍，現在看著楚錦哭他更頭大，他硬著頭皮道：「妳先別跪，這是怎麼了呢？妳以前不是很滿意這門婚事的嗎？」

楚錦不說話，低著頭，一個勁兒搖頭。

楚建昌追問道：「到底是怎麼了？可是顧楚生怎麼了？」

楚錦沙啞著聲，終於出口：「姐姐所愛，阿錦不願搶奪。」

聽到這話，楚瑜一口茶水噴了出來。

她想了楚錦千萬理由，沒想到居然拉她下水。

楚建昌朝她看過來，楚瑜趕忙擺手：「我沒有，我不是，我真對顧楚生沒什麼意思。」

但這話並沒有說服力，畢竟前幾天她還鬧著要和顧楚生私奔。

楚建昌猶豫了，楚錦接著哭訴道：「既然顧大哥和姐姐情投意合，哪怕不能在一起，阿錦也不想夾在兩人之間……」

楚建昌沒說話，楚臨西有些動容，開口道：「顧楚生喜歡姐姐，阿錦心裡必然是不好過的，如今顧家也那樣了，顧楚生不義在前……」

楚瑜將茶碗放在一邊，聽著楚錦將鍋推在自己和顧楚生身上，她拿著手帕壓在自己唇角，慢慢開口：「阿錦，妳這心思，變得也太快了。」

聽到她開口，所有人都看了過來，楚瑜抬眼笑咪咪地看著她：「不想去顧家吃苦就直說，繞著彎說話，有什麼必要呢？」

「姐姐這話……」

楚錦一臉茫然，彷彿根本不知道她在說什麼一般。

楚瑜嘆了口氣，面上露出傷感：「我對顧楚生有幾分意思，妳心裡不明白嗎？我以前不喜歡武將，就喜歡文官，之所以和顧楚生私奔，也是因妳和我說，不願意跟著顧楚生去昆陽吃苦。我心疼妳，妳自小錦衣玉食長大，嫁過去該怎麼辦呢？」

聽到這話，楚建昌心裡動了動。

楚錦錦衣玉食長大，楚瑜卻是跟著他風餐露宿長大的。楚錦不願意吃苦，楚瑜就可以吃。

「反正顧楚生是個文官，我們楚家不做違背婚約之事，我替妳嫁了也沒什麼。妳一直嚮往高門大戶，嫁到衛家必然很是開心。只是顧楚生看不上我，我送了錢財和私奔的書信去，都給人家退回來了，還說一輩子只喜歡妳一個。妳看，顧楚生對妳的心意，那可是蒼天可鑑啊。」說著，楚瑜露出些同情：「如今我已經嫁入衛家，我楚家與顧家婚約不可廢，顧楚生人品端正相貌堂堂前途無量，雖說是個文官不夠英氣，但人總有瑕疵，也無甚大礙。他打小喜歡妳，妳一定會過得很好的。妳便嫁了吧！」

楚瑜走上前，抬手替楚錦擦拭眼淚：「莫哭了，嗯？」

說了這一番話，大家明白過原委來。楚建昌臉色不太好看，憋了半天，終於道：「我說阿瑜從來與顧楚生沒什麼交集，怎麼就突然要私奔了。楚錦，是誰教妳做這樣貪圖享受趨炎附勢的人的！」

楚建昌一貫相信楚瑜，莫說楚瑜還拿著當初顧楚生退給她說喜歡楚錦的書信，便是沒有，楚建昌也不會懷疑楚瑜。

聽到楚建昌的話，楚錦乾脆破罐子破摔，嚎啕出聲：「我一個女兒家，嫁人便是一輩子的事兒了，顧家如今什麼情形您不知道嗎？您讓大姐嫁給衛家，我嫁給顧楚生，這心偏到哪裡去了！大姐能當世子妃，我卻要嫁九品縣令，父親，都同樣是孩子，你……」

「楚錦！」楚建昌被楚錦激怒，暴喝道：「妳在胡說些什麼！」

「您瞧不上顧楚生，不讓大姐嫁給他，怎的我就能嫁了？」楚錦也不再遮掩，眼中滿是憤恨，「我不嫁！便就是讓我死，我也不嫁！」

「混帳！」楚建昌拍案而起，怒道：「給我關佛堂去，沒反省過來就別出來了！」

說著，下人便上來拉扯楚錦，謝韻還想說什麼，被楚建昌用眼神止住，謝韻還是怕楚建昌的，將所有話憋下去，滿眼心疼看著楚錦被拖了下去。

等楚錦走後，楚瑜留下來吃了飯，楚建昌很是疲憊，同楚瑜聊了兩句，便去睡了。

楚瑜見到了夜裡，同謝韻要了長月和晚月過來，便道：「母親，我帶著兩位丫鬟回去吧。」

謝韻皺了皺眉頭，看著站在楚瑜身後的兩個姑娘。

兩個姑娘身材纖細高挑，一個長得頗為秀麗，一個長得十分溫婉，站在楚瑜身後，顯得格外出眾。

謝韻有些不安：「陪嫁丫鬟總是長得不怎麼樣……」

「我在那邊，沒有可用之人。」楚瑜嘆了口氣：「那邊的丫鬟，才貌都出眾得多，衛世子卻連通房丫鬟都沒有，足可見人品端正。長月、晚月我從小用慣了，還帶著些武藝，她們在，我好行事得多。」

聽了這話，謝韻心裡安定了些，見楚瑜面色擔憂，她也不忍，只是道：「好吧。」

楚瑜得了兩個丫鬟，便告別打算離開。謝韻送她到了門前，上馬車前，她還是忍不住道：「阿錦的事兒，妳還是幫襯著些。」

楚瑜點點頭，嘆了口氣：「母親放心吧，她雖不懂事，但我還是會幫的。不過衛家是不太可能，衛家眼光頗高，衛韞又是這一代最受寵的公子，怕是要尚公主的。我再看看其他世家，若有合適，會替阿錦上心。」

聽說衛韞要尚公主，謝韻也就打消了心思，和誰爭，都不能和公主爭。

她抬頭看了楚瑜一眼，心裡全是感激：「以往我總覺得妳不懂事，如今……阿瑜，妳長大了。」

楚瑜面色僵了僵，這話讓她忍不住想起上輩子這位娘親做的那些事兒。

她閉上眼睛，輕嘆了一聲，搖了搖頭，進了馬車。

馬車搖搖晃晃，長月和晚月坐在馬車兩邊，過了許久後，長月端了茶給楚瑜，小聲道：

「大小姐真打算給二小姐找個好婆家呀？」

她素來看不慣楚錦，但說給楚瑜聽，她也只覺得長月多心。可長月還是忍不住要說。

楚瑜笑了笑，自然不能讓楚錦嫁給顧楚生，顧楚生可是個厲害人物，不小心飛黃騰達了怎麼辦？

楚瑜思索著，目光移到長月臉上，聽著長月說楚錦的壞話，她心裡浮現些許不安。

上輩子，長月就是因著這張嘴，被楚錦杖責而死。

楚瑜看著長月，驟然想起那些歲月。

寒冬臘月，她跪在顧楚生書房前，不遠處是長月的叫罵聲。

她聽著板子落在長月身上，拼命給顧楚生磕頭。

她在戰場上被傷了身子，極難生育，大夫說這和她練的功法有關，為了懷孕，顧楚生廢了她的武功。

於是在顧楚生娶了楚錦做為側室，在楚錦掌管內宅以不服管教為由杖責長月的時候，她只能這樣跪著，無能為力。

其實她從來沒後悔過。

愛顧楚生這件事，為顧楚生做一切，她都沒有後悔，路是自己選的，她傾盡全力愛一個人，等不愛了，她就可以從容離開。

直到長月被打，她卻無能為力那一刻，她終於後悔了。

她的愛情該是她一個人的事，不該有任何人為此受到牽連。

於是她哭著求他。

「顧楚生我錯了，」她說：「放過長月，放過長月吧。我答應和離，我把正妻的位置讓給楚錦，我帶著長月和晚月走，我不纏你了，我錯了……」

「對不起，喜歡你我錯了，你放過我吧。」

「放過我吧……」

她哭著叩首，頭砸在地板上，血流出來。

顧楚生終於走出來，他披著官袍，垂眸看她。

「一個下人而已，有這麼重要？」他聲音如冰山，如寒雪，「一個下人，就能決定妳我和離？」

說著，他勾起嘴角，叱喝：「荒唐！」

她哭得不能自己，伸手去拉他：「求你了，你要什麼我都答應你，顧楚生，看在我陪你那麼多年的份上……」

「別總是拿那些年壓我！」顧楚生暴怒道：「我沒逼妳陪我吃苦，是妳自己要的！」

那天晚上，顧楚生沒有救長月。最後是顧楚生的母親來救的人。

可長月傷勢太重，熬了一晚，高燒不退，還是沒熬過去。

冬日太冷，楚瑜抱著長月的屍身，一直抱到正午。她一直沒說話，也沒哭，只是靜靜抱著長月，晚月顫抖著聲音叫她：「大小姐……」

晚月和長月一樣，一直不肯叫她夫人。

她抬起頭，看著晚月，顫抖了許久，終於說出一聲：「我們走吧……」

於是她走了，帶著長月的屍體和晚月，離開了華京。

她怕不走，連晚月都不保不住。

想起那段過往，楚瑜閉上眼睛，她伸出手，將長月一把攬進懷裡。

長月有些疑惑地眨眼：「小姐？」

楚瑜沒說話，啞著聲音：「長月，我在呢。」

這一次，再不會自斷臂膀，這一次，一定好好護著妳。

帶著長月和晚月回到衛府，剛進門，楚瑜便看到春兒站在門口，春兒焦急地上前道：

「少夫人……」

楚瑜頓住腳步，瞧著她的模樣，冷眼道：「還在這兒呢？」

「少夫人，」春日知道楚瑜這是找了藉口要發作，卻說不得什麼，只是道：「您讓奴婢通報二夫人後走得太急，奴婢沒能跟上……」

「通報二夫人？」楚瑜勾起嘴角：「我何時讓妳去通報二夫人了？」

春兒僵了僵，楚瑜平靜道：「我已同夫人稟報過行程，緣何要讓妳同二夫人稟報？」

楚瑜神態中帶著些許傲氣，旁邊人聽了這話對視一眼，旋即明白了楚瑜話語中的未盡之意。

梁氏雖然被稱為二夫人，但終究只是妾室，是柳雪陽抬舉她，才有了位置。楚瑜乃楚家嫡長女，衛家世子妃，管教也只有柳雪陽有資格，萬沒有出行要稟報梁氏的道理。

春兒面色僵住，知道這是神仙打架小鬼遭殃。楚瑜也沒為難她，淡道：「既然不願意在我房裡伺候，便去找二夫人，讓她給妳安排個去處吧。」

「少夫人……」

「哦，順便同二夫人稟告一聲，我房裡加了兩個人，我會同婆婆說的，但讓她別忘了我這一房的月銀多加四銀。」

長月、晚月是她從楚家帶來的不假，但月奉卻不該是她自己單獨出的。

留下這句話後，楚瑜便帶著長月、晚月回到房中，安置下長月、晚月後，聽衛夏稟報了這一日的日常，隨後便看衛秋拿了一封信過來。

「這是前線過來的信。」

衛秋恭恭敬敬呈了上來，楚瑜點了點頭，攤開信件。

她本以為是衛珺給她的回信，然而攤開信後，發現卻是歪歪扭扭狗爬過一樣的字，滿滿當當寫了整頁。開頭就是：嫂子見安，我是小七，嫂子有沒有很驚喜？大哥太忙了，就讓我代筆給嫂子回信。

「……」

看了這個開頭，楚瑜忍不住抽了嘴角。

她明明記得當年鎮北侯寫了一手好字，她還在顧楚生的書房裡看過，那字體真是不可多得的好看。規整嚴謹，肅殺之氣撲面而來，橫豎撇捺之間清瘦有力，一如那清瘦凌厲的少年將軍。

怎麼現在這字……

楚瑜嘆了口氣，反應過來這前後變化之間經歷了什麼，心裡湧現大片心疼。

如果衛韞天生就是那尊殺神，她覺得似乎也沒什麼。然而如今知道衛家家變之前，衛韞居然是這樣一個普通歡脫的少年，這前後對比，讓楚瑜覺得心裡發悶。

然而她很快調整了過來。

——還好，她來了。

她細緻地看了衛韞所有描述。衛韞囉嗦，衛珺怎麼起床、怎麼吃飯、和誰說了幾句話、去幹了什麼、天氣好不好、他心情如何……

他事無鉅細，紛紛同楚瑜報告。

楚瑜從這零碎的資訊裡，依稀看出來，衛忠的打法的確很保守，一直守城不出，打算耗死對方。

「嫂子交代之事，大哥一直放在心上。任何冒進之舉措，均被駁回，嫂子盡可放心。」寫了許久，衛韞終於寫了句關鍵的正經話。

楚瑜舒了口氣，旁邊衛秋看她看完了信，笑著道：「少夫人可要回信？」

「嗯。」

楚瑜提了筆，就寫了一句話：好好練字，繼續觀察，回來有賞。

做完這一切後，楚瑜終於覺得累了，沐浴睡下。

睡前她總有些忐忑難安，於是她將信從床頭的櫃子裡拿了出來，放在枕下。

也不知道怎麼的，信放在枕下，她驟然安心下來，彷彿衛珺回來了，衛韞還是少年，衛家好好的，而她的一生，也好好的。

楚瑜一夜睡得極好，翌日醒來後，她一睜眼便詢問前來服侍的晚月：「二夫人可派人來找了？」

晚月有些詫異，不知道她為什麼這麼問，卻還是老實道：「未曾。」

楚瑜點了點頭，贊了句：「倒挺沉得住氣的。」

晚月不太明白，但她向來不是會過問主子事的奴才，只是按著楚瑜的吩咐，侍奉楚瑜梳洗後，就跟著楚瑜去給柳雪陽問安。

楚瑜每天早上準時準點給柳雪陽問安，從未遲過。

柳雪陽早上起得早，楚瑜去的時候，她已經在用早膳了。她招呼著楚瑜坐進來，含著笑道：「妳也不必天天來給我問安，我這裡沒那麼大的規矩，這麼日日來，多累啊。」

「兒媳以往一貫這樣早起，如今世子不在，我也無事，多來陪陪您，總是好的。」

楚瑜笑著看著下人上了碗筷，和柳雪陽有一搭沒一搭的聊著閒事。

她和柳雪陽關注點不太一樣，聊了一會兒，兩人便察覺到雞同鴨講的尷尬。柳雪陽有些不願同她聊下去，卻又礙著情面不敢說什麼，只是等著楚瑜用完。

楚瑜看了柳雪陽一眼，便知道她的意思，她心裡覺得，這個婆婆的確是太沒氣性，也難怪正室尚在，卻讓妾室管了家。

她思索了一陣子後，終於道：「我今日來，是想同婆婆聊一聊內務。如今兒媳嫁進來，又是世子妃，理應為婆婆分擔庶務，不知婆婆打算讓兒媳做些什麼？」

聽到這話，柳雪陽面上露出笑容：「這妳不用擔心了，」她十分放心道：「府中一直是二夫人主持中饋，我並不勞累。」

楚瑜：「……」

這婆婆真是心大到沒邊了。

不過她早已猜到，於是露出詫異的神色，隨後抿緊了唇。

這一番神色變化讓柳雪陽忐忑起來，有些猶豫道：「阿瑜可是覺得不妥？」

「倒也……沒什麼。」楚瑜說得艱難，似乎極其為難。她斟酌了一下，抬頭同柳雪陽道：「只是兒媳日後出去，不知要如何同其他夫人說。」

各家世子妃都會跟隨主母學習主持中饋，等日後世子繼位，掌家大權便會交到世子妃手中。只有極不得寵的世子妃才會什麼都不管。

聽到楚瑜這話，柳雪陽終於反應過來，她點了點頭道：「是了，我一貫不同她們打交道，倒忘了這規矩。這樣吧，」柳雪陽同楚瑜道：「妳與二夫人共同管家，妳先看她怎麼做，學著些。」

楚瑜要的就是這個「看著」。

她點了點頭隨後又道：「要是我覺得有些人不合適，能換嗎？」

「這種小事，妳同二夫人商量便可。」柳雪陽皺了皺眉頭：「換個人而已，沒什麼吧？」

「謝謝婆婆。」楚瑜笑起來：「我便知婆婆疼我。」

聽了這話，柳雪陽不由得笑了，揮了揮手道：「要做什麼妳去吧，我去抄佛經了。」

楚瑜拜別了柳雪陽，便帶著人來了梁氏的房中。

梁氏如今年近四十，身子已經發福，讓她顯得格外親人。楚瑜到的時候，她上前迎了，若不是楚瑜昨天才下了她的面子，從她一番舉動看，根本看不出兩人有什麼間隙。

楚瑜同梁氏你來我往了一番，終於說明了來意。

梁氏聽了楚瑜的話，面色僵了僵，隨後道：「也是，少夫人日後畢竟是管家的，如今學著也好。」

說著，梁氏便道：「不如這樣，下月便是夫人生辰，這事兒便交給少夫人主辦，妾身也會從旁協助，少夫人看如何？」

「我覺著，不妥。」楚瑜直接開口，笑咪咪看著梁氏：「阿瑜年少，還需多多學習，上來就主辦這樣大的事兒，怕是不妥。阿瑜如今就先跟在二夫人身邊，二夫人做什麼，阿瑜學什麼。」

梁氏聽著這話，臉上的笑容已經完全繃不住了，然而楚瑜笑容不減，梁氏知道她是不會退讓了，好久後，她深吸一口氣道：「好，那還請少夫人上點心，好好學。」

「二夫人放心，」楚瑜恭敬行禮：「阿瑜會好好學的。」

楚瑜說到做到，吃過午飯後，楚瑜便來了二夫人房中，等著二夫人「教」她。

梁氏走到哪兒，楚瑜便跟到哪兒，梁氏心煩意亂，楚瑜見她煩了，也沒說話，就這麼跟了一天，等到天黑，梁氏終於累了，將楚瑜趕了出去。

楚瑜帶著長月、晚月前腳出了梁氏的門，後腳就帶著長月、晚月翻牆出了衛府。

「小姐要去哪兒？」長月、晚月有些疑惑。

楚瑜從兜裡掏出一串鑰匙：「去配鑰匙。」

晚月愣了愣，長月瞬間反應了過來：「您讓我在二夫人房裡放安魂香是為這個啊！」

楚瑜用「孺子可教」的眼神看了長月一眼，點了點頭。

「咱們趕緊，天亮前放回去。」

「行嘞！」長月歡快出聲，拼命誇讚楚瑜：「小姐妳可真厲害，我還在想到底要怎麼讓梁氏准咱們查帳呢！」

「妳知道我要查帳？」

楚瑜覺得長月有長進，她一貫是手上功夫比腦子厲害。

長月不好意思道：「是晚月告訴我的。」

晚月猜出她的想法，楚瑜倒不覺得奇怪。她對著晚月點了點頭，卻是道：「那知道為什麼我不攬生辰宴這事兒嗎？」

「主子是主，梁氏為妾，主子拿回中饋是遲早的事兒，梁氏攔不了。所以梁氏想找個事兒讓主子做砸，讓衛家知道主持中饋一事，只有她梁氏能做好。」

「嗯。」楚瑜點頭，嘆了口氣道：「晚月，以後妳嫁出去，我也不擔心了。」

聽到這話，晚月紅了臉道：「主子說得太早了。」

「不早了呀，」楚瑜眨了眨眼：「妳也十六了吧。」

晚月被楚瑜羞得說不出話，長月在旁邊笑話她，晚月忍不住就朝長月動了手，三個人打打鬧鬧，在兵器街附近找了一家鎖匠，盯著對方配好所有鎖以後，又在街上玩鬧了一陣子，才偷偷溜回房中。

她們三個人自以為謹慎，結果一爬過牆，就看見衛秋在院子裡，瞧著爬進來的三個姑娘，臉上有些無奈。

楚瑜有些尷尬地打了聲招呼：「那個，晚上好啊。」

衛秋嘆了口氣，想說什麼，最後卻忍住沒說。

楚瑜本以為這事兒就這樣了，結果第二天晚上，她就收到了衛韞的飛鴿傳書。

那狗爬一樣的字顯得更潦草了，彰顯了這個人的擔心：嫂子，妳別隨便翻牆出去玩，衛家牆上有機關，有些地方不能翻的！

楚瑜看著這封千里飛書，抬頭看向旁邊低頭看著腳尖的衛秋。

憋了半天，她忍不住道：「信鴿貴嗎？」

衛秋低著頭，小聲道：「挺貴的。」

「好吧，」楚瑜沉著臉：「那還是吃烤乳鴿吧。」

衛秋：「……」

他知道，楚瑜想烤的不是鴿子，是他。

楚瑜偷鑰匙偷得不動聲色，梁氏也沒察覺。

等到晚上，楚瑜偷了帳本，再溜進倉庫，一樣一樣清點對帳。白天她就跟著梁氏，隨時盯著她。

梁氏被她盯得心慌，倒沒做什麼小動作。

衛府家大業大，楚瑜查帳查得慢，她也不著急，一面查一面記出錯的地方，閒著沒事，就和衛韞寫寫信。

衛韞年紀小，在前線擔任的職務清閒，就是給衛珺跑跑腿。於是每天很多時間，回信又快話又多。

衛珺偶爾也會給她書信，但他似乎是個極其羞澀的人，也說不出什麼來，無非是天冷加衣，勿食寒涼，早起早睡，飲食規律。

衛珺寫了這句話，衛韞就在後面增加注釋。

天冷加衣——嫂子可以多買點漂亮衣服，想穿什麼穿什麼，全部記在大哥帳上，不要怕花錢。

勿食寒涼——嫂子別吃太冷的，大夫說容易肚子疼，大哥已經買了白城所有好吃的小吃，回來就帶給妳。

早起早睡——嫂子要好好睡覺，睡不著找衛夏要安魂香，大哥想妳想得睡不著，怕妳太想他了。

飲食規律——算了，嫂子我編不出來了，妳知道大哥很想妳就對了。

楚瑜：「……」

她已經完全不知道要怎麼面對這個話癆小叔子了，看邊境來的信，她只覺得好笑，多看幾日，就成了習慣。只要看見衛秋拿著信進來，她就忍不住先笑了。

楚瑜查帳的時候，楚家也派人到了昆陽，找到了顧楚生。

顧楚生剛在昆陽安定下來，整理著昆陽的人手。

這地方他上輩子來過，倒也得心應手，只是事情實在太多，哪怕熟悉也很難一下做完。

等楚家派人過來的時候，他從案牘中抬頭，好久後才反應過來。

他第一個想法便是——楚瑜來了！

按照原來的時間，楚瑜應該是在半路就追上他，可哪怕他刻意延緩了速度，都沒見楚瑜追過來。他心裡焦急，面上卻是不顯，他向來是個能等待的，他知道楚瑜一定回來。

如果楚瑜不來……他如今也做不了什麼。

他回來得太晚，回來的時候，父親已死，自己馬上就要啟程離開華京，根本來不及部署什麼，他想娶楚瑜，只能靠楚瑜對他那滿腔深情。

也就是這時候，他不得不去面對，當年的楚瑜對他，的確是下嫁。

拋棄榮華富貴，嫁給他一個一無所有的文弱書生。

一開始的時候，不是沒感動。

至少娶她的時候，是真心實意，想要回報這份感情。

可是當所有人都說她對他多好，說他多配不上她的時候，傲氣和憤怒蒙蔽了他的眼睛。當他平步青雲，面對這個曾經施恩於他的女人，他怎麼看都覺得礙眼。她彷彿是他人生最狼狽時刻的印記，時刻提醒著，他顧楚生，也曾經是個狼狽少年。

等她死了，等他經歷歲月，看過榮華富貴，走過世事繁華，經歷過背叛，經歷過絕望，他才驟然發現，只有年少時那道光，最純粹，也最明亮。

他想起當年的楚瑜，心裡有些顫抖，他克制著自己的情緒，站起身來，同侍從道：「讓楚家人稍等，我換件衣服就來。」

說著，他便去了廂房，特意換上自己最體面的衣服，束上玉冠，在鏡子面前確認了儀態後，深吸一口氣，這才去了大堂。

他拼命思索著楚瑜是怎麼來的，楚瑜和衛家的婚事如何處理，楚瑜……

他想了許多，到了大堂，只見到一位楚家侍從時，他不由得愣了愣。

對方上前，恭恭敬敬行了個禮：「顧大人。」

顧楚生點點頭，將心裡的疑慮壓在心底，回了個禮道：「山叔，許久不見。」

楚山是楚家的家臣，顧楚生也知道他在楚家頗受看重，哪怕他品級並不高，他還是對楚山頗為恭敬。

顧楚生說著話，迎了楚山坐到位子上，隨後道：「不知山叔今日前來，可是楚叔叔有什麼吩咐？」

「也沒什麼大事，」楚山爽朗笑道：「將軍此次就是吩咐了兩件事，第一件是他知道顧大人如今的處境，讓我帶了些東西過來。」

楚山說著，帶了一個匣子上來。

顧楚生雙手接過匣子，打開之後，裡面放滿了金元寶和幾封書信。

「昆陽有幾位將領，與將軍還算熟悉，這裡面是將軍親筆書信，顧大人可拿去拜見，出門在外，多有人照拂一二，總是好的。」

楚山隻字未提裡面的黃金，是顧及了顧楚生的面子，如果顧楚生真是個少年，或許還醒悟不過來這番好意，他素來心高氣傲目中無人，全然體會不了別人不著痕跡的善。

然而他經過了這麼多年打磨，知曉了楚山的體貼，他如今的確缺錢，也並不推辭，深吸一口氣道：「謝謝楚叔叔了，也謝過山叔。」

他說得真誠，楚山的笑容更深了幾分，輕咳了一聲，隨後道：「這第二件事，是您與我家小姐婚約之事的。」

聽到這話，顧楚生心裡提了起來。

他猜想著，楚山來說這事，大概是和楚瑜有關的。楚瑜這次沒有追著他過來，中間或許有了什麼變數，然而她向來是個執著的人，她要做的事，一定會做到。

如今楚山過來，還提及婚約，莫非是楚瑜說動了楚建昌，讓她正大光明嫁過來？

他將匣子放在桌上，壓抑著心中的激動，抬頭看向楚山：「婚約之事，楚叔叔是如何打算？」

「你不用緊張，」看見顧楚生的樣子，楚山猜想他是以為楚家來解約的，趕忙道：「楚家不是背信棄義的小人，將軍就是讓我來問問，如今大小姐已經出嫁，二小姐的年齡也到了，您打算何時來提親？」

聽到這話，顧楚生腦子裡「嗡」的一下，整個人懵了。

他呆呆地看著楚山，什麼話都說不出來。

他說什麼？大小姐出嫁了？

什麼大小姐出嫁了？楚家的大小姐除了楚瑜，還有誰？

總不能是楚瑜。

她要嫁給他的，她上輩子跋涉千里都過來了，這輩子怎麼可能嫁給別人呢？

他張了張口，似乎想要說什麼，楚山看他的模樣，笑著道：「顧大人是不是歡喜得呆了？」

聽到這話，顧楚生終於慢慢回過神來，他覺得喉間乾澀，卻還是撐著笑容，艱難道：

「您說的大小姐，可是阿瑜？」

「那是自然，」楚山喝了口茶，眼中露出滿意的神色：「大小姐嫁了衛府，前陣子回門來，看上去過得很好，衛家門風雅正，小姐這輩子應當不用擔心了。」

「話，也不是這樣說。」顧楚生在衣袖下捏緊了拳頭，楚山詫異抬頭，看他垂下眼眸，用平靜得讓人感覺到寒冷的語調，慢慢道：「一輩子這樣長，總不能依靠在別人身上。」

更不該是衛家那個短命的衛珺身上。

想到衛珺的名字，顧楚生就覺得彷彿利刃扎進了心裡。

當年楚瑜就是要嫁給衛珺的，有多少年，他的名字始終被和衛珺放在一起，多少人可惜過，若衛珺還活著，楚瑜嫁給他就好了。

那時候他一聽到這個名字就覺得憤怒，在所有人眼裡，他比不上衛珺，或許在楚瑜心裡，他也比不上衛珺。

只是衛珺死了，只是她沒有退路。

他曾經慶幸衛珺死了，曾經厭惡衛珺死了，上輩子如此，這輩子再聽到這個名字，他驟然發現，比起上輩子，這輩子，他對衛珺厭惡更深了一些。

楚瑜嫁給了他。

這輩子，楚瑜嫁給了他！

他抬頭盯著楚山，他想問他們到底對楚瑜做了什麼。

這樣的目光太過失禮，旁邊侍從都忍不住叫了他：「公子。」

楚山皺起眉頭，他感覺有些不安，於是他直接道：「顧大人可是有什麼話要說？」

顧楚生被楚山的話點醒，如今楚瑜嫁給衛珺已是定局，他不能再得罪楚家。於是他深吸一口氣，將匣子推了回去。

「與二小姐的婚事，在下想了許久，覺得終究還是要明說。二小姐金枝玉葉，楚生如今這樣的身分，怕是般配不上。」

「這你不必擔憂，將軍說……」

「而且，」顧楚生打斷楚山，目光堅定：「楚生心中已有思慕之人，二小姐怕也有自己的思量，婚姻大事，還是要找鍾愛之人，楚生想，將軍不會強求。」

聽到這話，楚山沉默下來。楚瑜成親之前那番折騰他是知道的，如今再看顧楚生和楚錦的態度，他嘆了口氣，抬頭看著顧楚生。

「顧公子，」他語氣裡帶著無奈：「您實話同我說，您思慕之人，可是我家大小姐。」

顧楚生愣了愣，片刻後，他慢慢笑開。

他沒有推脫，也沒有惱怒，重重點頭：「是。」

楚山嘆了口氣，似是困擾：「您這樣……大小姐……她已經嫁人了啊。」

「她嫁人了，」顧楚生面上帶笑，眉眼彎彎：「那於我喜歡她，又有何礙呢？」

莫要說那衛珺本來就是個短命的，哪怕衛珺活得長長久久，他顧楚生的人，就算把所有人撕得鮮血淋漓，也一定要搶回來！

想到這一點，顧楚生心裡終於沒那麼痛苦。

衛珺在戰場上。

他勾著嘴角，眼裡全是冷意。

哪怕他什麼都不做，衛珺、衛家，都註定要死在戰場上。

作為當年的朝中重臣，他再清楚不過當年戰場上到底發生了什麼。那是連天子都不敢面對的往事，連天子都曾放下玉冠，向衛韞道歉之事。

誰都救不了衛家。

哪怕重生回來的他，也救不了。

第四章　劇變

楚山見顧楚生態度堅決，也沒再多勸，只是道：「我會轉告大人的話給將軍，只是將軍的禮物……」

「無功無德，受之有愧。」顧楚生看了那匣子一眼，堅定道：「昆陽的事，在下會自己處理好。」

上輩子楚建昌惱怒楚瑜私奔之事，足有三年沒有理他們二人，那時候他是一個人走過來的，如今他擁有上輩子的記憶，更不會害怕擔憂。

楚建昌給他這份錢，是看在楚錦的面子上，可如今他既然不打算娶楚錦，自然不能拿這份錢，讓楚建昌看輕了去。

楚山也明白顧楚生的想法，想了想後，嘆息道：「那也罷了。我這邊回去給將軍回信，去晚了，將軍怕是連你們成親的日子都要定好了。」

顧楚生也知道這樣的大事儘早讓楚建昌知道比較好，便也沒有挽留楚山，送楚山出了昆陽，看著遠處綿延的山脈，他雙手攏在袖間，詢問下人：「今日初幾？」

「大人，初七了。」

「九月初七……」顧楚生呢喃出這個日子，沉吟片刻後，慢慢道：「就剩兩天了啊……」

楚山給顧楚生送信的時候，楚瑜也在衛府中將衛府的帳清點了七七八八。

這些年梁氏仗著柳雪陽和衛忠的信任，中飽私囊，的確拿了不少好東西。楚瑜將帳目清點好謄抄在紙上，思索著要如何同柳雪陽開口說及此事。

這樣長時間的貪汙，若說柳雪陽一點都不知道，楚瑜覺得是不大可能的。哪怕柳雪陽不知道，衛忠、衛珺，衛家總有人知道些。可這麼久都沒有人說什麼，是為什麼？

如果說衛家人其實並不在意梁氏拿點東西，她貿貿然將這帳目拿出來，反而會讓柳雪陽不喜。

她並不瞭解衛家，思索片刻後，她給衛韞寫了封信，詢問了府中人對梁氏的態度。

這些時日與衛韞通信，她與他熟識了不少。衛韞是個極愛打聽小道消息的人，家裡什麼消息他都靈通，而且話又多又亂，言談之間十分孩子氣，從他這裡得到消息，再容易不過。

然而楚瑜也知道，這是衛韞看在衛珺的面子上。

衛珺應當吩咐過衛韞什麼，以至於衛韞對她沒有任何防備。

這個青年雖然來信不多，但卻十分準時，每隔七天必有一封。像彙報軍務一樣彙報了日常，然後也就沒有其他。

他的字寫得十分好看，楚瑜瞧著，依稀從中瞧出了幾分上輩子的衛韞的味道。

那是和上輩子衛韞一樣的字體，只是比起來，衛韞的字更加肅殺凌厲，而衛珺的字卻是透出一種君子如玉的溫和。

前線與華京的通信，若是天氣好，一天一夜便夠，天氣差點，兩天也足夠。楚瑜送了信後，便安睡下來，打算明天去柳雪陽那裡摸一摸底，結合衛韞的資訊，再作打算。

然而那天夜裡，楚瑜也不知道自己是怎麼的，突然做起夢來。

夢裡是上輩子，她剛剛追著顧楚生去昆陽的時候，那時候顧楚生不大喜歡她，卻也趕不走她，她自己找了顧楚生縣衙裡一個偏房睡下，墊著錢安置顧楚生的生活。

那天是重陽節，她準備了花糕和菊花酒，準備同顧楚生過節，剛到書房門口，她就聽到顧楚生震驚的聲音：「七萬人於白帝谷全殲？這怎麼可能？」

然後畫面一轉，她在一個山谷之中，四面環山，山谷中是廝殺聲、慘叫聲、刀劍相向之聲。

到處著了火，滾滾濃煙裡，她看不清人，只聽見衛珺嘶吼：「父親！快走！」

她認出這聲音來。

那個青年將紅綢遞給她，結巴著喊那句「楚姑娘」時，她就將這聲音牢記在心裡。

於是她瞬間知道這是哪裡。

白帝谷。

七萬軍，全殲。

她拼命朝他跑過去，她推開人群，想要救他。她嘶喊著他的名字：「衛珺！衛珺！」

然而對方聽不到，她只看見十幾支羽箭貫穿他的胸口，他還提著長槍，艱難回頭。

火光之中，他清秀的面容上染了血跡，這一次他的聲音仍舊結巴，只是是因為疼痛而顫抖，叫出她的名字，楚……楚姑娘。

她拼了命朝前，然而等她奔到他身前時，火都散去了，周邊起了白霧，他被埋在人堆裡，到處都是屍體。

一個少年提著染血的長槍，穿著殘破的鎧甲，沙啞著聲，帶著哭腔喊：「父親……大哥……你們在哪兒啊？」

楚瑜不敢動。

她慢慢扭過頭去，看見了衛韞。

他頭上綁了紅色的布帶，因他還未成年，少年上戰場，都綁著這根布帶，以做激勵。

他的臉上染了血，眼裡壓著惶恐和茫然。他一具一具屍體翻找，然後叫著他們。

「三哥……」

「五哥……」

「六哥……」

「四哥……」

「二哥……」

「父親……」

最後，他終於找到了衛珺。他將那青年將軍從死人堆裡翻過身子的時候，終於再也無法忍耐，積累的眼淚迸發而出，他死死抱住衛珺。

「大哥！」

他嚎啕大哭，整個山谷裡都是他的哭聲。

「嫂子還在等你啊啊！」

「你說好要回家的啊，大哥你醒醒，我替你去死，你們別留下小七啊！」

「哥……父親……」

衛韞一聲一聲，哭得驚天動地，然而周邊全是屍體，竟然沒有一個人，能應他一聲。

那如鳥雀一樣的少年，在哭聲中一點一點，歸於絕望，歸於憤怒，歸於仇恨，歸於惶恐。

楚瑜靜靜看著，看著屍山血海，看著殺神再臨。

衛韞身上依稀有了當年她初見他時的影子。

鎮北王，閻羅衛七，衛韞。

那十四歲滿門男丁戰死沙場，十五歲背負生死狀遠赴邊關救國家於水火，此後孑然一身，成國之脊梁的男人。

然而她沒有像當年一樣，敬仰、敬重，亦或是警惕、擔憂。

她看著那個少年，只覺得無數心疼湧上來。

不該是這樣的。

衛小七，不該是這樣的。

她疾步上前，想要呼喚他，然而就是這一刻，夢境戛然而止，她猛地驚醒過來。

陽光落在她臉上，她急促喘息，晚月正端著洗臉水進來，含笑道：「今個兒少夫人可是起晚了。」

晚月和長月喜歡衛家，也就改了口，叫楚瑜少夫人。

楚瑜在夢中回不過神來，晚月上前，在她眼前用五指晃了晃道：「少夫人可是魘著了？」

楚瑜目光慢慢收回，停在晚月身上，她在夢中崩潰的神智終於恢復了幾分，她沙啞著聲音：「今日……初幾？」

「您這一覺真是睡得糊塗了。」晚月輕笑，眼裡帶了些無奈：「今日重陽，九月初九呀。昨晚您還吩咐我們準備花糕和菊花酒……」

話沒說完，楚瑜就穿上鞋，衣服都沒來得及換，就朝著後院管理信鴿的地方奔去。

她還沒緩過神，驟然起來，便忍不住頭暈了一下，走得跌跌撞撞，將冒冒失失進來的長月撞了個結結實實，自己也因慣性摔倒在地上。

長月「哎喲」一聲，正想罵人，便看見晚月急急忙忙來攙扶楚瑜，她愣了愣道：「少夫人，您這是做什麼？」

「衛秋呢？」楚瑜終於反應過來，提高了聲音，聲音尖銳了許多：「叫衛秋過來！」

晚月察覺事情有些不對，趕緊讓衛秋過來。

衛秋趕過來的時候，楚瑜洗漱完畢，終於冷靜了一些，她抬頭看向衛秋：「邊境可有消息？」

衛秋愣了愣，隨後搖頭道：「尚未有消息。」

「如有消息，」楚瑜鄭重道：「第一時間通知我，想盡一切辦法先將消息攔下，不能告訴別人，可明白？」

衛秋不明白楚瑜為什麼會有這樣的吩咐，然而想到衛珺暗中的吩咐，還是點了點頭。

那一天，楚瑜沒有心情管其他的。她茶不思飯不想，就等在信鴿房邊上。

等到夜裡，終於有信鴿飛了進來，楚瑜不等牠落地，縱身一躍，就將信鴿抓在手裡。

她迅速拿下紙條，看到上面衛韞潦草的字跡。

這紙上還帶著血，明顯是匆忙寫成。

「九月初八，父親與眾兄長被困於白帝谷，我前往增援，需做最壞準備。」

九月初八，白帝谷。

楚瑜腦子嗡了一聲，差點將紙撕了粉碎。

終究還是去了。

為什麼還是去了？

明明答應過她，怎麼還是去了！

楚瑜捏著紙，很快鎮定下來。

她一直盯著前線，從衛韞和衛珺傳回來的書信來看，衛家打法的確很保守，不太可能做出追擊敵軍的事。可一切依舊發生了，九月初八被困白帝谷，今日九月初九……

楚瑜閉上眼睛，她知道，戰場上一定發生了她所不知道的事。

她也意識到，當年衛家滿門追封爵位，絕不只是因為衛韞成為良將，君王抬舉的結果。

重生得到的消息不一定是對的，是她太自負，太相信自己已經得到的消息，以為自己重生回來，就能扭轉局面。

她閉著眼睛，調整著呼吸，旁邊衛秋、衛夏、長月、晚月等在她後面，衛秋的面色有些壓不住焦急，他小聲道：「少夫人，這樣的消息我們不能鎖。」

「我知道。」楚瑜睜開眼，吐出一口濁氣，隨後道：「我這就去找婆婆，在此之前，這個消息，誰都不能知道。」

衛秋有些為難，這樣的消息太大了，然而衛夏卻鎮定下來，恭敬道：「是，謹遵少夫人吩咐。」

楚瑜點了點頭，疾步朝著柳雪陽的房間走去。

衛府老太君平日並不在華京，而是在衛家封地蘭陵養老，如今家中真正能做決策的是柳雪陽。楚瑜清楚知道當年衛家要面臨什麼，也知道柳雪陽做了什麼，她不是一個能忍的女人，而且作為衛韞和衛珺的母親，她也不願讓柳雪陽面對剩下的一切。

她走到柳雪陽房間，甚至沒讓人通報就踏了進去。柳雪陽正躺在榻上聽著下人彈奏琵琶，突然聽到琵琶聲停下，她有些疑惑地抬頭，便看見楚瑜站在她身前，面色冷靜道：「婆婆，我有要事稟報，還是摒退他人。」

柳雪陽愣了愣，朝著旁邊人點了點頭。

旁邊侍從都退了下去，晚月和長月站在門前，關上了大門，房間裡留下了柳雪陽和楚瑜，柳雪陽笑了笑道：「阿瑜今日是怎麼了？」

「邊境來了消息。」楚瑜開口，柳雪陽面色就變了。

身在將門，太清楚一個要讓周邊人都退下的邊境家書意味著什麼，楚瑜見柳雪陽並沒有失態，繼續道：「昨日我軍被圍困於白帝谷，小七帶兵前去救援，但我們得做好最壞的打算。」

柳雪陽坐直了身子，捏著桌子邊角，艱難道：「被困的……有幾人？」

「除小七以外，公公連同六位兄長，七萬精兵，均被困在其中。」

聽到這話，柳雪陽身子晃了晃，楚瑜上前，一把扶住她，焦急出聲：「婆婆！」

「沒事！」柳雪陽紅著眼眶，咬著牙，握住楚瑜的手，明明身子還在顫抖，卻是同她道：「妳別害怕，他們不會有事。如今我尚還在，你們不會有事。」

「何況，」柳雪陽抬起頭，艱難笑開：「哪怕是死，他們也是為國捐軀，陛下不會太為難我們，妳別害怕。」

楚瑜沒說話，她扶著柳雪陽，蹲在她身側，抿了抿唇，終於道：「婆婆，這個時候，這些消息就不外傳了吧？」

「嗯。」柳雪陽有些疲憊地點頭，同她道：「這事妳知我知，哦，再同二夫人……」

「婆婆！」楚瑜打斷她，急促道：「我來便是說這事，如今這種情況，梁氏絕不能再繼續掌管中饋。」

柳雪陽有些茫然，楚瑜試探著道：「婆婆，梁氏這麼多年一直在衛府濫用私權貪汙庫銀，這點您知道的，對嗎？」

「這……」柳雪陽有些為難：「我的確知道，也同老爺說過。但老爺說，水至清則無魚，換誰來都一樣，只要無傷大雅，便由她去了。」

「可如今這樣的情況，還將如此重要之事交在這般人品的人手裡，婆婆就沒想過有多危險嗎？」

「這……」柳雪陽有些不明白：「過去十幾年都是如此，如今……」

「如今並不一樣，」楚瑜深吸一口氣，終於還是決定攤開來說：「母親，我這邊得到的消息，此次戰敗一事，可能是因公公判斷局勢失誤所致，七萬軍若出了事，帳可是要算在衛府頭上的！」

聽到這話，柳雪陽面色變得煞白，她顫抖著聲：「怎麼可能……」

「這樣的消息如果讓梁氏知道，您怎麼能保證梁氏不趁火打劫，捲款逃脫？若梁氏帶走了府中銀兩，我們拿什麼打點，拿什麼保住剩下的人？」

楚瑜見柳雪陽動搖，接著道：「婆婆，錢財在平日不過錦上添花，可在如此存亡危機之時，那就是命啊！您的命、小七的命、我的命，您要放在梁氏手裡嗎？」

聽到這話，柳雪陽驟然清醒。她的眼神慢慢平靜下來，她扭過頭去，看著楚瑜：「那妳說，要如何？」

「若婆婆信得過我，後續事聽我一手安排，如何？」

柳雪陽沒說話，她盯著楚瑜，好久後，她道：「妳既然已經知道前線的消息，便該明白，那七萬軍無論還留下多少，衛府都要獲罪，為何不在此時離開？」

楚瑜沒明白柳雪陽問這句話的含義，她有些茫然：「婆婆這是什麼意思？」

「妳若想要，此刻我可替我兒給妳一封休書，妳趕緊回到將軍府去，若我兒……真遇不測，妳便可拿此休書再嫁。」柳雪陽說著，艱難扭過頭去：「阿瑜，妳還有其他出路。」

楚瑜聽了這話，明白了柳雪陽的意思。她低下頭，輕輕笑開。

「我答應過阿珺……」她聲音溫柔，這是她頭一次這樣叫衛珺的名字。她其實從來沒有與衛珺單獨相處過，然而她也不知道怎麼，從她嫁進衛家那一刻開始，內心就覺得，她希望這一輩子，能在衛府，與這個家族榮辱與共。

這是大楚的風骨，也是大楚的脊梁。

前一百年，衛家用滿門鮮血開疆拓土，創立了大楚。

後面十幾年，到她死，也是衛韞一個人，帶著衛家滿門靈位，獨守北境邊疆，抵禦外敵，衛國江山。

她上輩子耽於情愛，沒有為這個國家做什麼。

這一生她再活一世，她希望自己能像少年時期望那樣，活成自己想要的樣子。

她欽佩衛家人，也想成為衛家人。

於是她低下頭，溫柔而堅定道：「我要等他回來。」

生等他來，死等他來。

柳雪陽的眼淚瞬間奔湧而出，她驟然起身，急忙進入內閣之中，找出一塊玉牌。

「這是老爺留給我的權杖，說是危難時用，衛府任何一個人見了，都得聽此令行事。我知道自己不是個能管事兒的，這權杖我交給妳。」柳雪陽哭著將權杖塞入楚瑜手中：「妳說做什麼吧，我都聽妳的。」

楚瑜將權杖拿入手中，她本是想要柳雪陽聽她的一起去拿下梁氏，然而如今柳雪陽如此信任她，是她意想不到的。

她有些沙啞道：「婆婆……妳……」

「我知道妳是好孩子，」柳雪陽握住她的手，眼裡滿是期盼：「我知道，妳一定能等到阿珺回來。」

她盯著楚瑜，強笑開來：「總該能回來幾個，對不對？」

楚瑜看著面前女子強撐著的模樣，殘忍的話壓在唇齒間，最後，她只道：「婆婆，無論如何，阿瑜不離開。」

柳雪陽低著頭，拼命點頭：「我知道，我不怕的。」

「婆婆，」楚瑜抿了抿唇：「我如今會以貪汙的罪名將梁氏拿下，等一會兒，您就去將五位小公子帶出華京，趕路去蘭陵找老夫人吧。」

聽到這話，柳雪陽睜大了眼：「妳要我走？」

「五位小公子不能留在華京。」楚瑜果斷道。

她不知道局勢能壞到什麼程度，只能讓柳雪陽帶著重要的人提前離開。

柳雪陽還想說什麼，楚瑜接著道：「您是阿珺的母親，是衛府的門面，如今誰都能受辱，您不能。您在，他日小七回來，您就是傀儡，是把柄。而五位小公子在華京，也就是等於衛家將滿門放在天子手裡。」

「婆婆，您帶著他們離開，若是有任何不幸……您就帶著他們逃出大楚。」

「那妳呢？」柳雪陽回過神來：「妳留在這裡做什麼？」

「我在這裡，等衛家兒郎回來。」楚瑜堅定道：「他們若平安歸來，我接風洗塵。他們若裹屍而歸，我操辦白事。若被冤下獄，我奔走救人；若午門掛屍，我收屍下葬。」

楚瑜聲音平靜，所有好的壞的結局，她都說完。

她看著柳雪陽，在對方震驚的神色中，平靜道：「身為衛家婦，生死衛家人。」

柳雪陽被楚瑜的話震得半天回不過神，許久後，她慢慢鎮定下來。

衛家是經歷了大風大浪的家族，她雖然出身書香門第，卻也是年少便嫁入衛家，跟隨衛家起起伏伏之人。

如今衛韞雖然只有一句書信，然而憑藉著多年對局勢的敏感，柳雪陽卻也明白如今衛家就在刀劍之上，若稍有不慎，便是萬劫不復。

她看著比她還要鎮定平靜的楚瑜，認真道：「有女如此，乃衛府之幸。衛府若能平安渡過此劫，必不相負。」

楚瑜聽到這話便笑了，柳雪陽面上一冷，隨後道：「我即刻帶幾位小公子趕往蘭陵，妳在京中行事需得謹慎，若有必要，我會帶老夫人回來。如今衛府全權交給妳，妳對外就宣稱我帶孩子出遊便好。」

「婆婆一路小心。」

楚瑜點頭，柳雪陽也不再多說，即刻讓士兵封鎖了各院落，隨後帶著人去了五位小公子在的房中，直接抱上人便立刻連夜趕了出去。

楚瑜站在門口送走柳雪陽，為了防止追蹤，他們一共送出三輛馬車，朝著三個不同的方向。

等送走柳雪陽後，楚瑜回到屋中，便聽見後院一片吵嚷，晚月上前，冷靜道：「梁氏聽聞夫人出府之事了，吵嚷著要見您。幾位少夫人陸續醒了，要求求見夫人。」

「幾位少夫人不用管，長月，」楚瑜叫了提劍等在一旁的長月，吩咐道：「妳即刻去楚府，連夜借一百家兵過來，此事只能讓我父親知曉，其餘人一律不可。」

長月應聲，旋即轉身出了衛府。

「把帳本帶上，去見梁氏。」

楚瑜見長月出去，隨即帶著晚月出了大堂。

衛夏、衛秋連同侍衛長官衛雲朗一起跟在她們身後，帶上兩排士兵風風火火到了梁氏住所。

梁氏還在吵鬧，楚瑜進去之後，她憤然道：「楚瑜，妳這是什麼意思？夫人呢？夫人在哪裡，我要見她！」

「夫人有事外出，如今衛府由我全權掌管。」

楚瑜直接路過她，走到首位上，端坐下來。

晚月抱著帳本站在她身後，梁氏一看那帳本，臉色便變了。她猶自強撐著道：「夫人怎會將衛府交給妳這樣一個乳臭未乾的小兒掌管？衛府由我執掌中饋十二年，若夫人有要事離開，也當先找我商議。如今怕不是妳囚禁了夫人，挾天子以令諸侯吧！」

聽到這話，楚瑜倒也不惱怒，她端起茶杯，輕抿了一口：「倒是個讀過書的。」

說著，她抬起頭，目光平靜地看著梁氏：「夫人為何找的是我不是妳，妳心裡不清楚嗎？妳便說吧，是妳自己招了，還是我給妳一樁一樁帳清算？」

楚瑜說話並沒有提聲，聲音從容平緩，然而正是這樣平靜的態度，才顯得格外有力。

梁氏內心風起雲湧，她看著那帳本便知道，楚瑜怕是查過帳了。

可她什麼時候查的？她明明已經嚴加防範，明明沒看見楚瑜動過任何帳本的痕跡……

她抿唇不語，楚瑜抬眼看了她一眼：「行了，我也不同妳多說，這些年妳在衛府挪用的銀兩，一共二萬八千銀，我會找妳兄長討要。而妳，」楚瑜看著她，盯了許久後，平靜道：「明日天明，我會押送官府，按律處置。」

聽到這話，梁氏臉色煞白。

在衛府受到禮遇多年，她幾乎忘了自己妾室的身分。

衛府不重嫡庶，她的三個孩子在衛府與嫡子近乎無異，而柳雪陽性情溫和，不管庶務，以至於整個家中，所有人、包括她自己，都忘記了自己妾室的身分。

她固然因寵有了一定地位，然而律法之上，卻清楚寫明了她與妻子的不一樣。

奴若盜竊，杖五十，刺字充邊；若為妾室，杖三十，刺字。杖三十。

對於一個普通女子來說，這與賜死無異了。

梁氏的呼吸急促起來，在楚瑜起身時，她焦急道：「不！少夫人！您不能這樣！」

楚瑜被她抓住袖子，對上梁氏急切的眼神，梁氏眼中含淚，聲音顫抖：「少夫人，我是三位公子的母親，您這樣做，三位公子回來，會寒心的啊！」

過去正是因著如此，柳雪陽和衛忠一直對她額外尊重。

衛家七個孩子，個個都是俊傑，衛忠和柳雪陽不願他們因為嫡庶生分，畢竟戰場之上，一家人就是一家人，因此對於這些孩子的母親，也十分禮遇。

如果是在平時，楚瑜願意為了這個原因去忍讓梁氏，然而悉知梁氏未來做了什麼，她便不能放縱。

於是她道：「妳未曾犯下的罪過，我沒有計較。如今所有罪名，都是妳過去犯下，梁氏，人做事就要有承擔結果的覺悟，妳既然做了，就要有勇氣承擔。」

「至於三位公子……」楚瑜抿了抿唇，心中有些不忍，卻還是道：「想必，他們也會理解。」

說完，楚瑜抬手，讓人將梁氏拉了下去。

梁氏淒厲地叫喊起來，而不遠處諸位少夫人聽見這聲音，心中俱是一驚。

楚瑜處理了梁氏，便轉身去了二少夫人蔣純的房中。

這位少夫人出身將門，但只是個庶女，可因出身的緣故，哪怕在這樣喧鬧的環境中，她也格外鎮定。

她身著素衫，端坐在案牘之前，長劍橫於雙膝之上，面色平靜看著楚瑜踏門而來。

楚瑜在門口靜靜看著她，她嫁入衛府，甚少與這些少夫人交往，如今頭一次這樣正式打量蔣純，倒有些驚豔。

蔣純生得並不算好看，五官清秀，卻有一種額外的英氣。

此刻她剛起床，頭髮散披在身後，這樣靜坐著，倒有一種氣勢。

可她身子微微顫抖，那氣勢明顯是強撐出來，楚瑜停在門前，沒有動作，片刻後，蔣純率先開口：「無論生死消息，少夫人盡可告知。」

楚瑜目光落在蔣純雙膝上的劍上。

上輩子蔣純就是自刎而死，或許，嫁給衛束後她便做好了生死相隨的準備。

於是楚瑜輕輕笑了笑：「尚未有消息，只是他們如今被困白帝谷中，我做了最壞打算而已。待到明日，或許就有消息了，倒是無論生死，還請姐姐幫幫我。」

聽到這話，蔣純微微一愣，呢喃出聲：「還未有消息……」

那便是最好的消息。

楚瑜點點頭，她其實是不放心蔣純，過來看一眼，也順便給蔣純打個底，免得她做出什麼過激之事。

見蔣純狀態還好，她便轉身打算離開，結果還未提步，就聽身後有腳步聲傳來，卻是蔣純道：「我陪妳一起等。」

楚瑜有些詫異，看見對方堅定的神色，最終還是點了點頭。

第二日清晨，楚瑜收到衛韞第二封信。

這封信上的字跡虛浮，似乎是握筆之人已經拿不動筆了一般。

——父兄皆亡，僅餘衛韞，如今已裹屍裝棺，扶靈而歸。

預料之中。

楚瑜看著那信，許久未言，而蔣純只是看了那一句話，便昏死了過去。

楚瑜克制住自己胡思亂想的神智。吩咐下人將蔣純帶下去好好照顧後，回到了書房。

因為早有準備，所以能夠冷靜，然而內心早已翻江倒海。她提了筆，閉上眼睛，深吸一口氣，落筆回信：勿憂勿懼，待君歸來。

這封信跨千山萬水，在第二日黃昏落到了衛韞手裡。

他已經將近兩天沒睡，身裹著素服，背著父兄的靈位，帶著七具棺木，行走在官道上。

他不知道自己在哪裡，也不知道自己要去哪裡。

回家嗎？

可是父兄皆死，僅留他一人，有何顏面回家？

而回家之後，剩下的狂風暴雨，他又如何面對。

姚勇和太子的指責歷歷在目，是他父親冒進追擊殘兵中的埋伏，致使此次大敗。他因年幼沒上前線，不知道發生了什麼，他只知道父兄不是這樣的人，可這樣的辯駁，顯得格外蒼白無力。

他前十四年，無風無雨，哪怕戰場刀槍，都有父兄為他遮擋。

如今突然要他面對這一切，他腦中什麼都沒有，只有一片空白。

屍體是他從白帝谷一具一具背回來的，他一路都在想，何不讓他一起沒了呢？

這靈位太重，他背不動了。

然而也就是這時，先鋒官將家書遞到他手裡。

那女子的字跡，比平日更加沉重了幾分，卻格外堅定。

——勿憂勿懼，待君歸來。

一瞬之間，彷彿有人立於他身前，將那千斤重擔扛了起來。

衛韞顫抖著唇，捏著那張紙，許久之後，慢慢閉上眼睛。

殘陽如血，他握著家書，猶有千金。

他該回去。

哪怕父兄已去，然而猶有老小，待他歸去。

第五章 衛家女眷

楚瑜確認了消息後，也瞞不下了。

楚家連夜調了一百家兵給楚瑜，如今衛府幾乎被楚瑜掌控，哪怕有些侍衛有了異心，有權杖加上楚家的家兵，那些侍衛也做不了什麼。

於是楚瑜先請了大夫過來給蔣純問診，而後將幾位少夫人全部叫到大堂中來。

幾位少夫人也知道出了大事，紛紛謹慎收斂，不敢多說什麼。她們被楚瑜請到大堂，打量了一會兒周邊後，三少夫人張晗試探著道：「夫人呢？」

楚瑜坐下來，平靜道：「夫人帶著五位小公子去蘭陵看望老夫人了。」

聽到這話，幾位少夫人臉色都變了，姚珏霍然起身，怒道：「帶五位小公子離開，怎的都不知會我們這些當母親的一聲！」

姚珏出身姚家，如今姚家女貴為皇后，嫡長子為太子，姚家一家身分水漲船高，哪怕是庶出之女，也比其他人有底氣得多。

楚瑜心裡思索著上輩子衛韞最後提了姚勇的人頭回來，又想到如今衛家必然是遇上了陰謀詭計，看見姚家人就覺得心裡不暢快，她冷冷掃了姚珏一眼，平淡道：「帶人出去的是大夫人，妳與其朝我吼，不若去找婆婆吼去？」

「滾出去！」

姚珏被這麼一說，莫名覺得氣勢弱了幾分，她張了張口還想說話，楚瑜驟然提高聲音：

「楚瑜妳……」

姚玨疾步上前，衛夏、衛秋立刻上前，攔住姚玉。楚瑜繼續道：「鬧，妳就繼續鬧，妳可知我為什麼送他們走？又可知前線發生了什麼？妳便繼續耽擱下去，到時候誰都跑不掉！」

一聽這話，所有人心裡咯噔一下，素來最有威望的五少夫人謝玖走上前，按住姚玨的手，看著楚瑜，認真道：「前線發生了什麼，還請少夫人明示。」

「今日清晨，小七從前線傳回來的消息，」楚瑜沉著聲，所有人安靜下來，盯著楚瑜，仔細聽著楚瑜的話。楚瑜打量著眾人的神色，緩慢道：「公公與諸位兄長，在白帝谷被困後，全軍覆滅，如今小七已裹屍裝棺，帶著他們在回來的路上……」

話說完了，所有人都沒有反應，大家呆呆地看著楚瑜，許久後，謝玖最先回過神，顫著聲道：「少夫人說的兄長，是哪一位？」

說著，她似乎也察覺，楚瑜用的是「諸位」，絕不是一位，於是她改口道：「是，哪幾位？」

楚瑜嘆息了一聲，慢慢道：「除了小七以外，包括世子在內，六位公子連同鎮國公……」

話沒說完，一聲尖叫從人群中傳來，所有人抬頭看去，是六少夫人王嵐。

她如今剛懷上身孕，本就在敏感之時，聽到這消息，她瘋了一般撲向楚瑜，掙扎道：「妳胡說！我夫君怎麼可能死！妳瞎說！」

她的聲音又尖又利，侍女上前拉住她，楚瑜皺起眉頭，給長月一個眼神，長月便抬起手，一個手刀便將王嵐打暈了過去。

王嵐昏死過去後，房間裡只留下三少夫人的哭聲，而謝玖和姚珏站在大廳裡，全然沒反應過來的模樣。

楚瑜看向她們，正打算說什麼，就聽見姚珏彷彿突然驚醒一般道：「我不信，我得回去，我要去找我娘，我……」

她說著，急急朝外走去，然而沒走幾步，外面傳來了喧嘩之聲，楚瑜皺眉抬頭，看見士兵匆忙入內，焦急道：「少夫人不好了，一群士兵拿著聖旨將府裡包圍了，說是七公子回來之前，誰都不能離開！」

前線的消息應該已經到了宮裡，皇帝做這件事在她意料之內，不然她也不會讓柳雪陽帶著孩子早早離開。

她平靜道：「無妨，讓他們圍去。」

如今還未定罪，便沒有任何人敢闖入鎮國侯府來。

她扭過頭，繼續吩咐下人，讓他們將蔣純和王嵐放在一起，嚴加看管，由大夫好生照料著。

王嵐的孩子，得儘量生下來。

只是上輩子……她生下來了嗎？

楚瑜不記得，上輩子衛府的少夫人們，除了殉情的蔣純太過轟動，其他人沒有太多傳聞，聽聞大多都被衛韞代替兄長給了休書，放回家再嫁了。

楚瑜一面思索著上輩子所有線索，一面有條不紊吩咐著。而姚玨全然不信侍衛的話，吵嚷著要出去。

楚瑜也沒有管她，反而將目光看向謝玖。

「五少夫人有何打算？」

她聲音平靜，謝玖是個聰明人，立刻看出了楚瑜的意圖，皺著眉道：「如今衛家顯然是沾了大罪，妳還打算留著？」

這話出來，楚瑜便明白謝玖的選擇了，她靜靜看了她一會兒，卻是問：「妳對五公子沒有感情嗎？」

謝玖愣了愣，等她反應過來時，便沉默了。

好久後，她艱難道：「可我總得為未來打算，我才二十四歲。」

她堅定看向楚瑜，似乎還想說什麼，楚瑜卻點了點頭，全然沒有鄙夷和不耐，淡道：「可。」

說完之後，她便轉過身去，同下人吩咐著後面白事操辦的要點，再也沒看謝玖一眼。

面對楚瑜這樣淡然的態度，謝玖一瞬間覺得，自己站在這，似乎難看極了，狼狽極了。

她捏著拳頭，猛地提聲：「妳留下來會後悔的！」

楚瑜頓住步子，轉過頭去，謝玖聲音篤定：「楚瑜，妳還小，妳不懂一個人過一輩子是多麼可怕的事……」

「我沒有一個人，」楚瑜打斷她，聲音沉穩淡然：「我還有衛家陪著。」

「妳……」

「妳走妳的陽關道，我過的獨木橋，我不勸妳，妳何必攔我？」

楚瑜皺起眉頭：「謝玖，我以為妳是聰明人。」

謝玖被這句話止住聲，楚瑜說的沒錯，只是說，楚瑜的選擇，把其他人襯得格外不堪。

謝玖看著她遠走，深吸口氣，還是選擇轉身離開。

既然要遠離，自然不能再和衛家有太多的糾葛。衛韞回來時，皇帝自然會解開這守衛禁制，她得早些和衛家脫離干係。

謝玖覺得自己想得無比冷靜，她覺得自己是一個典型的、冷漠的、聰慧的世家女，然而等她走到房間裡，坐在床榻上，不知道怎麼的，她突然想起她夫君的模樣了。

她脫鞋躺到床上，在這無人處，將臉埋入錦被之中，總算是哭出聲來。

幾個少夫人哭的哭，鬧的鬧，楚瑜讓人看著她們，自己開始籌辦靈堂。

人死了，總是要有歸處，更何況衛家。

聽聞上輩子衛家鬧得太過急促，那幾位甚至連靈堂都沒有，就匆匆下葬，連墓碑，都是後來衛韞重新再啟的。

如今她在這裡，總不能讓衛家像上輩子一樣，英雄一世，卻在最後連靈堂祭拜都無。

上輩子她操辦過自己母親的白事，也操辦過顧楚生母親的白事，這件事上，她倒是熟練。

熟門熟路準備好要採買的東西，商量好了靈堂的擺設和位置，這時候已經天黑了。

她才想起蔣純來，她想了想，決定再去看看蔣純。

蔣純下午就醒了，醒過來之後打算自殺，只是楚瑜早就讓人看著，及時搶了劍，這才保下一條命來。

自殺未遂後，蔣純便不再說話，也不進食，靠在窗邊，一動也不動，什麼話都不說。

楚瑜走進去的時候，就看見這樣一個人，目光如死灰，呆呆看著外面的天空。

旁邊丫鬟見到楚瑜來，想稟報什麼，楚瑜擺了擺手，他們便識趣地走了下去。楚瑜來到蔣純身邊，坐下之後，給她掖了掖被子，「天晚露寒，好好照顧自己，別著涼。」

蔣純沒有理會她，彷彿根本沒她這個人似的。

楚瑜靠在床的另一邊，看著對面窗戶外的月亮，「我嫁過來那天，其實沒看見阿珺長什麼模樣。」

聽到這話，蔣純終於有了動作。

她慢慢回過頭，看見楚瑜靠在床的另一邊，神色裡帶著溫柔，彷彿回憶起什麼：「我就聽見他結結巴巴喊我一聲楚姑娘，我心裡想，這人怎麼老實成這樣，都成親了，還叫我楚姑娘。」

蔣純垂下眼眸，明顯是在聽她說話。

楚瑜也沒看他，繼續道：「成親當天，他就出征，我想見見他到底長什麼模樣，於是我就追著過去，那天他答應我，一定會回來。」

「妳……」蔣純終於開口：「別太難過。」

「我不難過。」楚瑜笑了笑：「他不會想看我難過，所以，我也不想令故人傷懷。」

蔣純沒有說話，她似乎明白了楚瑜的來意。

「我與妳不一樣。」她聲音微弱：「我從出生，到遇見二郎之前，從沒高興過。哪怕嫁給他，我也心懷忐忑，我怕他不喜歡我，更怕他欺辱我。」

「可他沒有。」蔣純聲音沙啞：「成婚那天，我崴了腳，我想著，他必然會生氣我出了醜，所以我硬撐著，一步一步往前走，我以為我要一個人，那麼疼的走完所有路，結果他卻發現了。」

「他蹲下身，」蔣純笑起來，眼裡全是懷念：「他背著我，走完了整條路。我們進了洞房，他親自用藥酒給我擦腳。從來沒有一個人對我這樣好過。」

她的目光落在楚瑜身上：「視若珍寶，不過如此。」

楚瑜沒說話，描述得越美好，面對現實的殘忍，也就越疼得讓人難以接受。

「如果一輩子不曾擁有過，那我也認命了。」蔣純顫抖著閉上眼睛：「可我曾經遇過這樣好的人，我又怎麼一個人走得下去。」

「太疼了……」她的眼淚落下來：「一個人走那條路，太疼了。」

楚瑜聽到這話，再也忍不住，伸出手去，一把抱住蔣純。

她壓抑著眼裡的熱淚，拼命看向上方。

「沒事，」她沙啞著聲音：「我在，蔣純，這條路，我在，夫人在，還有妳的孩子，妳不是一個人啊。」

「從妳嫁進衛家開始，妳早就不是一個人了。」

「以後誰敢欺負妳，我替妳打回去。妳病了，我照顧妳；妳無處可去，我陪伴妳。蔣純，」她抱緊她：「人這輩子，不是只有情愛的。」

「妳早就不是當年那個一無所有，只能死死抓住二公子的小姑娘了。」

「妳有孩子，有衛府，妳有家啊。」

聽到這話，蔣純終於再也無法忍耐，那壓抑的痛苦猛地爆發而出。

她嚎啕出聲。

「可我想他，我想他啊！」

「我知道。」

「為什麼是他？為什麼那些喪盡天良的人活得好好的，可他卻去了呢？他還這麼年輕，我們的孩子才五歲，怎麼就輪到他了呢？」

「我知道。」

「為什麼……」蔣純在她懷裡，哭得聲嘶力竭，一聲一聲質問。

為什麼這蒼天不公至斯。

為什麼這世間薄涼至此。

為何英雄埋骨無人問，偏留鼠狼雲錦衣？

然而這些為什麼，楚瑜無法回答，她只能抱住她，任她眼淚沾染衣衫，然後慢慢閉上眼睛，想要用自己的體溫，讓蔣純覺得，更溫暖一些。

縱然溫暖如此微弱，卻仍想以身為燭，照此世間。

蔣純嚎哭了許久，在楚瑜懷中慢慢睡去。她睡過去後，楚瑜終於放下心來。

最怕的不是這樣猛烈的哭泣，而是將所有難過與痛楚放在心底，說不出口，道不明白，一個人在心裡，讓絕望與痛苦把自己活活逼死。

如今哭出來了，也就好了。

楚瑜讓人侍奉她睡下來，她直起身，走了出去。晚月上前，將各公子房中少夫人以及三夫人王氏的動態報了一圈後，又同楚瑜道：「七公子的信來了，如今他們已經到平城了。」

楚瑜聽了這話，急忙讓人將衛韞的信拿了過來。

這一次衛韞的信明顯比上一次平穩了許多，沒有多說什麼，寥寥幾筆，只是說了一下到了哪裡，情況如何。

楚瑜看著這信，不由得想起以往衛韞回信，從來都是長篇大論，那一日周邊景致、風土人情，事無鉅細，什麼都有。

而今日這封信，哪怕說是衛珺寫的，她也是相信的。

她覺得心裡有些發悶，人的成長本就是一個令人心酸的過程，而以這樣慘烈的代價快速長大，那就是可悲了。

她將府裡的情況報了一下，想了想，還是加了一句：時聞華京之外，山河秀麗，歸家途中，若有景致趣事，不妨言說一二。

寫完之後，她便讓人將信送了出去。

如今衛府雖然被圍，但是大家還不清楚原因，衛府在軍人中地位根深蒂固，倒沒有太過為難，哪怕偶有信鴿來往，大家也睜一隻眼閉一隻眼就過了。

送完信後，楚瑜終於得了休息，她躺在床上，看著明月晃晃，好久後，終於嘆息出聲，慢慢閉上了眼睛。

第二日清晨醒來，楚瑜又開始籌備靈堂之事，如今採買需要由外面士兵監督，但對方並沒為難，材料上倒也沒什麼，只是如今各房少夫人避在屋中，彷彿是怕和衛家扯上關係，時刻做好離開的準備，就楚瑜一個人在忙碌，人手上有些捉襟見肘。

做事的人多，可有些事總要有主子看著，才能做得精細。

楚瑜忙活了一早上，聽到外面傳來腳步聲，她抬起頭，看見蔣純站在門口。

她穿著一身素服，頭髮用素帶綁在身後，面上不施脂粉，看上去秀麗清雅。楚瑜愣了愣，隨後道：「二少夫人如今尚在病中，何不好好休養，來此作甚？」

蔣純笑了笑，面上沒有昨天的失態了，「我身子大好，聽聞妳忙碌，便過來看看，想能不能幫個忙。上次妳不是問我，能否幫妳一起操辦父親和諸位公子的後事嗎？」

楚瑜沒想到蔣純恢復得這樣快，她猶豫了一下，終於道：「妳……想開了些吧？」

「本是我昨日犯傻，承蒙少夫人指點。如今陵春尚在，我身為母親，為母應剛。」蔣純嘆了口氣，朝著楚瑜行了個禮：「救命之恩，尚未言謝。」

「二少夫人言重了。」楚瑜趕忙扶住她：「本是一家姐妹，何須如此？」

蔣純被她扶起來，聽了她的話，躊躇片刻道：「那日後我便喚少夫人阿瑜，少夫人若不嫌棄，可叫我一聲二姐。」

「如今大家患難與共，怎會嫌棄？」楚瑜含笑：「二姐願來幫我，那再好不過。」

說著，兩人便往裡走去，楚瑜將家中庶務細細同蔣純說來。

衛束是梁氏的長子，楚瑜未曾進門前，蔣純作為二少夫人，也會幫著梁氏打理內務，她一接手，比楚瑜又要利索幾分。

楚瑜觀察著蔣純做事，想了想後，有些忍不住道：「我將梁氏押送官府……」

「應當的。」蔣純聲音平淡，看著帳本，慢慢道：「這些年來，梁氏一直時刻做好了衛府落難便捲款逃脫的準備，她在外面有個姘頭，如今少夫人先發制人，也是好事。」

聽到這話，楚瑜心中大驚。

怪不得上一世梁氏不過一個妾室，卻能在最後將衛府錢財全部帶走，還沒留下半點痕跡，彷彿人間消失了一般，原來她本就不是一個人在做這事。

「二姐既然知道，為何不同夫人明說？」楚瑜心思定了定，先問出來。

蔣純笑了笑：「有些事，看破不說破，她畢竟是我婆婆。」

話點到這裡，楚瑜瞬間明瞭。

蔣純聰慧至此，怕是早就發現了梁氏的蛛絲馬跡，只是那畢竟是衛束的母親，因此她雖然知道，但也沒有多說，便是怕撕破臉後，大家難堪。

而如今衛束已死，她不用過多顧及。上一世若蔣純沒有聞訊後自殺，以蔣純的手段，衛府或許會好上許多。

高樓傾覆，雖一卯之誤，亦有百梁之功。

楚瑜看著蔣純，不由得有些發愣，蔣純撥動著算盤，想了想，抬頭道：「陵春如今隨著夫人去蘭陵，應當無事吧？」

衛陵春是蔣純的孩子，也是五位小公子中最年長的。

楚瑜知曉她擔心，便道：「這妳放心，他們分成三波人出去，走得隱蔽，而且府中精銳我盡數給了他們，加上現在衛府只是被圍，並非有罪，他們在外，應當無事。」

蔣純本也知道，如今楚瑜說來，只是讓她放心一些。

有蔣純加入，楚瑜處理事快上許多。衛韞一路上一直給楚瑜寫信，看得出他儘量想給楚瑜講沿路過往，然而卻因心思不在，全然少了過去的那份趣味，乾癟得彷彿是例行公事。

楚瑜看著那信，每日讀完了，就將它細細折起，放入床頭櫃中，然後尋了一些彩泥來，想像著衛珺和衛韞的模樣，捏了他們的樣子。

衛家七位公子，楚瑜記得長相的也就這兩位，其他幾乎未曾謀面，只是在新婚當日聽過他們的聲音。

泥人捏好的時候，也到衛韞歸京的時候了。

衛韞歸京前夜，衛府門前加派了人手，氣氛明顯緊張起來，蔣純從外面走進來，有些焦躁道：「阿瑜，他們這番陣勢，總不至於在門口就將小七拿下吧？他們在戰場上到底是怎麼了……」

蔣純絮叨著，面上擔憂盡顯。

楚瑜鎮定吩咐著府裡掛上白綾，同時讓人通知下去，明日讓各屋中少夫人清晨到前院聚集，等著衛韞回來。做完這一切後，她才同蔣純道：「不管怎樣，明日我們都要體體面面將父兄迎回來。」

楚瑜這樣冷靜的態度，讓蔣純鎮定了不少。

她點了點頭，認真：「若他們膽敢在我夫君靈前折辱小七，我必不饒他們！」

楚瑜聽到這話覺得有些好笑，卻是笑意盈盈點頭：「好，不饒他們。」

當天夜裡，楚瑜一夜輾轉反側，根本睡不著。

衛韞已經到了城外，只是進城之前，需稍作整頓。大概就像楚瑜要讓衛韞看到衛府如今最好的一面，衛韞此刻也希望，家裡人不要看到他太過狼狽的模樣。

翌日天色亮起來時，楚瑜便起了。

她讓人將她的頭髮梳成婦人髮髻，頭上戴了白花，隨後換上純白色長裙，外面套上了雲錦白色廣袖，莊重素雅。

她畫了淡妝，看上去精神許多，將珍珠耳墜戴上後，便見得出，雖是素衣帶花，卻並未顯得狼狽憔悴。

她做好一切後，來到院落之中，清點人數。

然而院中三三兩兩，只有蔣純和六少夫人王嵐房裡的人在。

楚瑜雙手端在袖中，面色冷峻：「其他人呢？」

「其他幾位少夫人，都言身體有恙。」管家上前，一板一眼道：「奴才去請過了，都不願來。」

管家的話，已經將意思表達得很清楚了，「言」有恙，不「願」來。

楚瑜知道這些人在打算什麼，無非就是向外面人表態，不願和衛府牽扯太多。

楚瑜目光落到去請人的管家身上：「她們如今是在床上爬不起來了嗎？」

管家沒明白楚瑜是什麼意思，尚還茫然，旋即就聽見楚瑜提高了聲音：「長月、晚月，去各房中通知諸位沒來的少夫人，除非她們在床上爬不起來，不然就給我立刻滾過來！若是不來，就直接把腿打斷了不用來！」

管家面色震驚，在場所有人臉色都變得格外難看。

把腿打斷……

然而晚月、長月卻完全不覺有問題的樣子，直接帶人就去了。

蔣純也有些尷尬，上前道：「阿瑜，妳這樣……」

「今日我爭的是衛府的臉，」楚瑜冷著聲音，說是回答蔣純，目光卻看向眾人：「誰今天不給我臉，就別怪我不給她臉！」

眾人等了片刻，就聽見姚玨的聲音從遠處響了起來。

她怒然道：「楚瑜，誰給妳的膽子，要斷我的腿！」

楚瑜轉過頭去，看見姚玨和其他三位少夫人風急火燎趕過來。

姚玨手提著鞭子，眼見著要甩過來，就聽楚瑜道：「怎麼，休書是不想要了？」

聽到這話，姚玨手上一僵。

楚瑜含笑而立，目光掃過這三位少夫人：「我就明說了，今日妳們老老實實的，日後我便替妳們和衛韞求了這封休書，妳們和衛家便是澈底了沒了關係。若今日妳們還要鬧，」楚瑜怒吼：「那就鬧下去，反正我這條命就放在這裡，我拿命和妳們鬧，我看妳們鬧不鬧得起！」

這話一出，所有人都安靜了。

便就是這時，外面傳來侍衛的聲音，「少夫人，七公子回來了！」

話音落，楚瑜猛地回身，同旁人急忙道：「開門，備酒，將艾草給我！」

說著，楚瑜指揮著眾人站好位置，同時清點著要用的東西。蔣純走到三少夫人張晗身前，平靜道：「三妹妹真的要做到這樣的程度嗎？」

張晗露出為難的表情，蔣純繼續道：「三公子對妹妹也算有情有義，他如今回來，妳都不打算見一面嗎？」

聽到這話，張晗眼眶微紅，低下頭道：「二姐姐，我的情況妳也不是不知道……我若不做果斷些，我家怎容得下我？」

蔣純沒說話，同為庶女，她自然明白她們的處境。

她之所以直接赴死，何不也是這樣的考量？

如今丈夫已死，衛家獲罪。大家誰不清楚，七萬精兵全殲，這是多大的罪名？要麼她們和衛家斷了關係回到母族，要麼母族必然先下手為強，率先斷了與她們的關係，向聖上表忠。

如今母族尚未表態，不過是因為衛韞還未回京，沒有與她們聯絡上，還不清楚事情罷了。

蔣純沉默著，好久後，卻是道：「不過就是見一面，又能影響什麼呢？三妹妹，妳們如今是杯弓蛇影，怕得太過了。」

「不說其他，」蔣純嘆了口氣：「妳也該想想陵書，若陵書知曉妳連他父親最後的體面都不願給予，他要如何作想？」

說到孩子，張晗終於僵住了神色。

她猶豫著看了旁邊的六少夫人王嵐一眼，她們向來是沒主見的，見姚珏和謝玖不願和衛家有半點沾染，她們便慌了神，有樣學樣。如今被蔣純提醒，這才想起自己的孩子來。

孩子是帶不走的，她們也不能為了孩子搭上自己一輩子，但是卻不希望孩子心中，自己是一個薄情寡義之人。

「去站著吧。」蔣純目光朝謝玖和姚珏看過去，卻是拍了拍張晗的肩：「如今少夫人容不得妳們不站，別和她硬撐，哪怕是謝玖、姚珏，也是要服軟的。」

謝家姚家是大族，如果謝玖、姚珏也要服軟，那她們自然不會硬杠。

張晗猶豫片刻，終於還是走上前去，站在楚瑜身後。

蔣純走到謝玖和姚珏面前，恭恭敬敬做了個請的姿勢，平靜道：「多餘的話，不用我說了吧？」

謝玖和姚珏沒說話，這時候，外面傳來了鳴鑼開道的聲音。

姚珏挑眉正要罵什麼，謝玖突然拉住她。

謝玖盯著門外，好半天，慢慢道：「別和瘋子計較，若家裡問起來，便實話實說。」

聽到這話，楚瑜在人群中轉頭看了過去。

謝玖挺直了腰背，面色平靜。楚瑜朝她點了點頭，便回過頭去。

謝玖微微一愣，沒有明白楚瑜點這個頭是幾個意思。

謝玖和姚玨站到楚瑜身後之後，一切準備好了，外面鳴鑼之聲漸近，大門緩緩打開。

那朱紅大門發出嘎吱的聲響，外面的場景慢慢落入楚瑜眼中。

此刻街道之上，老百姓熙熙攘攘站在兩邊，一個少年身著孝服，頭上用白色的布帶將頭髮高束，一條白色的布帶穿過額間，緊緊繫在他頭上。

他看上去不過十四、五歲，面色蒼白，眼下發青，面上消瘦見骨，神色平靜，周身圍繞著一股難以言喻的死氣。彷若一把出鞘寶劍，寒光凌厲，劍氣冷然。

他手中捧著一座牌位，身後跟著七具棺木，一具單獨在前，其他六具一行兩具，排了長長的隊伍，自遠處而來。

錢紙漫天紛飛，整條街沒有一人說話，安靜得彷若一座鬼城，只是那棺木所過之處，兩側百姓逐漸跪下，而後發出嚶泣之聲。

那哭聲打破了死一樣的寂靜，後面的人有樣學樣。

於是楚瑜便見，那長街上的人如浪潮一般慢慢俯跪而下，哭聲自遠處傳來，響徹全城。

楚瑜在袖下捏緊了手，讓自己保持平靜莊重，不失半分威嚴。

她聽著那哭聲，驟然覺得，一切並不似她想像中如此糟糕。

衛家的犧牲，朝廷不記、官員不記、貴族不記、天子不記，可有這江山百姓，他們總在銘記。

楚瑜覺得眼眶發酸，她的目光落在衛韞身上，看那少年抬著牌位，自遠處朝著她慢慢看了過來。

那目光似是跨過萬水千山，然後在看到她那一瞬間，少年面上的表情終於有了變化。

他走到她身前，單膝跪下，低下頭顱，朗聲開口：「衛家衛韞，攜父兄歸來！」

音落瞬間，棺木轟然落地，楚瑜的目光落到那七具棺木之上，她顫抖著唇，張了張口，想說什麼，卻什麼都沒說出來。

她本以為自己已經做好了所有準備，卻在衛韞單膝跪下那瞬間，驟然想起。

當初去時，也是這個少年來通知他，亦如今日，單膝跪在她面前，同她說——

少將軍奉命出征，命末將將此玉交予少夫人，吩咐夫人，會凱旋而歸，無需擔憂。

凱旋而歸，無需擔憂。

楚瑜走下臺階，抬手覆在那棺木之上，慢慢閉上了眼睛。

第六章　衛家兒郎

衛韞仍舊保持著跪著的姿勢，低著頭，沒敢抬起來。

楚瑜站在棺木之前，手扶在漆黑的棺材之上，一言不發。

雖然衛韞沒說每具棺材是誰的，但是棺材的放置有其禮儀規則，衛忠是鎮國候，自然單獨在第一排，衛韞是世子，也就在衛忠棺材後面左側。

遠處是長街上壓抑著的哭聲，楚瑜的手微微顫抖，她正想說什麼，就聽一聲淒厲的哭喊：「六郎！」

旋即便看見王嵐再也安耐不住，提著裙子從臺階上撲了下來，往最後一排棺材尋了過去。她還帶著身孕，旁邊侍女驚得趕緊攙扶她，然而王嵐跑得極快，她撲在那棺木上，便撕心裂肺哭了起來。

這一聲嚎哭彷彿打破什麼禁忌，所有人再也不壓抑自己，或是嚶嚶啜泣，或是嚎啕大哭，一時之間，衛府滿門上下，長街裡裡外外，全是哭聲。

蔣純早已哭過，甚至她早已死過，於是在此時此刻，她尚能鎮定下來，她紅著眼，走到楚瑜身前，啞著聲音：「少夫人，七公子還跪著。」

楚瑜驟然回神，她回過頭，忙去扶衛韞：「七公子快請起來。」

然而衛韞一動也不動，楚瑜微微一愣，小聲道：「七公子？」

衛韞沒說話，他另一隻腿也跪了下來，從單膝跪著的姿勢，變成了雙膝跪下。

楚瑜整個人都呆了，便見少年跪在她面前，緩緩叩頭。

「嫂子，」他聲音嘶啞：「小七失信，沒帶大哥回來。」

去時他曾說，若衛珺少一根頭髮絲，他提頭來見。

然而如今他尚安在，帶回來的，卻是滿門棺木。

他的身子微微顫抖，終於如一個少年一般，壓抑出聲：「嫂子……對不起……」

話沒說完，他便覺得一隻手落在他頭頂。

那手雖然纖細，卻格外溫暖，他聽楚瑜溫和的聲音：「無妨，小七能平安歸來，我亦很是歡喜。」

衛韞呆呆抬頭，看見女子含著眼淚的目光，那目光堅韌又溫柔，帶著一股支撐人心的力量，在這嚎哭聲中，顯得有些格格不入，分外明晰。

衛韞看著她，便見她忽地起身，同他笑道：「站起來吧，千里歸來，先過火盆吧。」

說著，她便招呼人來，將火盆放下，扶著衛韞站起來。

然而就是這時候，馬蹄聲從遠處傳來，衛韞和楚瑜同時抬頭，便看見十幾位大理寺官服的人駕馬停在衛府面前。

衛韞捏緊拳頭，旁邊人都被驚住，侍女扶著王嵐趕緊閃避開，本來覆在棺木上痛哭的幾位少夫人也紛紛閃開去。

為首之人看上去不過三十歲，立於馬上，冷冷看著衛韞，舉著聖旨道：「大理寺奉旨捉拿欽犯衛韞，」說著，他揚手道：「來人，把他給我抓起來！」

音落的瞬間，大理寺的人便湧了上來，

衛秋帶著侍衛猛地上前，拔劍對上周邊士兵，怒道：「曹衍，你胡說八道什麼！」

說著，衛秋看向那立著的棺木，握著劍的手微微顫抖：「我衛府滿門忠烈，為國捐軀而亡，哪裡還有捉拿唯一的小公子下獄的道理？你們莫要欺人太甚了！」

曹衍是曹氏幼子，多年前曹家曾送長子上戰場交到衛家軍中，卻因不守軍紀被打死了，因此衛家落難，曹衍在大理寺中，立刻攬了捉拿衛韞的事兒來。

曹衛兩家的恩怨滿朝皆知，如今曹衍在這裡，眾人自然想到是曹衍刻意刁難。

曹衍聽了衛秋的話，冷冷一笑：「你算什麼東西？這可是聖上親筆所書的聖旨！你衛家因貪功好勝，害我大楚七萬精兵喪命於白帝谷，你以為人死了這事兒就沒了？衛韞，」曹衍提高了聲音：「識相的就別掙扎，否則別怪我不客氣！」

衛韞沒說話，他抬頭看著楚瑜。

眾人驚慌之間，這個人卻一直神色從容淡定。在他看過來時，她只是道：「踏過這個火盆，去了晦氣，就能進家門了。」

「嫂子……」

他乾澀出聲，楚瑜卻握住他的手腕，拉著他踏過了火盆。

而後她握著艾草，輕輕拍打在他身上。

所有人都安靜下來，看著楚瑜彷彿什麼事都沒發生，只是迎接一位歸家遊子一般輕輕往衛韞頭頂撒了艾草水，然後從旁邊拿過酒杯，遞給衛韞。

「雖然沒能凱旋歸來，然而你們去時我就備下了這祝捷酒，既然回來了，也就喝了吧。」楚瑜雙手捧著酒杯，聲音溫柔。

曹衍皺起眉頭，怒喝一聲：「衛韞！」

衛韞沒有理他，他看著眼前捧著酒的女人。

他本以為歸家時，面對的該是一片狼藉，該是滿門哀號，該是他一個人撐著自己，扛著衛家前行。

但沒想到，他卻還能像過去一樣，回來前踏過火盆，驅過晦氣，甚至像父兄還在時那樣，飲下一杯祝捷酒。

當年年少，父兄不允他飲酒。而如今他若不飲，此酒便無人再飲。

他接過酒，猛地灌下。

曹衍終於無奈，怒喝道：「衛韞，你是要抗旨不成，南城軍，你們站在那裡，是打算包庇衛家？」

聽到曹衍的話，一直在旁邊不說話的南城軍終於沒辦法裝死了，為首之人深吸一口氣，他伸出手，朝衛韞恭恭敬敬做了個請的姿勢道：「七公子，煩請不要讓我們難做。」

衛韞看了他一眼，又看了楚瑜一眼，終究還是點了點頭。

他伸出手去，讓人給他戴上了枷鎖。

幾十斤的枷鎖戴在他身上，他卻仍舊挺得筆直，曹衍讓人拉了關囚犯的馬車過來，冷笑著同衛韞道：「七公子，上去吧？」

衛韞沒說話，他回頭看了衛府的牌匾一眼，目光落在楚瑜身上。

「衛家……交給大嫂照顧。」

「你放心。」楚瑜點了點頭，聲音平和堅定：「我在，衛家不會有事。」

衛韞抿了抿唇，卻道：「大嫂，也要好好照顧自己。」

說著，他的目光掃向一旁站著的幾位少夫人，揚聲道：「人死不能復生，活著的人才是要緊。諸位嫂嫂切勿太過傷悲，哥哥們泉下有知，也希望諸位嫂嫂能照顧好自己。」

楚瑜並沒將家中變故告訴衛韞，只是說了梁氏和柳雪陽的去向，衛韞尚不知家中女人之間不合，還擔心著幾位嫂子因失去丈夫太過傷悲。

三少夫人張晗聽到這話，扭過頭去，用帕子捂住臉，小聲哭出來。

便是姚玨，也不自覺紅了眼。

然而她與謝玖出身大族，早知道衛家的情勢，絕不敢去牽連的，更何況姚家與衛家本也交惡，她與丈夫的感情遠不及其他少夫人深厚。

只是忠門埋骨，稍有良心，便會為之惋惜。

聽著衛韞的話，管家露出難色，他看了楚瑜一眼，怕楚瑜在這時候告狀起來。然而楚瑜卻揚著笑容，同衛韞道：「你不必擔憂，在獄中好好照顧自己，我們都是你長輩，比你想得開。」

衛韞放下心來，點了點頭，上了囚車。

曹衍臉色已是差極了，催促人道：「壓著去天牢罷！」

衛韞盤腿坐下，背對家中女眷時，便收起了方才的軟弱擔憂，化作一片泰然。

囚車緩緩而行，他驟然出聲：「衛家蒙冤！父兄無罪！」

「讓他閉嘴！」曹衍面色大變，揚鞭甩了過去：「閉嘴！」

看見他揚鞭子，蔣純下意識抓住了曹衍的鞭子，曹衍察覺被人阻攔，扭過頭去，看見蔣純之後，瞇起眼睛：「二少夫人？」

「好，好得很，」他目光掃過衛家一眾女眷，冷聲道：「你們衛府好得很！你們家大夫人呢！」

沒有人說話，曹衍提了聲音：「如今衛家就沒有人主事了嗎？還是說衛家如今的主事就是一個連面目都不敢露之人？」

「大夫人外出省親，如今衛家暫由妾身主事。」楚瑜站出身，她雙手交疊落於身前，微微低頭：「二少夫人方才經歷喪夫之痛，一時失智，還望大人海涵。」

曹衍目光落在楚瑜身上，打量片刻後，慢慢道：「楚家的大小姐？嫁進門來，還沒見過丈夫吧？」

聽到這話，所有人的臉色都變得不大好看，便是站在一旁的謝玖，也感受到森森的羞辱。

然而楚瑜面色不變，彷彿這只是一句再普通不過的詢問，平靜道：「正是。」

曹衍看著楚瑜，不知想起什麼，笑了起來：「聽聞大小姐天資聰慧，向來是識時務之人，大小姐可知道，衛家如今已然獲罪，戴罪之人，」他抬起頭，看向衛家的靈堂白花，「嘖嘖」道：「還要給他們這樣的體面，不妥吧？」

「你……」

姚玨再也忍耐不住，猛地出聲，卻被旁邊謝玖一把拉住，謝玖壓低了聲：「妳父兄說了什麼忘了嗎？忍住，日後妳我就同衛府沒什麼瓜葛了！」

姚玨抿了抿唇，扭過頭去，不想再看。

她想離開，可不知道為什麼，楚瑜在那裡，她便挪不動步子。

她的目光落在楚瑜身上，看楚瑜不卑不亢反問曹衍：「如今衛府可是定罪？」

曹衍面色變了變，楚瑜繼續道：「既然尚在查案，並非罪人，他們為國征戰沙場一生，體面歸去，有何不可？」

「少夫人是聽不懂我說的話，還是裝不懂？」曹衍咬牙，他猛地靠近她，壓著聲音道：「衛府如今已無男丁，僅剩一個十四歲的小兒，楚大小姐莫非還要給衛珺守寡不成？」

楚瑜抬起頭，平靜地看著曹衍。曹衍見她神色動搖，接著道：「我與衛府恩怨小姐應該知道，我與令尊相交甚好，小姐給我這個薄面，我也不會讓小姐難堪。」

聽到這話，楚瑜輕嘆了一聲，微微低頭，「既然大人與我父交好，還請大人給這個面子，讓我公公和小叔們安穩下葬吧。」

曹衍冷笑起來，他坐起身子，朝後面招了招手，指著那棺木道：「砸！」

衛秋拔劍而出，怒道：「你敢！」

「罪臣之奴，安敢拔劍！」曹衍盯著衛秋，同旁人道：「來人，將這刁奴拿下！」

「曹大人！」楚瑜提高了聲音，她上前一步，站在棺木和衛秋之前，盯著曹衍：「曹大人一定要將事做絕做盡？」

「我便做絕做盡了，妳又如何？」

「曹大人，今日之事，若傳入聖上耳中，你當如何？」

曹衍聞言，大笑出聲：「妳以為今日聖上還會管衛家？」

「那您試試。」楚瑜停在棺木前，目光直視著他：「今日我在此處，您想動我父兄的棺木，便從我屍身上踏過去。」

她雙手籠在袖間，神色泰然：「妾身不敢對曹大人動手，曹大人要殺要剮，妾身悉聽尊便。」

「端只看，」楚瑜目光停留在曹衍身上：「曹大人覺得，楚瑜這條命，價值幾何了。」

楚瑜站在棺木前不動，曹衍瞇眼：「妳以為我當真怕了妳不成？少夫人，妳可睜眼看看，你們這棺木，是什麼木，雕刻的，是什麼紋，用的，是什麼漆？」

楚瑜沒有回頭，平靜道：「我公公小叔所用之木，所刻之紋，所用之漆，均按他們所對應官職爵位所用，並無不妥。」

「少夫人此言差矣，」曹衍冷笑：「衛忠等人乃戴罪之身，應按庶民規格以葬，怎能用得起這樣的棺木？來人，去東街給我買七具普通棺木來。少夫人，」曹衍轉過頭去，嘆了口氣：「曹某生性慈悲，衛府今日淪落至此，這七具棺材就當曹某送給衛府，少夫人不必言謝。」

說著，曹衍指著那棺木道：「煩請少夫人讓一讓，不該待的地方，一刻也不該待。」

「曹大人，我大楚可有律法言明戴罪之身以庶民葬？」

「那我大楚又可有律法言明戴罪之身以公爵葬？」

說話期間，越來愈多大理寺的官兵趕了過來，曹衍不願與楚瑜多做糾纏，直接道：「給我將衛忠等人請出來！」

說著，曹衍帶頭帶著士兵湧了上去，楚瑜立在衛忠棺木前，一動也不動，士兵上前來開棺，楚瑜抬手按在棺木之上，竟就紋絲不動。

士兵愣了愣，曹衍怒道：「怕什麼，將她拉走啊！」

士兵反應過來，衝去拉扯楚瑜，楚瑜趴在棺木之上，無論誰來拉扯，都死死抱在棺木之上。

她果真如她所言，沒有反抗，沒有還手，只是誰都拉不開她，她用自己的身子，攔著那些士兵。

天上下起淅淅瀝瀝的細雨，曹衍見他們久久拉不開楚瑜，向其他人怒吼：「動手啊！」

說罷，他便朝著楚瑜衝去，一鞭子甩在楚瑜身上。

鞭子在楚瑜身上見了血，旁邊人驚叫出聲，而這時，周邊士兵也在曹衍驅使下衝向其他棺木。

王嵐沒忍住，大著肚子撲向自家夫君的棺木，嚎哭出聲：「六郎！」

「將六少夫人拉回去！」蔣純大吼：「護住六少夫人！」

「不准還手！」楚瑜抬起頭，揚聲道：「我衛府並非謀逆之臣，絕不會向朝廷之人出手。誰都不許還手！」

說著，楚瑜轉過頭去，盯著謝玖。

她張了張口，反覆念著一個名字。

謝太傅。

謝太傅。

謝玖注意到楚瑜的目光，她站在原地，一言不發。

周邊是哭聲，是喊聲，士兵們努力想打開棺木，然而衛府的人卻衝上去，拼命抱在棺木上。

他們如楚瑜所言，沒有反抗，只是拼命扒在棺木之上，被一次次拉開，又一次一次衝上去。

「三郎……三郎你莫怕……」張晗不會武，便整個人趴在棺材上，又被士兵拖下去。

王嵐因為懷孕，被下人拖著，一個勁兒哭喊著想要上前。

蔣純面對著棺木，整個人死死按住棺木，指甲都扣在了棺木之上。

而楚瑜就趴在衛忠棺木旁，背上鮮血淋漓。

衛府滿門都是哀號聲，是哭聲。

姚珏咬著牙，眼眶通紅，她渾身顫抖，想要做什麼，卻不敢上前。

而楚瑜盯著謝玖，一動不動，謝玖神色冷漠，然而眼中卻是浮光掠影。

她彷彿看到自己剛嫁到衛家那一天，衛雅坐在她身邊。

衛雅小她兩歲，他低著頭，小聲道：「聽聞謝家百年書香門第，我的名字妳或許會喜歡，我單名雅，叫衛雅。」

說著，他顫抖著，握住她的手：「我年紀雖比妳小，卻很可靠，我以前見過妳，春日宴上，那時我四哥尚未娶親，我還不能求娶妳，所以我總催著四哥趕緊成親，就怕妳沒等著我……」

少年說著，舒了口氣，抬頭看向她：「還好，妳沒嫁得這樣早。」

那時她很詫異，謝家人心薄涼，她從未見過有少年單純至此。

嫁他是權宜之計，她本庶女，能嫁到衛府，也算不錯。她早做過他身死改嫁的準備，只是她以為這是十年，或者二十年，從未想過這樣早。

五郎……

謝玖聽著周邊人的哭喊，感覺喉嚨間有什麼湧上來，她捏著拳頭，慢慢閉上眼睛。許久後，她毅然轉身，姚玨一把拉住她：「妳去哪裡？」

謝玖苦笑了一下：「去找死罷！」

說罷，她猛地推開她，跑進雨裡。

姚玨站在原地，看著不遠處大雨中和官兵對抗著的衛家人，咬了咬牙，她猛地衝了進去，怒吼：「曹衍，你心裡真沒有王法了嗎！」

「姚四小姐？」曹衍抬起頭，頗為詫異：「我以為，四小姐是聰明人？」

姚玨不說話，她咬著牙，喘著粗氣，曹衍看著她，輕笑了一聲：「我還以為姚小姐，也同少夫人一樣有骨氣呢？妳說這衛家的公子有什麼好的，那個衛四郎，我記得還是個斷指……」

話沒說完，姚玨氣頭上來，沒有忍耐住，一腳踹了過去，怒喝道：「你個王八蛋！」

曹衍沒想到姚玨居然真一腳踹過來，當場被姚玨踹翻過去，他瞬間暴怒，讓人拉住姚玨，抬手就是一巴掌。姚玨被人按著，還拼命掙扎，怒罵道：「你個王八蛋，你他娘以為自己算老幾？我表哥手下一條走狗……」

「好，好的很……」曹衍捂住臉，不住點頭：「妳等著，我第一個就開妳丈夫的棺！」

說罷，曹衍就朝著衛風的棺木走去，他走得又急又狠，誰都攔不住，姚玨紅著眼嘶吼：

「曹衍，爾敢！你今日敢動衛風的棺材一顆釘子，我就讓你碎屍萬段！」

音落的瞬間，曹衍已經一劍狠狠劈下去，瞬間將那棺材劈出一條裂縫，旁人瘋狂湧上，想去拉扯曹衍，然而曹衍卻是瘋了一般，根本不在意會不會砍到人，一劍一劍砍在衛風棺木之上，姚玨拼命掙扎，楚瑜撐著自己，艱難站起身，蔣純抬起頭，看向衛風棺木的方向，隨後聽到姚玨一聲驚呼：「不要！」

那棺木終於支撐不住，碎裂開來。

棺材板七零八落，衛風的遺體露了出來。

屍體已經處理過，放了特製的香料和草藥，雖然已經生了屍斑，卻沒聞到腐爛的味道。

曹衍大笑出聲，指著旁人道：「看！看看傳說中百發百中的斷指衛四郎！」

沒有人說話，棺材裂開那瞬間，所有人都愣了。

全場安靜下來，死死盯著那棺木。

棺木裡的男人，已經被處理過了，他穿得乾淨整潔，臉上的鮮血也被擦乾淨，然而仍舊可以看出，有一隻手已經沒了，可見他死前，經歷過怎樣的殘忍。

而也是在這屍體漏出來的瞬間，哪怕是跟著曹衍來的士兵，才想起來這棺木裡的人，經歷過什麼。

他們是死在戰場上，哪怕七萬軍被滅是他們的責任，可在他們這些人待在京中安逸度日的時候，也是這些人在沙場，浴血廝殺，保家衛國。

楚瑜撐著自己，站起來，看著地面上的衛風，沙啞道：「曹大人，您所求，到底是什麼呢？」

姚珏哭著衝過去，撲到衛風身邊，她跪在地面上，捧起衛風失去手的袖子，嚎哭出聲：「你的手呢？王八蛋，你的手呢？」

曹衍看向楚瑜，見楚瑜一步一步朝著衛風走去。

「我衛家，自開朝追隨天子，如今已過四世。我衛家祠堂，牌位上百，凡為男丁，無一不亡於戰場……」

「我衛家如今滿門男丁，僅餘一位少年歸來，這份犧牲，難道還換不來我衛家一門，一個安穩下葬嗎？」

楚瑜抬頭，看向遠處站在牆角下的老者。

那老者穿著一身黑衣，雙手負在身後，平靜地看著楚瑜。

謝玖立於他身後，為他執傘，楚瑜身上血與泥混在一起，衛府所有人順著楚瑜的目光，看向那角落，只有姚珏還抱著衛風，哭得撕心裂肺。

楚瑜盯著謝太傅，猛地揚聲：「太傅！天子之師，正國正法，您告訴我，是不是滿門忠血，是不是百年英魂，還不如宵小陽奉陰違溜鬚拍馬，還換不來唯一那一點血脈安穩存續，還得不到一具棺木，安然入土？」

謝太傅沒有說話，他看著楚瑜的眼睛。

那女子眼睛裡彷彿有光，有火，她審視著人的良心，拷問著人性。她讓陰暗滋滋作響，讓黑暗狼狽逃竄。

見謝太傅不語，楚瑜轉過身去，她身上鮮血淋漓，卻還是張開雙臂，看向那些看著她的百姓。

「元順三十一年，陳國突襲邊境，圍困乾城，是衛家三公子衛成雲守城，他守城不出足足一年，牽制住陳國二十萬兵力，讓我大楚以最小傷亡得勝，但他四個孩子，卻均在乾城死於饑荒。」

「平德二年，北狄來犯，是我衛家四公子領七千精兵守城，戰到只剩兩百士兵，未退一步。」

「平德五年……」

楚瑜一個人一個人說，慢慢走向百姓。

她的目光落在百姓身上，直到最後，終於哭出聲來。

「平德十九年，九月初七，衛家滿門男丁，除卻那位十四歲的衛七郎，均戰死於白帝谷！這其中——」

楚瑜抬手，指向衛珺的棺木，因痛楚抓住自己胸口的衣衫，嚎哭出聲：「包括我的丈夫，鎮國侯府的世子，衛珺。」

「他如今年僅二十四歲，他本有大好年華。他本可像華京眾多公子一樣，當官入仕，享

盛世安穩！」

「可他沒有，他去了戰場，他死在那裡，而如今歸來……」楚瑜閉上眼睛，轉過身去，朝著謝太傅，俯身跪拜下去：「謝太傅……我只求他能安穩下葬，我只求一份屬於衛府的公正，求太傅……給我衛府，這應有的尊嚴罷！」

「太傅！太傅！」百姓跪下來，哭著道：「太傅，幫幫衛家吧！」

謝太傅站在人群中，背在身後的手輕輕顫抖，他慢慢閉上眼睛，捏起拳頭，似乎做了一個重大決定。

「曹衍，」他沙啞道：「跪下吧。」

聽到這話，曹衍皺起眉頭，猶豫道：「太傅這是什麼意思？」

「忠魂之前，又怎容得如此放肆！」謝太傅猛地提聲，「曹衍，莫說如今衛家尚未定罪，哪怕衛家定罪，那亦是四世三公之家，只要陛下未曾剝了衛家的爵位，那他仍舊是鎮國侯府，爾等區區從四品大理寺丞，安敢如此放肆？禮法乃天子之威嚴，你莫非連天子都不放在眼裡了！」

聽到這話，曹衍臉色劇變。

這話若是楚瑜等人說出來，於曹衍而言，不痛不癢。因為他知道，如今所有人對於衛家逼禍不得，哪裡還敢拿著衛家的事往天子面前湊？

如今皇帝什麼脾氣？他喜歡一個臣子能縱容到什麼地步不知道，可他討厭一個臣子時，

便聽不得那臣子半句好話。當年顧家也算大族了，只給秦王說了一句話，就落到了怎樣的地步？

曹衍敢這樣鬧，也是篤定了如今朝中無人敢為衛家講話，更是篤定了皇帝如今對衛家的態度。

可謝太傅作為天子之師，一向深得皇帝寵信，他要為衛家出這個頭，曹衍就要思量一二了。

莫要說謝太傅他惹不起，就算惹得起，謝太傅從來深得帝心，他願意出頭，那陛下到底是什麼意思，就摸不準了。

曹衍心中一時百轉千迴，許久後，他笑了笑道：「太傅說得是，是在下莽撞了。在下心繫禮法，一時誤讀了禮法的意思，還望大人，少夫人不要見怪。」

說著，曹衍收起鞭子，朝著楚瑜恭恭敬敬鞠了個躬道：「曹某給少夫人，給衛家賠禮了。」

他面上笑意盈盈，模樣十足誠懇。楚瑜被蔣純攙扶起來，她沒有看曹衍，徑直朝著謝太傅走去，同謝太傅道：「太傅裡面坐吧。」

謝太傅看了看那些還停留在外的棺材，平靜道：「先讓鎮國公等人回家吧。」

楚瑜點點頭，揚了揚手，管家便指揮著人將棺材抬了進去，曹衍看了這場景一眼，上前同謝太傅告辭之後，便帶著人離開。

等棺材都放進靈堂，百姓這才離開，楚瑜扭頭看著謝太傅，微微躬身，抬手道：「太傅，請。」

謝太傅點了點頭，跟著楚瑜進了衛府。

謝玖一直跟在謝太傅身後，為謝太傅撐著傘，等入了庭院，謝太傅慢慢開口：「謝玖來我府中找我時，我本以為她是來求我助她。」

聽聞這話，謝玖手微微一顫，她垂下眼眸，掩住心中慌亂。謝太傅淡淡瞟了她一眼，眼中未見責備，只是道：「她向來善於為自己打算，今日讓我頗為詫異，倒不知少夫人是如何說動這丫頭的？」

楚瑜抬手將前方擋道的樹枝為謝太傅撥開，聲音平穩：「人皆有心，五少夫人本也是性情中人，撥雲霧見得本心，無需在下多說。」

說話間，三人來到大堂。脫鞋踏上長廊，步入大堂之中後，楚瑜招呼著謝太傅入座，隨後同謝太傅道：「太傅稍等，妾身稍作梳洗便來。」

此刻楚瑜身上全是泥水和血，只是她態度太過從容，竟讓人忽視了身上的狼狽之處，未曾發現原來這人早已是這副模樣。

謝太傅點了點頭，抬手示意楚瑜隨意。楚瑜回到屋中換了一件素衣後，回到大堂來，這時大堂中只剩下謝太傅，其餘人都已經被謝太傅摒退下去，僅有蔣純站在門口，卻也沒有進來。

謝太傅正在喝茶，秋雨帶寒，熱茶在空氣中凝出升騰的霧氣，遮掩了謝太傅的面容。他看上去已近七十歲，雙鬢半白，但因保養得當，身材清瘦修長，氣度非凡，亦不覺老態。

楚瑜跪坐到謝太傅對面，給謝太傅端茶。謝太傅看了她一眼，淡道：「少夫人嫁到衛府，似乎未曾見過世子的面？」

楚瑜聽這話，便知道謝太傅是緩過神來了。

她和曹衍衝突，故作這樣狼狽姿態，為的就是讓謝玖領謝太傅來。而謝玖領了謝太傅來後，她那一番慷慨陳詞的痛哭，也不過是為了激起這人的情緒，讓他忍不住出手。

上一輩子，謝太傅是在衛家這件事上唯一公開站出來的人。他乃天子之師，當年衛忠乃天子伴讀，他亦算是衛忠的老師。他與謝家人性格不太相似，如果說謝家人自私自利只顧自保，那謝太傅就是謝家一個異類，哪怕活到這個歲數，也有一份熱血心腸。

只是上一輩謝太傅出聲的時候太晚，那時衛韞已經在天牢待了一陣子。天牢那地方，多是曹衍這樣的宵小之輩，衛家當年樹敵眾多，衛韞待在天牢裡，多一日都是折磨。

於是楚瑜故意示弱，想要激一激謝太傅，讓他看一看自己曾經的得意門生如今家中慘烈的場景，再加上謝太傅心裡那一點良知，以及謝太傅對皇帝的瞭解，謝太傅十有八九是要出手的。

楚瑜心思轉得很快，於是她坦然笑開：「見過一面，感情尚還算好。」

謝太傅冷哼一聲：「少夫人好算計。」

「太傅若是無心，妾身又如何能算計到太傅？」楚瑜目光看向謝太傅：「聖上心中是怎樣的意思，太傅難道不明白？」

聽到這話，謝太傅沉默不語，楚瑜便是確定，對於皇帝而言，果然，他並不想對衛家趕盡殺絕。

這也是，如果要對衛家趕盡殺絕，上輩子就不會留下一個衛韞。可不願意殺，又在明面上震怒於衛家，這是為什麼？有什麼事情，皇帝不敢讓別人知道他其實打算放過衛家？

楚瑜認真思索著，面上卻是全然知曉的模樣，低頭給自己倒茶，胸有成竹道：「陛下要找人背這口鍋，心中難道沒有半分愧疚？七萬精兵，七位良將……」

「妳……」聽到這話，謝太傅露出震驚的表情，然而他很快壓制住，有些緊張道：「妳知道什麼？」

「在下什麼都不知道。」楚瑜清清淺淺一笑，然而對上這個笑容，謝太傅卻是絕不肯信，她真的什麼都不知道。

謝太傅皺起眉頭，看楚瑜端茶遞給他：「太傅，您愛賭嗎？」

謝太傅沒有接茶，他盯著楚瑜的眼。楚瑜的目光一直如此，平靜從容，沒有半分波瀾驚慌，從他遇見她開始，這個明明只是少女年齡的女子，就呈現出超乎自己年齡該有的鎮定。

看著謝太傅警惕的審視，楚瑜雙手捧茶，放在謝太傅面前，繼續道：「如今的衛家，就是朝堂一場賭局。大多數人都將籌碼壓在了另一邊，沒有人肯壓衛府，可是如果有人壓了衛府，那就是一人獨占了所有收益。」

「太傅，」楚瑜神色鄭重起來：「若此番能救七郎出獄，我衛家可許給太傅一個承諾，日後有任何事，衛家可無條件讓步一次。」

謝太傅沒說話，似乎還在思索。楚瑜繼續道：「太傅若是賭贏了，所得的，便是聖心，是衛府這個絕對可靠的盟友。而太傅若是輸了，太傅乃陛下之師長，以陛下的性子，並不會對您做出什麼，不是嗎？」

謝太傅神色有些動搖，楚瑜盯著他，語調頗為急切：「太傅，這一場豪賭，穩賺不賠。」

聽到這話，謝太傅笑了笑。

「楚家大女，」他抬眼看她：「妳與衛世子並沒有什麼感情，為何要做到如此地步？」

「為了良心。」楚瑜平靜開口，聲音中卻帶著不可逆轉的堅定，「這世上總有人要犧牲，犧牲的人是英雄，我不能成為英雄，那我至少要護著這些英雄，不墮風骨。」

「我從未怪過謝玖或他人，」她的話題驟然拐到其他人身上，謝太傅頗為詫異，楚瑜抿了口茶，淡然道：「這世上芸芸百姓，都是心懷善良，卻也趨利避害。謝玖、姚珏、張晗、王嵐，她們的選擇並沒有錯，只是普通人。」

「可有人犧牲當了英雄，有人當了普通人，那自然要有人，當這個介於普通人與英雄之間那個人。追隨敬仰著英雄的腳步，將其當做信念，維護它、保存它。」

「這條路很苦。」謝太傅有些惋惜。楚瑜漫不經心道：「可總得有人走。」總得有人犧牲，總得有人付出。

當一個普通人並不是罪過，可付出更多的人，理應尊敬。

謝太傅靜靜看著楚瑜，好久後，他端起楚瑜捧給她的茶，抿了一口。

「等一會兒，去祠堂抱著衛家的靈位，跪到宮門前去。衛韞不出來，妳們就跪著。」

楚瑜點了點頭，看見謝太傅慢慢站起來，她皺起眉頭道：「還有呢？」

「剩下的有我。」謝太傅嘆息一聲，有些惋惜道：「少夫人，陛下並非您所想那樣鐵石心腸。衛忠年少伴讀，而後伴君，再後保家衛國，護君一生，陛下……」

他沒說完，最後只是搖搖頭，將所有話藏進了秋雨裡。

然而話到此處，楚瑜卻明白了謝太傅的意思。她退了一步，彎下腰去，深深作了一揖，真誠道：「楚瑜替衛家謝過太傅。」

謝太傅點點頭，往外走去，走了幾步，他突然頓住腳步，看著楚瑜。

他靜靜看了一會兒，點了點頭道：「雖為女子，但大楚有妳這樣的年輕人在，我很放心。」

楚瑜微微一愣，謝太傅轉過身去，走進風雨裡。

第七章　門庭冷

謝太傅走出幾步後，楚瑜才反應過來。

她思索片刻，抿了抿唇，終於還是追了上去，揚聲道：「太傅！」

謝太傅停下步子，楚瑜走至他面前，咬了咬牙，終於道：「太傅能否給我一句實話，此番事中，衛家到底有罪無罪？」

謝太傅沒說話，他的目光凝在楚瑜身上，許久後，慢慢道：「少夫人該做聰明人。」

聰明人，那便是如果妳猜不到、不知道，就不要開口詢問。

楚瑜何嘗不是要做聰明人？可當謝太傅說出那句話時，她忍不住有了那麼點期盼，或許謝太傅會比她想像中做得更多。

楚瑜沒有回話，謝太傅見她神色堅定，沉默片刻後，慢慢道：「有罪無罪，等著便是。」

楚瑜明白了謝太傅的意思，如今既然被抓，那必然有罪，可是天子心中，或許還在猶豫，所以才有可能無罪。

她斟酌片刻：「那，若衛府有罪，我如今便帶人去跪宮門，於陛下而言，又豈可容忍？」

謝太傅想了想，沒有多言，楚瑜打量著謝太傅的神色，繼續道：「不若，太傅做個傳信人，替妾身向陛下傳個意思，求見陛下一面？」

「妳見陛下想做什麼？」謝太傅皺起眉頭，楚瑜平靜回覆：「如今一切依律依法，七公子尚未定罪，我自然是要去求陛下開恩。若陛下不允，我再尋他法。」

這話的意思，便是她其實只是去找皇帝走個過場，至少先和皇帝商量一聲，給他一個面子。

謝太傅想了想，點頭道：「可，明日我會同陛下說此事。其他事宜，我也會幫妳打點。」

楚瑜拱了拱手，同謝太傅道：「謝過太傅。」

謝太傅點了點頭，看了看漸漸小下來的秋雨：「不必送了，我先回去罷，之後若無大事，妳我不必聯繫。」

「楚瑜明白。」楚瑜躬身目送謝太傅走出去，沒走兩步，她便將管家招來道：「趕緊準備兩萬銀送到謝太傅那裡去。」

管家愣了愣，卻還是趕緊去準備了。

楚瑜舒了口氣，回到大堂，蔣純忙走上來，焦急道：「如何了？」

楚瑜點了點頭：「太傅說會幫我求見陛下。」

說著，蔣純坐下來，倒了杯茶，有些奇怪道：「妳不送謝太傅？」

楚瑜擺了擺手：「他既已答應幫我們，我們此刻不要走得太過於近，否則陛下會猜忌謝太傅到底是真心被衛府所觸動，還是別有所圖。」

「那妳送那兩萬銀……」蔣純有些疑惑，楚瑜抿了口茶：「他答應幫我們，這上下打點的錢，總不能出在他身上。」

蔣純點了點頭，楚瑜放下茶杯，同她道：「妳安置父親和小叔們，我還要出去一趟。」

「妳去哪兒？」

「還有其他要打點的地方。」楚瑜面上帶了疲憊之色：「可能不會見，但也要去看看。」

說著，楚瑜吩咐管家準備禮物，便往外走去，蔣純有些躊躇道：「妳身上還帶著傷，要不休息……」

楚瑜搖了搖頭，直接道：「小七還在天牢，我不放心。」

說完便出門去，上了馬車。她列了一份名單，將說得了話、可能會幫著說話的人全都列出來，一一親自上門送禮物。

那些人一聽是她來了，紛紛閉門不見。

長公主府也是如此，然而楚瑜卻知道，長公主從來都是愛錢的，她面色不動，將銀票暗中壓到前來交涉的奴僕手中，小聲道：「長公主的規矩我明白，這些碎銀端看長公主的意思。」

那奴僕倒也見怪不怪，不著痕跡將銀票放在袖中後，便將楚瑜送離。

一連走訪了十一家大臣的府邸後，楚瑜見入了夜，便悄悄趕到天牢，亮出楚府的牌子，隨後又散了銀子，這才換了一刻鐘的探望，被看守的士兵悄悄帶了進去。

衛韞被單獨關在一個房間，楚瑜進去時，看見衛韞端坐在牢門邊。他換了身囚衣，頭髮也散披下來，面色看上去有些蒼白，見楚瑜來了，他微微一笑：「嫂嫂怎麼這麼快就來了？」

楚瑜沒說話，她上下打量衛韞一圈，旁邊士兵諂笑著道：「少夫人，您說話快些，我幫您看著。」

楚瑜點點頭，含笑恭敬道：「謝過大人了。」

說著，晚月就從後面遞了銀子過去，那士兵趕忙擺手：「不妨事、不妨事的。」

一面說著，他一面退了下去，晚月將食盒交給楚瑜，也跟著退下去，牢中便只留下楚瑜和衛韞，楚瑜見衛韞神色平靜，關切道：「他們沒打你吧？」

「沒呢，」衛韞笑了笑：「畢竟天子腳下，我又無罪，能把我怎麼樣啊？」

楚瑜沒說話，她走到門邊，將食盒打開，把菜和點心遞了過去：「你若餓了就吃點菜，點心和饅頭你藏起來，我也不知道什麼時候才能將你接出去，別餓壞了……」

聽到這話，衛韞有些無奈：「嫂嫂這話說得，這天牢又不是虎狼之地，我每天在這裡吃喝喝喝睡睡，餓不著。嫂嫂妳這樣，不知道的，還以為妳坐過天牢呢。」

其實也是做過的。

楚瑜恍惚想起來，上輩子，宮變之前，她作為顧楚生的妻子，便被關在天牢裡。

那日子哪裡有衛韞說得這樣輕鬆？

她抿了抿唇，沒有多說，只是將糕點塞了進去。

衛韞知道她不信，忙道：「我說真的，我剛才還在睡覺呢，妳就進來吵我……」

「地上有血。」楚瑜開口，衛韞僵了僵，聽她繼續道：「從剛開始，到現在，你沒有換過姿勢。衛韞，你敢不敢站起來？」

衛韞沉默下去，楚瑜盯著他，冷聲開口：「站起來！」

衛韞沒動，楚瑜目光落到他腳上，衛韞艱難笑起來：「其實也沒什麼的，就是崴了腳……」

「骨頭裂了沒？」楚瑜垂下眼眸，拉開食盒底層：「這些都是府裡頂尖的藥，你藏好。牢房裡會鬆動的磚頭大多是能夠拉開的，裡面很多都被犯人掏空了，你就藏在裡面。我會儘快救你出去，不過你先給我說明白，到底發生了什麼？」

衛韞沒說話，楚瑜捏著食盒，壓抑著自己的情緒。

「你們去之前，我便同你們說過，不要追擊殘兵，一切以穩妥為主，為什麼，還會追擊殘兵而出，在白帝谷被全殲？」

「我不知道……」衛韞沙啞出聲。

楚瑜皺起眉頭，聽他搖著頭道：「我也不明白，明明父兄從來不是這樣的人……我不知道到底怎麼了，那天他們就像是中蠱一樣，我都去勸了，可父親一定要追，我勸了沒用，就罰我去清點軍糧，他們就都去了。去之前，大哥還和我說，事情不是我像的那樣，讓我別擔心。然後……」

衛韞哽住了聲音，楚瑜平靜聽著，聲音鎮定：「小七，你別難過，長話短說，事情從你覺得有異常的時候開始講。」

「其實太子來之前，一直並無異狀。」衛韞收拾了情緒，開始仔細回憶：「我自十一歲開始隨軍，雖然很少上前線，但也熟知軍中事務。我們到了前線之後，和北狄正面交鋒了一次，將北狄逐出城外之後，雙方便進入對峙，甚少有交戰。父親慣來穩重，他曾說，北狄自遠處來攻，糧草難繼，我們只需守城不出便可。」

楚瑜點了點頭，她當年也曾瞭解過大楚各將領帶兵的風格，衛忠風格的確如此。衛韞繼續道：「對峙不過七日，太子便來了前線，持聖旨任監軍，太子言，如今國庫空虛，需速戰速決，但父親並未同意，兩人曾在帳中有過爭執。但因父親固執不肯出兵，太子無法，倒也相安無事。」

「不日後，姚勇來了白城。」

「姚勇為何會來白城？」楚瑜皺眉，姚勇本是青州統帥，白城死守並無壓力，為什麼姚勇會出現在那裡？

衛韞搖了搖頭：「我的品階不足以知道。但我清點糧草，管理雜物，知道當時姚勇偷偷帶了九萬精兵暗中過來。他的軍隊沒有駐紮進入白城，反而是躲在了周邊。」

楚瑜聽著，細細捋著線索。

上一世，衛韞最後是提著姚勇的人頭去見皇帝的，可見此事必然與姚勇有千絲萬縷的聯繫。姚勇在衛忠守城時暗中帶兵來了白城，而衛忠明顯是知道的——連衛韞都知道了。也就是說，衛忠那時候就沒打算只是死守了，他和姚勇必定合謀布置了什麼。

楚瑜抬了抬手，示意衛韞繼續。

衛韞一面回憶，一面思索：「後來北狄便來叫陣，那一日於城門交戰，北狄很快便潰不成軍，父親帶兵往前，我聽聞之後，趕忙前去阻止。北狄之勇，決不可能這麼快潰敗。然而父親卻一個勁兒叫我放心，還道北狄二王子在那裡，要抓回來慶功。」

「公公為何知道二王子在那裡？」楚瑜迅速反問。

衛韞抿了抿唇，明顯是不知道，卻也從楚瑜反問中察覺出不妥當來。

北狄如今尚未立儲，二皇子是炙手可熱的儲君人選，他並非將領，到了軍營中，應該是如同太子作為監軍一樣，藏起來不為人所知的。衛忠又是從哪裡得到這樣隱蔽的消息的？

然而時間緊迫，楚瑜也來不及細想，只是道：「你繼續說。」

「父親將我趕去清點糧草，帶著幾位哥哥分兩路出去，一路追敵，一路斷後。待到夜裡……」

衛韞聲音哽咽，一時竟說不下去了，楚瑜隔著木欄伸出手，拍了拍他的肩。

她不擅長安慰人，因為她被人安慰過太多次，她熟知言語有多麼蒼白無力。

路都要自己走，疼都得自己熬。

她只能用拍肩這樣的方式，傳達自己那一份心意和安撫。

衛韞抬頭笑了笑，忙道：「我沒事，大嫂不用擔心。方才說到哪裡？哦，待到夜裡，姚勇便讓人來通知我，說他們受了埋伏，讓我前去增援。」

說著，衛韞苦笑起來：「可城中的兵都出去了，也就留下五千守城，我能增援什麼？」

衛韞聲音裡帶了嘲諷：「不過是……收屍罷了。」

「姚勇的兵馬呢？」楚瑜聲音裡帶了寒意。

衛韞平靜道：「他說他追擊另一路兵馬，等回去時，父兄已經中了埋伏。」

「他還說，他與太子已經多次同父親說過，不可貿然追擊殘兵，有姚勇追已經夠了，此番責任，全在父親不聽勸告。」衛韞說著，慢慢捏起拳頭：「我心中知道此事有異，所以我特意又去了白帝谷，妳可知我在周邊山上看到了什麼？那白帝谷群山之上，全是兵馬的腳印。」

楚瑜豁然抬頭：「你什麼意思？」

「嫂子可知，軍中募軍買馬，均就近擇選，因此各地軍隊，戰馬品種大多不同。例如衛家軍多出北方，因而馬多產於河陵，馬形高大、奔跑迅速，但耐力不佳。而姚勇由青州供馬，青州馬多為矮馬，蹄印與河陵馬相比小上整整一圈，更與北狄所用的北關馬天差地別。」

「所以，你是說白帝谷邊上那一圈腳印，由姚勇的青州軍所留。」

衛韞點了點頭，目光中全是冷意：「我不知道這一圈腳印是哪裡來的，我不知道他是去追擊北狄其他軍隊後轉回白帝谷留下的腳印，還是從一開始……就在哪裡。可我知道一件事，此事必有蹊蹺，衛家此罪，不查得徹徹底底，我不認。」

楚瑜沒說話，她思索著，這時外面傳來晚月的聲音：「少夫人，時間到了，還請出來吧。」

「姚勇這一戰損失多少人？」楚瑜問了最後一個問題。

外面傳來腳步聲，衛韞立刻道：「目測不到一萬，但他報上三萬。」

楚瑜點了點頭，站起身，只道：「且等我消息。」

說罷，她便轉過身去，在獄卒進來趕人之前，同獄卒道：「大人不必催促，妾身這就離開。」

「嫂子！」衛韞急促道。

楚瑜回頭，看見少年雙手緊握著木欄，目光落在她身上，清澈的眼裡全是擔憂。

楚瑜靜靜看著他，衛韞似是有無數話想要說，然而在那女子目光鎮定落在他身上時，卻是什麼都說不出來。

最終，他只是道：「嫂子，這是我們衛家男人的事，妳……要學著顧全妳自己。」

這話他說得乾澀。

說的時候，他自己都在害怕。

畢竟不過十四歲，在面對這驟然而來的風雨時，他也惶恐，也不安。一想到自己去面對一切，一想到這個在整個事件中唯一給他安穩和鎮定的女人也棄他而去，他心裡也會覺得害怕。

可是他畢竟是個男人。

在觸及那女子如帶了秋水一般的雙瞳時，衛韞告訴自己。

——他是衛家僅有的脊梁，所謂脊梁，便是要撐起這片天，護住這屋簷下的人。

縱然他有大仇未報，縱然他有冤屈未伸，縱然他有青雲志，有好年華，可是這一切，都該是他自己拿自己爭。而他衛家的女人，就當在他撐著的屋簷之下，不沾風雨，不聞煩憂。只需每日高高興興問哪家胭脂水粉好，哪家貴女的新妝又在華京盛行——如他父兄所在時那樣。

他目光堅定看著楚瑜，然而聽了這話，楚瑜卻是勾了勾嘴角，眼中帶著幾分驕傲。

「這些話——等你長大再同我說罷。」說著，她輕笑起來：「你如今還是個孩子，別怕，嫂子罩你。」

聽了楚瑜的話，衛韞微微一愣。

那漸行漸遠的少女，滿打滿算，也不過比他大一歲，可是卻已經有了截然不同的氣勢。

或許如同他覺得自己要急切長大撐起這個衛府，她也覺得自己作為長嫂，應該撐著他吧？

衛韞看著楚瑜的背影。

楚瑜自己沒有發現，可衛韞卻清晰看到，血跡從楚瑜背後印了出來。

她受了傷，而她卻依舊含著笑，連語調都沒有因為疼痛顫抖。

就像白日裡，她明明已經在看見自己丈夫棺木時眼裡盈滿了眼淚，卻仍舊含笑扶起他，給他端上一杯祝捷酒。

什麼事她都埋在自己心裡，雲淡風輕，用最美好的姿態面對他，用無聲的動作同他說，無妨，一切安好。

為什麼不和他說實話呢？

衛韞捏緊了拳頭，滿腦子都是她背上印出的血跡，慢慢閉上眼睛。

被打到瘀血的腿骨隱隱作痛，然而內心有另一種更強大的疼痛湧現上來。

因弱小所導致的無能為力，無可奈何。

他從未有一刻，那麼渴望權勢。

帶著父兄歸來的路上，他想的只是如何查明真相，如何沉冤昭雪，如何成為家中頂梁柱，支撐住衛家。

然而在那女子含笑說出那句「嫂子罩你」的時候，他才真真切切感受到自己的弱小與無力，他甚至還不如一介女流，一個，雖然是他嫂子，卻只比他大一歲的小姑娘。

他要活下去。

衛韞猛地睜開眼睛。

他無比清醒的知道，他必須活下去，站起來，他要成為能夠為別人遮風擋雨的那個人，只要他活著一日，他絕不會允許衛家再經歷今日的痛苦！

楚瑜從天牢中走出來，心裡思索著衛韞給出的線索。

太子監軍，姚勇是太子的舅舅，必然是受太子指示，來到白城，然後與衛忠密謀了一個計畫。

可是因為怎樣的原因，計畫失敗了，姚勇將所有責任推脫到衛家身上。而皇帝……大概也是知道的。

楚瑜坐上馬車，用手指敲著大腿思索。

這件事，皇帝到底是知道，還是參與？

是皇帝導致了這件事的失敗，衛家為皇帝背鍋；還是太子導致了此事發生，皇帝為太子遮掩；又或是皇帝本就有剷除衛家之心？

不，不可能。

楚瑜想到第三個答案，瞬間否定。

謝太傅會站在衛家，且他是在察覺內情的情況下，足以證明皇帝並不是打算對衛家趕盡殺絕，甚至對衛家有愧疚之心。如果皇帝本就打算剷除衛家，衛韞根本回都回不來。

皇帝不會留下衛家任何苗子。

只要不是皇帝打算剷除衛家，那衛家就會安全許多。

楚瑜思索著回到鎮國侯府，蔣純還在等她。楚瑜看見蔣純，笑了笑道：「妳怎麼還不睡？」

「妳沒回來，我記掛著。」蔣純上前扶她下來：「今日如何？」

「有些眉目。」楚瑜抬頭看向蔣純：「府裡其他人如何了？」

「張晗和王嵐哭得厲害，被勸回去了，姚玨在房裡罵曹衍罵了一會兒，如今睡下了。謝玖待在靈堂裡，不知道回去沒。」蔣純言語裡有些疲憊，說了這些，加了句：「今日各家都來了人，也不知道說了什麼。」

楚瑜點點頭，同蔣純道：「妳辛苦了。」

「我倒還好，」蔣純艱難地笑起來：「都是雞毛蒜皮的小事，倒是妳……」

蔣純嘆了口氣：「阿瑜，若不是妳在這裡，我怕我自己……」

話沒說下去，可楚瑜卻知道她要說什麼。上輩子她不在，蔣純作出的選擇，便可窺見她如今內心一二。楚瑜用力握了握蔣純的手，沙啞道：「我在這兒。」

「不說了，」蔣純壓著要出來的眼淚：「先回去睡吧。」

「妳先去吧。」楚瑜笑了笑：「妳也累了一天，先去睡半宿，我去靈堂守七星燈，等下半夜妳再過來。」

蔣純猶豫片刻，還是點了點頭，陪楚瑜走了一段路，便回去睡了。

蔣純是個能做事的，楚瑜出去半天，衛府的靈堂便已搭建好，衛風也重新尋了棺木安置，安安穩穩放在靈堂。

楚瑜換了一身衣服來到靈堂之中，剛進去，便看到一個人影。她穿著一身素衣，跪在地上，守著靈堂前供奉著的七星燈。

七星燈由七根燭線搭成油燈，按照大楚的說法，人死之後，要由七星燈照亮黃泉路，七星燈需要家人看護，頭七天不能熄滅，否則那人便尋不到黃泉路，成為孤魂野鬼。

衛家人如今才回來，這七星燈也就如今才點起來。

楚瑜走進靈堂，跪在那女子身邊，輕聲道：「妳在啊。」

「嗯。」謝玖淡淡開口，轉眼看她：「去見小七了？」

「見了。」

「情況如何？」

楚瑜沒說話，謝玖也沒問，謝玖知道楚瑜並不放心她，她也不逼迫楚瑜。

她靜靜看著棺木，聲線平穩：「今日母親來，同我說，讓我向小七求一封放妻書。如今聖心未定，我待在衛家，她怕我會跟著衛家一起葬了。萬一那七萬人真是衛家的罪，此罪可大可小，要是落一個滿門抄斬，我該怎麼辦？」

「下次去見小七，」楚瑜聲音平淡：「我幫妳求。」

「妳不怕嗎？」謝玖轉頭看她。楚瑜沒說話。

若是以前，若她只是謝玖那般，自然……是怕的。

可是重活一輩子，生死一事，也就沒那麼害怕了。走過的路回頭走，便會有更多的勇氣。

更何況，她清楚知道當年衛家沒有被滿門抄斬，當年沒有，如今她如此幫扶，又怎麼會有？

然而這些話她不會說出口。

謝玖垂眸：「我原以為我會很怕，可是今日看他回來，我突然就不怕了。」

「我不想見他的。」謝玖輕嘆：「我怕看見他，我就不想走，就想跟著他去。阿雅生前總問我喜不喜歡他，他說他感覺不到我喜歡他。其實吧……」

謝玖輕輕閉上眼睛，喉頭竄動，哽咽片刻後，沙啞道：「我就是怕，自己太喜歡他。女人一生本就艱難，庶女之路更是難走，我這輩子本就是算計著過，談什麼喜歡不喜歡，我的路太難了。」

「妳看，」她站起身，慢慢走到衛雅棺木邊上，她將手放在棺木上，低頭看著棺木，彷彿那人睡在那裡，她看那睡顏。她含笑看著，眼淚驟然滴落而下：「若是我不喜歡他，該多好。」

第八章　籌謀

楚瑜靜靜看著她。

最初見謝玖時，她對謝玖，談不上喜歡。然而如今看著謝玖，卻有萬般滋味湧上來。

上一輩子謝玖匆匆離開，或許就是知道，越晚走，越是要面對這鮮血淋漓的現實，就越容易傷心。

一個人如果不多與之相交，便論不了善惡。

楚瑜看謝玖靜靜看了衛雅一會兒，慢慢轉過頭來：「妳可知如今皇位，太子和六皇子有所相爭？」

太子生母出身姚家，而六皇子則出身大族王氏，乃真正名門貴女所出。

楚瑜不明白謝玖為何突然說這個，但卻知道，依照謝玖的性子，絕對不會無緣無故說這些。於是她靜默不言，耐心聽著。

謝玖手拂過棺木，平靜說道：「陛下擁姚家為新貴，立姚氏女為皇后，其子為太子，其目的在於權衡。六皇子代表氏族，姚家便是皇帝一把刀。可是將一國尊位交給一把刀，合適嗎？」

「這個問題，」楚瑜思索著：「應是滿朝文武所想。」

「太子自然也會如此作想。」謝玖垂眸：「兩年前，王氏與姚氏爭河西之地，陛下讓公公參謀抉擇，太子曾連夜來衛府，當夜他們似乎發生了很大的爭執，太子連夜離開。」

「後來河西之地歸於王氏。」楚瑜似乎明白了什麼，謝玖點點頭，目光裡帶了冷色：

「此次太子是監軍，姚勇亦在戰場之上。若此事是太子從中作梗，妳可想過應對之策？」

楚瑜沒說話。

上輩子，最後登基的並不是太子，也不是六皇子，而是如今才兩歲的十三皇子。

當年六皇子登基後，衛韞直接帶人殺入皇城，和顧楚生裡應外合，將六皇子斬於劍下，隨後輔佐這位皇后幼子登基。從此顧楚生和衛韞一文一武，鬥智鬥勇到她死。

她死後如何並不知道，但她卻知道，她死之前，太子早就死得透透的。而太子之所以死，卻是和一個人脫不了關係——長公主，李春華。

這個人今日她已經去拜見過。她是當今聖上的長姐，與聖上一同長大，情誼非常。她對聖心拿捏之準，當世無人能出其左右。她年少守寡，膝下僅有一個女兒，守寡之後，她乾脆養了許多面首，荒唐度日。

上輩子，李春華將自己的獨女李月晚許給太子，要求太子對她女兒一心一意，太子應下，卻一直在外偷歡，李月晚懷孕時發現，因激動早產，最後難產而死。李春華從此怒而轉投六皇子，從此一心一意和太子作對。

如今太子剛和李月晚訂親，李春華尚不知太子那些荒唐事，若是她知道了呢？

楚瑜琢磨著——按照李春華那愛女如命的脾氣，知道太子在外面做那些事，還能善了？

是人就要發脾氣，發脾氣總得找個由頭，這時候衛家的事如果撞到李春華手裡，一切就能順理成章。

楚瑜捋順了思路，舒了口氣，同謝玖道：「我明暸了，謝過。」

謝玖看楚瑜的神色，便知道她是找到了辦法，點了點頭，也沒有多說，目光落在衛雅的棺材上，許久後，她沙啞著說：「我走了，再也不回來了。你活著時候，我已經盡力對你好，你死了，我沒有留遺憾。下輩子……」

她捏緊拳頭，輕輕顫抖：「你我再做夫妻吧。」

說完，她猛地轉身，朝著外面走了出去。

她生來薄涼自私——謝玖告訴自己——為衛雅做一切，已經是她能給的，最多了。

看著謝玖離開的背影，楚瑜忍不住叫住她：「謝玖！」

謝玖頓住步子，轉過身來，月光灑在她素白的身影上，楚瑜雙手攏在袖中，輕輕一笑：「姑娘，妳真好看啊。」

謝玖微微一愣，片刻後，她含淚笑開。

「是，」她清脆出聲：「我夫君也曾如此說。」

「走好。」楚瑜點了點頭，眼中滿是認真。

謝玖輕笑：「放心，我一輩子，一定過得比妳好。」

「這可未必。」楚瑜含笑靠在長廊柱子上，神色浪蕩風流，彷彿哪家公子哥兒一般，眼中俱是溫柔：「妳信不信，這一輩子，妳我都會過得很好。」

謝玖沒說話，她靜靜看著楚瑜。

這女子的安慰，溫婉無聲，卻又飽含力量。謝玖本也是那樣敏感的人，她對別人的壞敏感，對別人的好更敏銳。

於是她點了點頭，卻是道：「謝謝。」

楚瑜守了半夜，等到第二日，她睜開眼，便迅速將人叫了過來。

楚瑜還記得當年太子讓李月晚難產的情人——沒辦法不記得，且不說這事兒就是顧楚生讓她查的，更何況，那情人的確太過驚世駭俗了些，那位情人便是太子的同宗堂姐，清河王的女兒，那位足足大太子十二歲，卻早早守寡的芸瀾郡主。

太子早在十六歲便與芸瀾郡主有染，這份不倫之戀持續了長達十年之久，不可謂不深情。楚瑜算了算時間，如今正是太子與芸瀾交好的第七年，楚瑜思索片刻，便讓人將管家找來。

「衛家是不是在芸瀾郡主府邊上有一個小院兒？」她開口詢問。

管家愣了愣，卻是迅速反應過來，忙道：「對，不過身在郊區，頗為偏遠……」

楚瑜點點頭，毫不奇怪的模樣，卻是吩咐道：「去府庫裡拿些香丸，在那小院離郡主府最近的牆邊，搭一個火，將香丸扔進火裡，晝夜不停的燒。」

管家雖然不明白楚瑜用意，卻還是點了點頭，鄭重道：「小的明白。」

「再找個乞丐，送信到太子府，別告訴那乞丐你是誰，就讓他送封信。」

說著，楚瑜便去找了紙筆，然後仿著芸瀾郡主的筆跡寫了封情詩：一重山，兩重山，山高水遠人未還，相思楓葉丹。

嫁給顧楚生那些年，楚瑜學會了很多事，其中一件，就是偽造別人的字跡。

她讓人將信託乞丐之手送到太子府，太子府的人一聽是一個貌美女子送來，便立刻呈了上去。

而楚瑜則薰了香丸，帶了大批金銀，再一次登了長公主的門。

看在金銀的份上，李春華終於見了楚瑜。

楚瑜身著素服，朝著李春華盈盈一拜。那香丸味道濃烈，李春華瞬間注意到這味道，含笑道：「衛少夫人身上這是什麼香，真是特別。」

「是十日香。」楚瑜站起身，將禮物端上，雙手捧著禮物，來到李春華面前，含笑道：「這香的香味濃烈，沾染後可十日不散，乃衛府特製。平日不常用，只是如今我想將城郊別院修作祠堂，便先讓人在別院點了香焚燒，就這麼隨便帶了點氣味過來，讓長公主笑話了。」

李春華見著銀子，很給面子，倒沒多說什麼，只是道：「城郊的別院，可是芸瀾郡主隔壁那座？之前有一年春日宴，就是在那裡主辦。」

說著，她並不想在衛家的話題上糾纏的太久，繼續道：「芸瀾向來不太愛香味，妳這樣薰，芸瀾怕是鬱悶極了。」

「倒也不是，」楚瑜笑彎了眼：「女子都愛美好的事務，這香丸的味道，或許郡主還很喜歡呢？」

「她還問我要了幾顆香丸，估計是想以後用吧。」楚瑜扶著李春華，彷彿在說一件無關緊要的事：「說不定，芸瀾郡主正在尋覓丈夫呢。畢竟不是每個人，都能守寡守一輩子。」

聽到這話，長公主打量楚瑜一眼。

長公主自然是知道楚瑜上門的原因的，她讓她進來，也是心裡有了底，她同楚瑜逛著院子，慢慢道：「衛少夫人想得開就好，畢竟人生還長。妳在衛府門口那一鬧，也算是有了個好名聲，以後便不用發愁了，就衛少夫人這品性容貌，未來的路，不會太難。」

提到一個女子的品性容貌，那自然指的是嫁人生子。楚瑜明白，長公主這話不僅僅是在寬慰她，更是在敲打她，衛家的事兒她已經管得夠多了，得了好處，適可而止就好。

就謝太傅的態度來看，此事陛下尚在猶豫之中，對於長公主而言，去給正在猶豫的陛下煽風點火做個建議並不是難事，然而長公主之所以猶豫，無非是因為，此事牽扯著太子。

如今她的獨女正和太子議親，她不可能和太子對著幹。只是楚瑜送上來的禮的確太大，著實讓人心動，她又不忍割捨，思來想去，只能和楚瑜見一見，看看楚瑜有沒有其他的要求，只要不和未來女婿對著幹，一切倒也好說。

比如說——找個好夫婿。

她勸說著楚瑜，楚瑜笑了笑，卻是道：「我有阿珺已經夠了，倒也沒有多想什麼。衛府如今還有小叔衛韞和五個孩子，小叔年僅十四，我放心不下，也想不了太多。」

楚瑜嘆息了一聲：「我也不同長公主兜圈子，我的意思，長公主應當明白，長公主若允，阿瑜許下的東西，即刻送到長公主府上。若不允也無妨，是衛家命當如此了。」

長公主面露難色，正要開口，楚瑜便抬手打斷長公主的話：「殿下不必此刻就回答我，殿下再好好想想，」說著，楚瑜盯著她，認真道：「想清楚，想明白，殿下再讓人召我。」

長公主被楚瑜那鄭重之色弄得呆了呆，楚瑜也趁著這個時間告退，回到家中。

她要做的事情做了大半，心情自然是舒緩不少。正讓人準備著東西準備去天牢再見一次衛韞，就聽外面傳來通報聲，卻是她母親帶著楚錦來了。

楚瑜皺了皺眉頭，按照她對自己母親的記憶，這種時候來絕不會是什麼愉快的事。然而人已經來了，於情於理她不可能將自己的母親攔在門外，只能讓人請了進來。

謝韻帶著楚錦匆匆忙忙進來，楚瑜站起身迎上去，含笑握住謝韻的手道：「母親怎麼來了？」

謝韻愣了愣，記憶中這位女兒從來冒冒失失，開心起來時便如男孩一般爽朗大笑，不開心時也是要發火就發火要罵人就罵人，急起來一鞭子甩過去也不是沒有的事。然而如今楚瑜卻是真如一位大家夫人一般，明明算不上高興，卻還是能含笑起身，握住她的手，從容問一句——母親怎麼來了？

發現女兒的轉變，謝韻當場紅了眼，她握著楚瑜的手，想說些什麼，卻是什麼都說不出口，過了許久後，她只是沙啞著說了句：「妳受苦了……」

楚瑜沒說話。

她本是抱著不耐煩的情緒接待謝韻，然而在謝韻將這話說出口的瞬間，她卻驟然意識到——謝韻並不是上輩子的謝韻。

所有事還沒發生，謝韻還沒有為了楚錦傷害她，她如今始終是她母親。

也許內心裡謝韻更喜歡楚錦，可是她還是比常人更愛她，更心疼她，甚至如果不是犧牲楚錦，謝韻也願意為了她赴湯蹈火。

為了沒有發生的事去懲罰一個人，對於此刻的謝韻來說，未免過於殘忍。

楚瑜看著謝韻，片刻後，她垂眸，搖了搖頭，「不苦，本也是該做的。」

「我兒命不好啊……」謝韻哭出聲來，心疼道：「我早就想來看妳，但妳父親卻攔著，說別讓我來添亂。妳說他這是什麼道理？哪裡有說母親來給孩子添亂的？我不過是想來看看妳，怎的就成了添亂？」

楚瑜沒說話，她早已將下人遣退下去，只留下長月、晚月在屋中。她們熟悉謝韻的性子，倒也習慣了，沉穩端茶倒水，聽謝韻給楚瑜念經。

楚錦就默默坐在一旁，平穩喝茶，眉宇之間不難看出喜色，只是她向來端得住，不仔細看，倒也不覺有失。

楚瑜聽謝韻講了一會兒楚建昌如何攔她，聽得楚瑜頭痛不已，她正要轉了話題，就聽謝韻開口道：「我同妳父親說了，讓他想辦法進天牢去，為妳求一封放妻書，他不肯。我便花了大價錢去了天牢，親自替妳求了，我本以為他不樂意，誰曾想我剛說完，他便同我要了紙筆，二話不說簽了這放妻書。妳看……」

謝韻說著，從袖子裡拿出一封放妻書來，獻寶一般道：「還是母親心疼妳罷？哪怕那謝家、姚家的姑娘，也沒得我這樣拼的。他們都等著衛韞出來再去要呢。我如今已將放妻書拿來了，妳隨時可以離開衛府，不若今日就走罷？」

謝韻說這話時，語調明顯輕快許多。楚瑜沒有說話，她從謝韻手中接過放妻書，垂眸落在放妻書頁首的字跡上。

這字跡沉穩了許多，依稀有了幾分未來衛韞的字的影子。楚瑜握著放妻書，聽謝韻道：「妳嫁過來還未圓房就死了丈夫，這是華京都知道的事。如今妳在衛府門前那一鬧，我本還怪妳來著，結果卻聽人說，謝太傅當眾贊了妳一句『忠貞仁義』，許多夫人都來向我明著暗著打聽妳的去處。妳如今就算離開衛家，也絕不會愁再嫁。妳妹妹的婚事我已經解決了，如今妳趕快離開衛家，我替妳尋個好的去處，也算放心了。」

聽著這些話，楚瑜抬起眼眸，看向謝韻。

那目光冷寒如劍，其銳利之色，饒是遲鈍如謝韻，也察覺出來，不由自主停了聲，有些猶豫道：「怎的了？」

楚瑜沒有與她爭執，她深知謝韻的性子，你與她爭，無異於夏蟲語冰，除了浪費時間毫無用處。

她收起放妻書，含笑道：「母親怎的會突然想著要這封放妻書？」

「這得靠阿錦提醒，」謝韻感激楚錦，楚錦神色微微一僵，楚瑜似笑非笑看了過去，聽謝韻歡喜道：「我擔憂妳，卻也不知所措，想叫妳回來，但又擔心這樣做太過薄涼。還是阿錦同我說，如今衛家各家少夫人都在暗地裡謀劃著，姚家那姑娘的母親，如今已經開始尋訪著下家了，咱們家啊，也算厚道了。」

楚瑜靜靜聽著，目光落在楚錦身上。楚錦有些緊張，一言不發，旁邊是謝韻嘮嗑：「如今阿錦和宋家的親事定了下來……」

「宋家？」楚瑜有些疑惑，扭過頭來看向謝韻：「護國公府大公子宋文昌？」

「妳怎的知道？」謝韻詫異：「這事兒妳父親同妳說過了？」

「猜的。」楚瑜皺起眉頭：「不是和顧楚生議親嗎，怎的改成了宋文昌？」

「這顧楚生！」謝韻一提顧楚生，便憤怒道：「我們還願意與他結親那是看得起他，他卻將這門婚事拒了！」

「母親……」楚錦有些尷尬道：「莫說了吧。」

「怎的拒了呢？」楚瑜心不在焉撫摸著袖中的放妻書，喝了口茶。

謝韻開口要說什麼，但想了想，擺了擺手道：「罷了罷了，拒了就拒了，反正宋世子比他好多了，我們阿錦向來命好，也不在意這些細枝末節。」

楚瑜輕笑，點頭道：「的確命好。」

連著兩輩子，都跑不掉守寡的命。

這宋世子對楚錦向來情深，上輩子就是追著要娶她，楚錦守寡後本也打算嫁宋文昌的，結果衛家出事兒後，就把宋家送往了前線，宋文昌本是去混個軍功，可沒有衛家的前線如一盤散沙，上前線沒有半月宋家就沒了，前線全面潰敗，北狄劍指華京，朝中無人可用的情況下，才讓衛韞有了請命的機會。

楚瑜也沒多說，雖然好奇顧楚生為什麼退婚，但這也與她沒有太大的關係了。

她向來是這樣的人，愛你時，便全心全意愛。

放下時，便乾乾淨淨放。

顧楚生這個名字，不過是因為長年累月的習慣，會在聽到時心弦顫動瞬間，然而卻也僅止於此了。

說著，楚瑜便道：「母親，我還有其他事，您先回吧。」

「妳不與我一道回去嗎？」謝韻有些緊張。

楚瑜笑了笑：「這放妻書我已經拿了，我隨時可以走，只是如今走對名聲有損，落井下石畢竟不是好事。再待一陣子我再走吧。母親，且先回去吧。」

謝韻猶豫了一下，但想到謝太傅對楚瑜的稱讚，還是點了點頭。

楚瑜送謝韻出去，謝韻在前，楚瑜與楚錦並排在後。楚錦嘆了口氣，滿臉真誠道：「姐姐不肯回去，是否是擔心著再嫁之事？」

楚瑜抬眼看了楚錦一眼，楚錦輕笑：「姐姐莫要擔心，就算其他人不要姐姐，可是那遠在昆陽的七品縣令顧楚生，卻還是在等著姐姐的。雖然比不上衛家和宋家這樣的高門大戶，但顧楚生儀表堂堂，也算是一位俊傑，倒也不會辱沒了姐姐。吃幾年苦，或許就否極泰來了呢？」

楚錦將「七品縣令」這四個字咬重了些，楚瑜便明白楚錦的意思了。

她溫柔笑開：「阿錦還對我嫁入高門之事嫉恨在心啊？」

「衛家滿門都死了，談什麼高門！」楚錦變了臉色。

楚瑜抬手將髮挽到耳後，低笑：「衛家哪怕滿門只剩一個衛韞，那也不是宋家比得了的。」

說著，三人已經來到門前，楚瑜抬手，同楚錦道：「門檻高，妹妹小心摔著。」

楚錦終於忍不住，冷笑，「姐姐且等著吧。」

楚瑜點點頭：「嗯，我等著。」說著，她握住楚錦的手，情真意切道：「趕緊嫁給宋世子，不然過了這村就沒了這店，多可惜。」

「不用妳說！」楚錦咬牙開口，謝韻這時已經上了馬車，回頭看見楚瑜、楚錦還在說話，不由得道：「妳們姐妹感情真好，還不肯放手呢？」

這話嘔得兩個人都快吐了，卻還是強撐著擺出那副好姐妹的模樣，楚瑜為了不勉強自己，趕緊放開手，抬手道：「妹妹請走。」

那一副讓人趕緊滾吧不送了的神色氣得楚錦肝疼，摔袖便往馬車走去。謝韻見了皺了皺眉：「妳怎麼這麼對妳姐姐？」

楚錦這才意識到自己失態，張了張口，卻是什麼都解釋不出來。

楚瑜看著楚家的馬車走遠，這才冷下臉來，讓人備了馬車，直接到了天牢。

楚家在軍中頗有地位，謝韻能見到衛韞，也是看在了楚建昌的面上。便如楚瑜能看到衛韞，除了大筆錢四處送，楚建昌也是一個原因。

楚瑜進天牢時，衛韞正躺著休息，因有楚瑜上下打點，他受苦不算太多，但身上仍舊帶了傷痕，他聽見人進來，猛地睜開眼睛，見到楚瑜，他微微一愣，慌忙去拉扯衣衫，想遮住身上的傷痕，然而他才抬手，就聽楚瑜冷聲道：「別遮了，遮不住。」

衛韞手上僵了僵，卻還是理了理衣衫，讓自己看上去儘量從容一些。他坐立起來，含笑道：「大嫂怎麼來了？」

「你和我說清楚這是什麼？」楚瑜拿出那封放妻書，眼裡壓了怒意：「這東西，誰讓你簽你就簽，誰讓你寫你就寫？」

衛韞看見那封信，微微一愣。

他雙手放在膝蓋上，抓緊了衣衫，艱難道：「嫂子母親來求……」

「那也不是我來求！」楚瑜氣得胸口上下起伏，握著放妻書，指著衛韞怒道：「如今要不是我扣下這份放妻書在我這兒，我與衛家就再也沒關係了你可知道？」

聽到這話，衛韞心中顫了顫，他捏著拳頭，艱難扭過頭去，沙啞道：「如今與衛家沒什麼關係……也是好事。」

「衛韞！」楚瑜提高了聲音：「我在外日夜奔忙，你眼睛是瞎的嗎？要離開衛府我早走了，還會等到如今？」

衛韞沒說話，楚瑜上前一步，聲音又急又怒：「你貿貿然簽下這東西，你可想過我的意思？我不願走，有了這東西，我家裡人逼我走怎麼辦？他們逼我嫁人怎麼辦？你簽這東西，全然不會考慮我嗎？」

「我便是考慮妳，才簽的。」衛韞有些壓不住情緒，艱難出聲：「我知道妳是個好姑娘，妳總是一副好像很厲害、很成熟的樣子，可歸根結底，妳也不過十五歲。我是衛家的男人，我走不了，跑不掉，我得扛著這些事兒，可妳沒必要。妳還是大好年華，和我大哥甚至只見了一面，妳沒必要這麼耗死在衛家。妳如今回去，若衛家出了事，妳也可以好生過日子。若衛家沒出事，我也會記得妳如今這份恩情，始終照顧妳。這封放妻書我雖然代大哥給了妳，可妳永遠是我嫂子。」

說著，衛韞終於慢慢冷靜下來，他轉過頭來，目光落在楚瑜身上，認真道：「日後，若我不死，我必讓衛府東山再起。這一輩子，我都會敬妳如長嫂，妳若重新嫁人，我衛府就是妳的娘家靠山，為妳撐腰；妳若無處可去，我也會將妳恭敬迎回來，永遠是我衛府的少夫人，也是我衛府的大夫人。」

這話衛韞說得認真，楚瑜在他的目光下，微微怔住。

他如今面容稚嫩，然而從那神色間，楚瑜卻知道，他並不是開玩笑。

恩怨分明睚眥必報的鎮北王衛韞，那是天下皆知的脾氣。

他如今想得清清楚楚，要給她規劃好這一輩子。

楚瑜一時覺得好笑又無奈，她的目光落在衛韞身上，迎著對方堅定又清澈的眼神，慢慢發現，她此刻之所以還站在這裡，大概……就是為著這樣的眼神。

這眼神他在衛珺眼裡見過，在她一身嫁衣駕馬攔路追上衛家軍時，在衛家眾人眼中見過。

哪怕衛家人就只剩下一個衛韞，然而那獨屬於衛家的赤子之心，卻是薪火傳承。

楚瑜抿緊了唇，衛韞看少女壓著怒火的模樣，不由得笑了，覺得總算從這個人身上，看到了幾分年輕人的氣性。

他不由得溫和道：「妳別生氣了，我要是有什麼做錯的地方，妳同我說就好。」

「我只是想為妳好。」他聲音裡帶著嘆息：「可我不知道自己該做什麼，能做什麼。我不知道該怎麼做，妳教教我吧？」

衛韞這麼說話，楚瑜哪裡又能氣得起來？可她的確是氣惱著衛韞這問都不問隨意簽這封放妻書的行為，只能板著臉道：「你簽這份放妻書我收下了，日後我想走會自己拿出來，在此之前，我不說，誰都不能趕我走。」

「我嫁給你哥哥，嫁進衛家，這是我自己的決定。我沒有後悔，甚至於還為此有那麼幾分慶幸，我嫁了過來，不至於讓這滿門風骨的家門被人踐踏成泥。」楚瑜認真看著他，衛韞心裡微微顫動，聽她擲地有聲：「我來時是我自己選的，我走也得我自己選。衛韞你聽好，這一輩子，我不開口，都輪不到你來簽這一份放妻書。」

「你不行，誰都不可以，除了我自己！」

衛韞被這話說愣了，楚瑜一口氣把話說完之後，才終於察覺，自己此時這份心性，倒真有幾分十五歲時的樣子。

兩人沉默著，楚瑜調整著心情，而衛韞在消化完她說的話後，終於道：「嫂子的話，我記下了。這一次是我的不是，下一次我若再做什麼，一定會先和嫂子說清楚。」

楚瑜點了點頭，總算是消了氣，目光落到衛韞腳上，皺了皺眉道：「你的傷……」

「沒事兒！」衛韞趕緊道：「我在軍營裡被哥哥們打都比這重，小傷！嫂子千萬別擔心！」

楚瑜嘆了口氣，她走到衛韞面前，半蹲下來，有些無奈道：「將腿撩起來給我看看。」

「這……」

「長嫂如母，」楚瑜瞪他一眼：「你在我心中就是個孩子，別想太多。」

衛韞沒說話，還是有些扭捏，楚瑜怒道：「快些，別浪費我銀子！」

見楚瑜怒了，衛韞終於放棄掙扎，撩起褲腿，將傷口露在楚瑜面前。

大片大片的瘀血外加猙獰的傷口，看得人心裡忍不住顫抖起來，楚瑜沒有說話，她看了看傷口，平靜道：「我會讓大夫配置專門的傷藥來，還有其他傷口嗎？」

「也沒什麼了……」衛韞小聲道：「就剩下些鞭傷什麼的外傷……」

楚瑜點點頭道：「我知道了。」

說著，楚瑜站起身，同他道：「好好養傷，我先回去了。」

「嗯……」衛韞點了點頭，看著楚瑜冷著臉往外走，又叫住她道：「嫂嫂……」

「嗯？」

「妳……不要生氣了好不好？妳說要是我哥知道我把妳氣成這樣，非把我打死不可！」

衛韞說得忐忑，最後那聲「打死」，彷彿衛珺真的能從墳裡爬出來，把他打死一般。

楚瑜聽了他的話，有些無奈：「我沒生你的氣。」

她生的是那些打了他的王八蛋的氣。

聽了楚瑜的話，衛韞心裡放鬆許多，這才同楚瑜道別。

楚瑜出去後，將長月叫了過來，吩咐道：「妳讓那獄卒把打了衛韞的人都記下來，多少錢都使得，我們也絕不會將他供出去，讓他記個名字就可以了。」

「行。」長月應了聲，便去找看守衛韞的獄卒。

長月出去後，晚月輕笑起來：「少夫人真是一如既往護短啊。」

楚瑜冷笑了一聲：「做了什麼事兒就得付出代價，衛家還沒垮呢。」

長月打聽了消息後，將名單交給楚瑜，三人就一起回了府中。楚瑜吩咐人盯著芸瀾郡主，剛回去，盯梢的人便趕了回來，忙道：「今日訪客去了芸瀾郡主府。」

「誰？」楚瑜忙問出聲。

侍從報了個名字：「陸敏行。」

陸敏行是太子府詹士，與芸瀾郡主向來私交甚密，以至於外界一直盛傳他是芸瀾郡主的入幕之賓。

然而想明白太子這一層便不難明白，入幕之賓哪裡是陸敏行？分明是太子借了陸敏行的名頭行事！

但不論如何，只要太子去了，便就好。十日香染上之後便十日不散，而長公主向來是心細如髮的人，如今長公主府與太子正在議親，不可能這麼久不見面。

就算不見，她也要想著法子讓長公主去找太子。

楚瑜思索著，同下人道：「繼續盯著，尤其是長公主府和太子府，更是盯緊了。」

太子去芸瀾郡主府當日下午，便去了長公主府，按理說長公主該有動作，然而這事兒卻遲遲沒了動靜。

楚瑜心裡不由得有些忐忑，思索著到底是哪個環節出了錯。

長公主為人霸道，她自己養了十幾個面首，是絕對忍不得自己女兒受爭風吃醋的委屈。如今她在見了帶著十日香的太子之後毫無動作，是幾個意思？

楚瑜揣測不出來，讓人一連盯了三天，越等心裡越是不安，正打算換條路走時，第三日清晨楚瑜剛睜眼睛，就聽長月風風火火衝了進來，焦急道：「少夫人，出大事兒了！」

楚瑜猛地睜眼，從床上翻身而起，冷聲道：「何事？」

「太子……太子……」長月喘著粗氣，楚瑜繃緊了神經，就聽長月道：「太子被長公主從芸瀾郡主床上抓下來，拖到宮裡去了！」

聽到這話，楚瑜倒吸一口涼氣。

她錯了，是她太低估長公主了。這三天長公主按兵不動，看來不是不打算動，而是小打小鬧她不屑，一出手就要來一個大的。

將一朝太子從自己堂姐床上拖下來押送到宮裡，這長公主也忒大膽了。

楚瑜愣了一會兒，隨後忙道：「快，仔細同我說是怎麼回事。」

「就今個兒凌晨，陸敏行夜中造訪芸瀾郡主府，快天明的時候，長公主突然帶了兩百暗衛用迷藥直接突襲了芸瀾郡主府，咱們府的別院不是就在芸瀾郡主府隔壁嗎，那藥勁兒可大了，現在侍衛還沒緩過來。」

「這不是重點，」楚瑜一面梳洗，一面道：「後來呢？」

「哦，」長月回到主題來：「長公主親自帶人到了芸瀾郡主臥室，說是要將陸敏行這敗壞芸瀾郡主清譽的登徒子抓出來，於是士兵上前將人直接從床上拖下來，長公主提起鞭子就抽，抽了兩下後，長公主察覺不對，單膝跪下來，將那男人的頭髮拽起來，疑惑道，『這不是我姪兒太子殿下嗎？殿下衣衫不整跪在此處做甚？』」

長月一手提著長鞭，學著長公主的模樣，有模有樣露出恍然大悟的神情：「哦，原來這芸瀾郡主今夜帳中不是陸敏行陸大人，而是太子殿下啊？不，這不可能，太子殿下乃忠厚仁義之人，上個月才在本宮面前跪著信誓旦旦承諾，迎娶我兒之後，此生必不相負，我兒僅有殿下一人，殿下也會許我兒獨寵此生。殿下，這承諾，你可記得啊？」

長月學得有聲有色，楚瑜盤腿坐在床頭，用手撐著下巴，手肘落於雙膝之上，含笑道：「繼續。」

「然後太子殿下就哭啊，求著長公主將此事作罷。長公主不肯甘休，便同太子道：『殿下，芸瀾郡主乃你堂姐，你們乃一姓出身，你與她之事，那是亂了倫理大逆不道之事。您貴為儲君，這可不是小事，咱們還是要稟報聖上，看聖上如何定奪。』」

「說完之後，長公主就把人叫來，將太子和芸瀾郡主統統抬進了宮裡。那一路，所有人都聽說了這事兒，紛紛出來圍觀，那叫一個人山人海啊！」長月搖搖頭：「我要是太子，我抹脖子的心都有了。」

「慎言。」晚月看了長月一眼，眼中頗為不滿。

楚瑜聽得津津有味，見長月說完了，忙道：「如今宮裡有消息沒有？」

「沒，」長月興奮道：「現在全華京都在等著宮裡的消息，要有了，我們一定會第一時間知道！」

聽了長月的話，楚瑜心滿意足點頭。她含笑吩咐管家，再備下一份厚禮，隨後認真梳洗，就等著見長公主了。

等到天澈底亮起來，宮裡終於傳來消息，說是長公主醉酒認錯了人，罰長公主禁足一個月。

聽了這話，全華京都唏噓了，太子果然還是身負盛寵啊。

然而對於這個結果，楚瑜卻彷彿早已料到了一般。她帶上準備好的禮物，忙趕往了長公主府。

剛到公主府，長公主府的管家便守在門口，看見楚瑜來了，那管家微微躬身，笑著道：「少夫人可算是來了，我們公主靜候久矣。」

楚瑜有些詫異：「公主知道我要來？」

管家笑得意味深長：「公主什麼都知道。」

楚瑜不敢鬆懈，忙給管家誇讚了長公主的才智，管家不鹹不淡應著，領著楚瑜來到後院。

後院之中，長公主一席金色華裙，頭髮隨意散披，旁邊站了兩位美貌少年，一人搖扇，一人捏肩，楚瑜不敢多看，上前給長公主行了禮，恭敬道：「見過長公主。」

「行了，別整這套虛的。」長公主玩著手上的金指甲：「上次妳讓我想想再回覆妳，不就是為著今天嗎？妳的條件我應了，」她冷笑出聲：「你們衛家，我救定了。」

聽了這話，楚瑜心中算是確定了，這事兒與太子必然有著千絲萬縷的關係。然而她面上卻沒有暴露絲毫情緒，全然一副感恩戴德的模樣，跪拜下去道：「妾身謝過公主恩德！」

長公主「噗嗤」笑出聲來：「楚瑜，我覺得妳這人怪有意思的。明明一手設計出來的事兒，讓我和太子往妳圈裡跳，面上卻是什麼都不知道一樣，對我感激涕零。」

說著，長公主輕輕彈著自己金色的指甲，抬手在陽光下觀賞那指甲流動的光彩，慢慢道：「妳不如同我說說，妳是如何發現太子和芸瀾這事兒的？」

長公主將話說到這份上，再繼續偽裝，楚瑜也覺得尷尬。她便乾脆坦坦蕩蕩席地而坐，平靜道：「天下沒有不透風的牆，衛家有衛家的法子，而我也有我自己的法子。」

「公主，」她抬眼看向長公主，真誠笑開：「今日選了衛家，您不會後悔。」

長公主嗤笑，倒也不在意楚瑜的自信，她只是將目光落到不遠處的嬌花身上，嘆息道：「妳這樣的才智，嫁人著實可惜，還好同我一樣守寡了。」

說著，她從旁邊美男手中接過酒來，輕抿了一口，慢慢道：「妳讓謝太傅幫妳向陛下轉達了求見之意，妳知道為何如今還沒有消息嗎？」

「因為，」楚瑜聲音平靜：「陛下不敢見我。」

「妳好大的口氣。」長公主眼裡帶了笑，卻並非嘲諷，慢慢道：「不過，倒也是事實。如今我那弟弟對衛家的事兒做不了決斷，若他下定決心給衛家一個結果時，那便會見妳了。」

楚瑜點點頭，長公主玩著手裡的團扇，悠然道：「他之所以猶豫，妳大概也猜到了。此事兒和太子千絲萬縷，我雖然不知道發生了什麼，但卻也明白，陛下在保下太子和保下衛家之間猶豫了。七萬軍沒了，這罪過若放在太子身上，那就太大了。然而若放在衛忠身上，逝者已逝，再怎麼罰，又能罰到哪裡去？難道還真的要這滿門忠烈都被抄斬才行？」

聽了這話，楚瑜斟酌道：「所以陛下如今並不想殺我小叔，甚至於還想救他。可是，」楚瑜皺眉：「他為何不救呢？」

「妳覺得，如果七萬人真的是衛忠的戰略失策，作為一個帝王，卻不震怒、不發火，朝中會怎麼想？」

「朝臣會猜忌事情的真相，陛下既然是想保住太子，自然不能讓朝中有如此想法。所以他得做足態度，他不能主動放了衛家，必須有一個足夠的由頭。」

楚瑜猶豫著開口：「所以長公主的意思是……我得給陛下一個臺階下？」

「那當然。」長公主轉動著手中的團扇，垂下眼眸，神色間帶了幾分冷意：「這罪若逃不了，妳衛家不妨認下來。」

楚瑜不言，她輕皺起眉頭，認真思索。

將罪認下來，定了的案子再翻，那就太難了。如果長公主的確是誠意獻計，那這叫兵行險招。可是若長公主本就想害衛家……

楚瑜認真捋清長公主在此事中的立場，看著她猶豫，長公主也明瞭她在想什麼，抬起團扇，輕輕點在她額間，輕笑道：「或者，妳認下來。」

楚瑜抬起頭來，盯著長公主。

這一次，她明白了長公主的意思，楚瑜認下來，和衛韞認下來，那是完全不同的概念。

楚瑜在華京，和華京眾人、和皇帝一樣，是根本不知道戰場情況的人，她認，其實並不代表任何事。未來一句輕飄飄「我什麼都不知道」，便可輕易翻供。

可衛韞認就不同了。他是衛家如今唯一的男丁，也是戰場上唯一活下來的衛家人，他的每一句話，都有著足夠的分量。

長公主的意思，楚瑜總算是明瞭。如今皇帝不可能直接放了衛韞，因為他需要衛家認下這個罪，他不能讓天下人看出他心虛，他下了決心要保住太子。然而皇帝也並不是真心要犧牲衛韞，犧牲死掉的人的名譽沒什麼，可真要讓衛韞送命，皇帝還是狠不下這個心來。無論如何，衛家是替大楚死的，是替皇族擋刀，於情於理，皇帝都不敢讓衛韞死。

衛家畢竟是忠臣良將，無論是為了衛韞的才華還是祖上的忠臣，皇帝都無法真的看著衛韞去死。

而且，衛韞年紀小，如果讓他活著，掌控衛家在北方的勢力，皇帝還好操控一些。如果衛韞死了，衛家真的蒙受不白之冤，到時候北方衛家殘存的勢力拼死反撲，這絕不是皇帝想要的結果。

所以楚瑜想要救衛韞，就要給皇帝一個臺階，給皇帝一個越過法理放掉衛韞的理由。

「我明白了。」楚瑜點頭，展袖作揖，頭觸地面，同長公主恭敬道：「我即刻回去，帶著我衛家的牌位去宮門前，求陛下召見。」

之前擔心她沒有先找皇帝就這樣做，在皇帝眼裡有脅迫之嫌，如今來看，皇帝需要的，就是這樣的脅迫。

楚瑜抬頭看向長公主，真誠道：「屆時，還望長公主周旋一二。」

「妳放心，」長公主眼裡帶了冷意：「太子那邊的人，我會幫妳擋著。只是如今太子做的事兒，妳可要記在心裡，記好了！」

「公主放心。」楚瑜忙道：「太子如此行事，我衛府絕不會忘。」

長公主點點頭，沒再多說，她似乎是乏了，微瞇了眼睛。楚瑜見她不願再多說什麼，便告退下去。

回到衛府，她將蔣純找了過來，蔣純正在給柳雪陽回信，如今柳雪陽已在蘭陵安定下來，詢問蔣純情況如何，蔣純剛寫完信，就聽楚瑜來找，蔣純趕忙趕了過來，見楚瑜正在換衣，便道：「這是打算去哪裡？」

「妳吩咐下去，讓府中老少跟我去祠堂抬了靈位，跪到宮門口去。」

蔣純愣了愣，疑惑道：「這又是做什麼？」

「我同長公主談過了，」楚瑜壓低聲音：「陛下如今並不想殺小七，只是下不來臺，我們這就去給陛下遞梯子。」

聽得這話，蔣純很快反應過來，冷聲點頭道：「我這就去。」

說著，她便轉過身，急急入了後院，通知府中上下統一換好乾淨的孝服後，便集中在院落之中。

楚瑜到達院中時，看見蔣純、謝玖、姚珏、張晗、王嵐都在。

楚瑜沒想到她們也會來，不由得有些詫異，然而片刻後，她便笑了：「未曾想這一路，還能得諸位隨行。」

「最難的路都陪妳走了，」謝玖神色平淡：「最後這一程，走了又何妨？」

「就當我們倒楣吧。」姚珏冷笑：「攤上這死鬼，又能怎麼辦？」

「都已經留到現在了，」張晗嘆息出聲：「那便多留一會兒吧，能用得上我們的地方，少夫人儘管吩咐就好。」

「少夫人……」王嵐怯怯出聲，正還想說什麼，楚瑜便道：「小六妳就別去了，妳還挺著肚子，多少要為孩子著想。」

「我還是去吧，」王嵐苦笑起來：「他生前就是諸位哥哥嫂嫂在哪裡，他就要帶著我往哪裡湊，如今這時候，他若知道我一個人留在家裡，怕是會生氣。到時候我便站在邊上，也不會多事兒的。」

楚瑜抿了抿唇，蔣純上前道：「她若不去，怕是心裡更難安定下來。」

楚瑜想了想，終於點頭道：「那管家好好照顧六少夫人。」

說完之後，楚瑜便同眾人道：「等一會兒，焚香禱告之後，我等便端著靈位前去宮門前，求陛下將小七放回來。小七若還待在牢獄之中，怕是人便留在那裡了。我等既為他的長輩，便該代替家人護著他，諸位，」她揚手道：「且行吧。」

說完之後，她領著眾人來到祠堂前，眾人焚香淨手後，她帶著眾人跪在祠堂之中，她在第一排，剩下五位少夫人在第二排，一行人舉香叩首後，楚瑜上前，抬起了衛忠的靈位，又讓管家捧起衛珺的靈位跟在她身後，後面的人便一一取過自己的夫婿，等再往後，就按著順序帶走其身分相應的靈位。

衛家四世一百三十二人，楚瑜帶著靈位走出衛府大門，其他人列成兩排跟隨在後，白衣如雪，唯有手中靈牌黑得刺目。

他們浩浩蕩蕩朝宮門走去，所過之處，眾人無不側目。

來到宮門前時，看到那一片白色，守住宮門的侍衛心裡有些發虛，在楚瑜來到門前時，侍衛們驟然拔刀，提著聲音道：「來者何人！」

「鎮國侯府世子妃楚瑜，攜衛府四世生死諸君而來，求見陛下！」

聽到這話，侍衛們面面相覷，長官上前，恭敬道：「少夫人可有入宮聖旨？」

「無。」

「那，」長官有些遲疑：「少夫人何不讓人通稟後，得陛下召見再來？」

「若陛下肯見，妾身又何須如此？」楚瑜抬眼看向對面憨厚的漢子，微微一笑：「此事妾身知道大人難做，妾身並非為難大人，只是勞煩大人通稟陛下，」說著，楚瑜便捧著靈位，雙膝跪了下去：「衛家滿門，不見陛下，便是跪在此處化作風中石，亦不會歸。」

楚瑜一跪，後面人便跟著跪了下去，浩浩蕩蕩一大片，白的衣，黑的靈牌，看上去整整齊齊，如浪潮一般蕩漾跪下時，震得人心為之發顫。

那長官猶豫片刻，終究道：「那……容下官向陛下稟報。」

長官說完之後，便轉身進了內宮，衛家眾人就這麼跪在地上，王嵐坐在馬車裡，抱著衛榮，從車簾裡看著外面，頗為憂心。

今日豔陽高照，倒也算個好天氣，衛府一百多人跪在這裡，沒發出任何聲音，只見秋日陽光落在眾人身上，反射出灼目的光芒。

那長官說是進宮去詢問天子，卻是去了之後再也沒回來。可楚瑜不在意，今日擺了這麼大的架勢，就是為了給天子的臺階鋪得高一些，自然是聲勢越浩大越好。

楚瑜往宮門口一跪，這消息立刻傳遍了華京，然而所有人各自有各自的盤算，都等著宮裡那位的消息，一言不發。

等到第二日清晨，大臣陸續上朝，楚瑜卻還是堵在宮門口。最先來的丞相舒磊一看這架勢，立刻放下車簾，同侍從道：「換一個門，不從此處入。」

侍從有些疑惑，轉頭看向舒磊：「大人，這是為何？」

「英烈在此，我等怎可搶道？」舒磊瞪了侍從一眼：「我走側門就行。」

有了舒磊開這個頭，所有人到宮門前，都繞道而行，直到謝太傅到時，他停下來，隨後來到楚瑜面前。

「衛少夫人……」謝太傅嘆息出聲：「您這又是何必？」

「衛家唯一的血脈尚在獄中，我身為他長嫂，又怎能安穩坐於家中？」

楚瑜抬眼看向謝太傅，她已經跪了一天一夜，面色有些憔悴。

謝太傅張了張口，想說什麼，最後卻只是道：「精誠所至金石為開啊。」

說著，他搖了搖頭，負手從宮門進了宮中。

楚瑜抬頭看著謝太傅的背影，明瞭了謝太傅的意思。

跪的時間還太短，還配不上這句精誠所至金石為開。

她閉上眼，沒有多說。

朝堂之上沒有任何人提起這事，直到最後，御史臺一位年輕的陳姓大臣終於忍不住開口：「陛下，衛家如今滿門老小都在外跪著，衛家乃四世三公忠烈之家，哪怕衛忠犯下滔天的罪過，也不能這樣對待忠義之家啊！」

聽到這話，曹雄便站了出來，怒道：「陳大人此言差矣，七萬人馬豈是兒戲，按照老夫之言，今日衛忠犯下的罪過，哪怕吵架滅族，亦是足夠的！」

「曹大人未免太過逼人，」陳御史漲紅了臉：「哪怕是民間犯法，亦有留養之法。如今衛韞乃衛家唯一的血脈，莫說衛韞還未認罪，哪怕是認罪了，也應是照顧母親至善終之後，再來接受懲處。此乃人倫之理，曹大人之想，著實過於殘暴了！」

曹雄聞言大怒，和陳御史當庭吵了起來。然而兩人也算不上什麼實權人物，吵了一早上後，此事也就罷了。

楚瑜聽聞了此事，她知道，朝中越吵得大、吵得急，那離陛下一份「滿意」，也就越近了。

楚瑜並不著急，安安穩穩跪著。

頭一天豔陽高照，第二日陰雨綿綿，體力不好的，開始陸續倒下，便讓人抬了回去，只留一座靈位，繼續陪伴著眾人。

待到第三日早上，太陽又辣又毒，倒下的人越來越多，而朝堂之上，為衛家爭執的人也越來越多。

待到第四日，暴雨，跪著的人只剩下一半。這一日，長公主也來了，她從華麗的鳳車上走下來，輕輕瞄了楚瑜，隨後朝著楚瑜拍了拍肩。

楚瑜感覺暴雨落在她身上，彷彿被千金捶打。

她艱難抬眼看向長公主，長公主卻是含笑說了句：「別擔心，衛韞馬上就回來了。」

說著，她抬手整理一下衣衫，抬手將髮挽到耳後。

「本宮要打的仗，從來沒有輸過！」

第九章　滿門英烈

說完，長公主便昂首闊步走了進去。

如今楚瑜身後已經零零散散只跪了幾位身體還好的士兵和蔣純、姚珏，這兩位都是出身將門，和楚瑜一樣也算自幼習武，雖然沒有楚瑜這樣的武藝，但也算健朗。

姚珏雖然是庶女，卻自幼頗受寵愛，從來沒受過這樣的委屈，但每每抬頭看見楚瑜那挺得筆直的背影，她便覺得自己不能倒下。

她雖然和衛風打打鬧鬧，覺得這人惱人至極，可是最後這條路上，她還是想為他做些什麼。

楚瑜抬眼看著宮門，如今長公主出面，便是時機到了。

不出楚瑜所料，長公主進門時，朝上已經為著這事兒爭得焦頭爛額，謝太傅帶著人據理力爭，而太子帶著另一批人拼命阻攔。

長公主進去時，謝太傅正用笏板指著姚國公怒喝：「這七萬軍之事，你姚家敢讓我細察嗎？你要是敢，老臣即刻請命，親赴邊疆，看看這七萬軍之事到底是如何！」

「謝老兒你休得胡言亂語！」姚國公急得大吼：「你要查便查，我姚家坦坦蕩蕩，有何不敢讓你查的？」

「喲，這是做什麼啊？」

長公主的聲音從外面涼涼傳來，眾人抬頭看去，便見一個女子身著金縷衣，輕搖團扇翩然而入。

皇帝見得來人，趕忙起身，詫異道：「長公主怎麼來了？」

長公主與皇帝一起長大，深得帝心，有不用通報便可上朝的特權。只是長公主從來是識時務之人，雖有特權，卻不曾濫用。

如今她過來，太子心中咯噔一下，頓時覺得不好，長公主朝著皇帝行了禮，皇帝皺著眉頭，一時有些尷尬。

他才給長公主下了禁足令，長公主就這樣大大咧咧出現在朝堂上，他是說也不是，不說也不是。說了便是打了長公主的臉，到時候這位姐姐怕有得氣要出。

皇帝沉默之間，便見長公主跪到地上，揚聲道：「陛下恕罪！」

長公主這一跪把皇帝嚇得一哆嗦，忙道：「長公主罪從何來？」

「四日前，陛下方才給長明下了禁足令，長明今日卻強行來到殿上，耽誤陛下議事，此乃罪一。」

皇帝沒說話，他本也在惱此事，如今長公主先道了歉，他氣消了三分，嘆息道：「既然如此，妳為何還要過來？」

「此乃罪二。長明聽聞衛家遺孀如今長跪宮門之外，雖知陛下乃嚴守律法之君，卻仍舊動惻隱之心，來此殿前，想為衛家求情，求陛下網開一面，饒了那衛七公子衛韞罷！」

話說完，滿堂就安靜了，只聽長公主聲音哀切：「不知陛下可曾記得，陛下年幼時，曾摔壞一只玉碗，陛下向先帝請罪，先帝卻未曾懲罰陛下，陛下可知為何？」

皇帝明白長公主話裡有話，卻還是開了口：「為何？」

「因先帝尋了長明，問長明，陛下那一日為何摔碗，我答先帝，因陛下想為先帝端上一碗雪梨湯。先帝又問，那雪梨湯可是陛下親手所熬？我答先帝，乃陛下聞得先帝多咳，聽聞雪梨湯生津止渴，特意熬製。於是先帝同長明說，陛下熬製雪梨湯有功，摔碗有錯，一切因孝心而起，功過相抵，不賞便罷了，若再過多追究，未免寒心。」

「長公主的意思，是父皇按律行事，也會讓衛家寒心嗎？」太子站在皇帝側手邊，嘲諷出聲：「若是如此容易寒心，那衛家的忠心，怕是要讓人質疑一二了。」

長公主聞言，抬頭看向太子，眼中俱是冷意：「環兒此話不妥。」

她叫他環兒，便是抬出了雙方的身分，哪怕太子是太子，她畢竟是長輩，她說話，太子就算反駁，也該恭敬有加才是。

立於朝堂之上的人都是人精，立刻聽出了長公主言語中的意思，太子臉色變了變，又聽長公主道：「衛家此次，滿門男丁，僅剩下一個十四歲的衛韞，這樣的犧牲為的是什麼？為的是護著這大楚山河，是站在這華京之中身著華衣的在座諸位，是冠以李姓、身為皇族的你與我！」長公主驟然提聲，帶了質問：「太子殿下，若這還叫『容易』，你倒告訴我，到底要犧牲成怎樣，才能算『不容易』？水能載舟亦能覆舟，皇帝雖為天下之主，亦為天下之君。君需體恤百姓仁德愛民，若一味只讓人為你付出，太子，」長公主冷笑：「這樣的想法，我倒要問，是太傅教的，還是您自個兒琢磨的？」

「這想法，老臣不曾教過。」長公主剛說完，謝太傅就涼涼出聲。

太子面露尷尬之色，正要說什麼，長公主便轉過頭，面露哀戚之色，同皇帝道：「陛下，若是滿門血灑疆場之後，唯一的遺孤和那滿門女眷還要嚐這世間冷暖，若是四世奮戰沙場上百年，還不能給兒孫一次犯錯的機會，那我天家，未免太過薄涼了啊！長明正是有此擔憂，於是不顧陛下禁足之令前來，還望陛下看在衛家那四世忠魂、百年忠義的份上，放了衛韞罷！」

長公主匍匐高喊出聲，謝太傅站在長公主身邊，疲憊道：「陛下，按我朝律法，若獨子犯罪，上有父母需要贍養，應讓獨子替父母養老送終之後，再受懲處，此乃我朝人倫之道。如今衛韞並未犯錯，乃受其父牽連，又乃衛家唯一血脈，衛家上有八十祖母，下有兩歲稚兒，於情於理，都當赦免衛韞。還望陛下開恩，」謝太傅聲音顫抖，帶了哭腔，緩緩跪下：「赦了這衛家唯一的血脈吧！」

皇帝沒說話，他嘆息一聲，轉頭看向周邊：「諸位大臣覺得如何？」

「陛下，」姚國公提了聲：「陛下可知，七萬精兵，於朝廷而言，是多大的損失？七萬人啊，均因衛忠之過，埋骨白帝谷中，衛家死了七個人，他們的命是命，那七萬人的命，就不是了？這七萬人喪命之過，就這樣不追究了？」

皇帝皺了皺眉頭，沒有說話。

長公主抬頭看了皇帝一眼，她明白皇帝的意思，此時此刻，這位帝王怕是已經不耐至極了。

那些不能放到明面上的事兒，皇帝或許早已清楚，哪怕說不上一清二楚，卻也在心中大致有個猜想。他在等別人給他遞臺階，眼見著就要下去了，如今又讓人攔住，他如何不惱？

長公主察覺皇帝的意思，忙道：「陛下，此事乃衛家之事，陛下不若去宮門前，見一見那衛家婦人，陛下見了，才會真的明白，我等為何在此長跪不起，求陛下開恩的原因！」

皇帝看著長公主，許久後，他嘆了口氣：「既然長公主相邀，朕便去看看吧。」

說著，他站起身來，帶著人往宮門口走去。

此時下著大雨，豆大的雨珠砸到人身上，砸出一種說不清道不明的疼痛。衛家人跪了這麼一陣子，本就搖搖欲墜，這大雨一下，立刻又倒了一大片，最後只剩下了楚瑜和姚珏、蔣純三人，依舊熬在原地。

楚瑜回過頭去，看了姚珏一眼，見她咬著牙關，身體微微顫抖，便知道她此刻是熬著了。楚瑜嘆了口氣，同她道：「妳別跪著了，去歇著吧。」

「我還成。」姚珏聲音沙啞：「別以為就妳成。」

楚瑜有些無奈，正要說什麼，就看見姚珏身子晃了晃，整個人往旁邊倒了下去。

蔣純一把拉住她，旁邊王嵐帶著人過來，讓人扶起姚珏。王嵐紅著眼，扶著肚子，勸著楚瑜：「少夫人，要不回去吧……」

「無妨。」楚瑜搖了搖頭，關切地看向王嵐：「妳還懷著孩子，別受了寒，我在這兒等著。」

「小七不回來，」楚瑜目光落到宮門裡，平靜道：「我便不走。」

王嵐見勸不住楚瑜，也不再說話，扶著姚玨到了一旁馬車裡，讓大夫上來給姚玨餵藥。

雨下得劈里啪啦，蔣純也有些撐不住，便就是在這時，宮門慢慢開了。

楚瑜抬眼看過去，見為首一身明黃，頭戴冕冠，十二琉懸於額前，因風而動，讓那人的神情帶了悲憫。

那人身後站立著身著金縷衣的長公主和純白色金線繡龍廣袖長袍的太子，再之後是浩浩蕩蕩滿朝文武百官，他們隨著宮門打開，一個一個顯現出來。

而他們對面，是跪著的楚瑜和蔣純，以及身後立於風雨中的一百三十二座牌位。兩個女子是雪白的衣，而那牌位是黑色金字的木，黑白相交立於眾人對面，肅穆安靜，彷若與這宮門之內，是兩個世界。

一面是生者的浮華盛世；一面是死者的寂靜無聲。

一面是華京的歌舞昇平；一面是邊疆的白骨成堆。

這一道宮門彷彿是陰陽相隔的兩個世界，衛家那一百三十二位已經故去的人帶著兩位未亡人，平靜地看著這宮門內的他們，似乎在問一句——良心安否？

楚瑜什麼都沒說，什麼都沒做，在帝王出現時，她沒有哀號，亦沒有哭泣，她只是平靜地看著皇帝，目光落在他身上，堅韌又清澈。

一瞬之間，皇帝覺得自己彷彿來到少年時，看到了少年時的衛忠。

年少伴讀，弱冠伴君，再之後護國一生，埋骨沙場。

哪怕他不知道邊境到底發生了什麼，但帝王一生，什麼陰暗他沒見過？哪怕是猜，也猜得出這位乾淨了一輩子的將軍，遭遇了陰謀和不公。

他自以為帝王血冷，卻在觸及這女子與那衛家如出一轍的眼神，在看到那上百牌位安靜立於面前，在看見衛忠的牌位立於女子身前，彷彿帶了眼睛，平靜地注視他的時候——帝王之手，終於微微顫抖。

而這一幕震撼的不只是這位皇帝，他身後文武百官，在看見這天地間潑灑的大雨，看見那英烈的牌位立於風雨泥土之間時，都不由得想，讓這風雨停了吧。

所有人終於知道，為什麼長公主讓他們來這裡。

看到這一幕，只要稍有良知，都難有鐵石心腸。

皇帝走上前，太監上前來為他撐傘，著急道：「陛下，小心腳下泥水。」

皇帝沒說話，他來到楚瑜身前，垂眸看向楚瑜面前衛忠的牌位，沙啞道：「妳是衛家哪位夫人？」

「回稟陛下，妾身乃鎮國候世子衛珺之妻，西南大將軍之女楚瑜。」

「哦，楚瑜。」皇帝點了點頭，這位新婚當日丈夫就奔赴戰場的姑娘，他是聽過的。他還同謝貴妃笑過，說衛珺回來，必然進不去家門。

皇帝收了自己的心神，壓著情緒道：「妳跪在此處求見朕，又是為何？」

「陛下，妾身帶著舉家前來，祈求陛下放衛氏七郎衛韞出獄。」

「國有國法……」

「並非為一己之私。」楚瑜抬頭看向皇帝，神色平靜：「楚瑜出身將門，亦曾隨父出征，以護國護家為己任。衛家兒郎亦是如此。衛家兒郎可以死，卻理應死在戰場上，而非牢獄中。」

「妾身不過一介女流，不知衛家何罪，不知小叔何罪，但卻知我衛家忠心耿耿，若陛下要小叔為其過錯抵命，那妾身請陛下讓衛七郎死於兵刃殺伐，以成全我衛家報國之心。」

這是漂亮話。

在場所有人都知道，這話若是出自他人之後，便只是討好之言。然而在那衛家滿門牌位之前，所有人都知道，無論是懷著怎樣的心思說這話，這的確是衛家這百年來所作所為。

生於護國之家，死於護國之戰。

衛家男兒，莫不亡於兵刃，又怎能讓小人羞辱？

皇帝沒有說話，他的目光落到衛忠的名字上，許久後，他轉過身，回到宮門內。

宮門慢慢合上，皇帝揚袖道：「帶衛韞上殿來！」

這話讓曹衍心裡一緊，這些時日衛韞在獄中受鞭打之事他是清楚的，衛家結怨甚多，如今衛家遇難，衛韞就成了最好的發洩口。所有人都以為七萬人葬於白帝谷這樣的案子，必定是帝王震怒，如同當年秦王案一般。誰曾想，衛韞居然還有面聖的機會？

曹衍想要開口說話，卻看見謝太傅一眼掃了過來。

他目光裡全是警告，曹衍心中驟然清醒。

不能說，他不能說。

如今皇帝一定要見衛韞，這事兒根本瞞不住。他沒在天牢裡動過衛韞，此刻若他多加阻攔，怕是要把自己一起葬送進去。

曹衍冷汗涔涔，站在人群中等著衛韞到來。

過了許久，外面終於傳來了腳步聲，而後皇帝便看到，那曾經意氣風發的少年郎，被人用轎子，慢慢抬了進來。

他衣衫上沾著血，全身上下沒有一處完好，神色憔悴，卻唯有那雙眼睛明亮如初。

皇帝看見這樣的衛韞，面色大變。

然而衛韞卻還是掙扎著起身，恭敬跪到地上，叩首出聲：「衛氏七郎，叩見陛下！」

他聲音沙啞，與皇帝記憶中那個不知天高地厚的少年截然不同。

衛家曾蒙恩寵，衛韞也與皇帝頗為親近，可以說是皇帝親眼看著長大，如今成了這副模樣，皇帝咬著牙詢問：「你怎的成了這幅樣子？」

衛韞沒說話，皇帝抬起頭：「大理寺卿，你出來給朕解釋一下，好好的人進去，如今怎麼成了這樣子！」

「陛下，臣不知，」大理寺卿衝出來，跪到地上，開始拼命磕頭：「臣即刻去查！即刻去查！」

皇帝沒有理會大理寺卿，他紅著眼，從臺階上走下來，一步一步來到衛韞面前，溫和出聲：「衛韞，今年幾歲了？」

「再過半月，年滿十五。」

「十五了……」皇帝嘆息：「若皇伯伯今日要賜你死罪，你可願意？」

衛韞僵了僵，他抬起頭來，目光落到皇帝臉上，神色平靜：「君要臣死，臣不得不死，只是陛下可否讓看在臣父兄面上，讓臣選一個死法？」

「你想如何死？」

「我想去邊疆，再殺幾個北狄人。」衛韞說得鏗鏘有力：「我父親曾說過，衛家兒郎，便是死，也該死在戰場上。」

這話與楚瑜所說不謀而合。

皇帝看著他，許久後，他轉過身，揚聲道：「看看，這是衛家的子孫，是我大楚的兒郎！」

「他只有十四歲……」皇帝顫抖出聲：「十四歲啊！」

滿場無人說話，鴉雀無聲。皇帝說出這句話，大家便明白了皇帝的意思。

從衛家被曹衍欺辱、楚瑜下跪、謝太傅據理力爭、長公主以情動人，這一番鋪墊下來，百姓、臣子、天子，都已經軟化下來，唯有太子一黨還想再做爭執，可情勢已到這樣的地步，又能說什麼？

於是只能眼睜睜看天子回身，手放在衛韞頭頂。

「當年朕曾打破一只龍碗，先帝對長公主言，朕所做一切，皆因孝心而起，功過相抵，不賞便罷了，若再過多追究，未免寒心。朕感念衛家忠誠熱血，你父親所犯下的罪過，他已經以命償還，功過相抵，再不追究。而你……朕希望你好好活著，重振衛府，你還在，衛家英魂便在。」

「小七，」皇帝聲音沙啞：「皇伯伯的苦處，你可明白？」

後面這一句話，衛韞明白，皇帝問的是，他能不能明白，他作為天子，卻不幫衛家平反的苦楚。

衛韞沒說話，他抬頭看著向皇帝，平靜道：「衛韞不明白很多事，衛韞只知道，衛韞乃衛家人。」

衛家家訓，護國護君，生死不悔。

皇帝的手微微顫抖，終於道：「回去吧，找個大夫好好看看，你在天牢裡的事兒，我會讓人去查。」

「謝陛下。」

衛韞磕完頭，便由人攙扶著，坐上轎攆，往宮門外趕去。

此時在宮門外，只剩下楚瑜一個人跪著了。

見過皇帝後，蔣純再也支撐不住，也倒了下去。只剩楚瑜一個人，還跪立不動。

只是風雨太大，她也跪得有些恍惚，聽雨聲嘩啦啦潑灑而下，她的神智忽遠忽近。

有時候感覺眼前是宮門威嚴而立，有時候又覺得自己彷彿還在上一輩子，長月死的那一晚，她跪在顧楚生門前，哭著求著他。

那是她一生最後悔、最絕望的時刻。

那也是她對顧楚生愛情放下的開始。

決定放下顧楚生，來源於這一跪。可真的放下他，卻用了很多年。

因為她花了太多在顧楚生身上，人大多像賭徒，投入越多，就越難割捨。

她為了顧楚生，離開了家人，失去了自己，她不知道離開顧楚生，她還能去哪裡。

天下之大，她又何以為家？

她習慣了付出和等待，日復一日消磨著自己，彷彿一支一直燃燒的蠟燭，把自己的骨血和靈魂，燃燒殆盡，只為了顧楚生。

可是真疼啊。

楚瑜有些恍惚了。

而這時候，衛韞也來到宮門前，他已經聽聞了楚瑜的事，到了宮門口，他叫住抬轎子的人：「停下吧。」

他說著，抬手同旁邊撐傘的太監道：「將傘給我，我走過去。」

「公子的腳……」

那太監將目光落到衛韞的腳上，那腿上的瘀青和傷痕，他去時看得清清楚楚。

衛韞搖了搖頭：「回家時不能太過狼狽，家裡人會擔心。」

說完，他整理了自己的衣衫，遮住身上的傷口，又用髮帶重新將頭髮綁在身後。

這樣收拾之後，看上去終於沒有這麼狼狽，他又借了一方手帕，沾染了雨水，將臉上的血和汗泥擦乾淨。

最後，他從旁人手中拿過傘，撐著來到宮門前。

宮門緩緩打開，他入目便是楚瑜一身白衣，帶著衛家的牌位，跪立在宮門之前。

她面上帶著潮紅，似乎染了風寒，發起了高燒，神色有些迷離，目光落到遠處，根本沒有看見他的出現。

衛韞心裡狠狠抽了一下，可他面上不動聲色，他撐著雨傘，忍住腿上的劇痛，一步一步走到楚瑜面前。

雨傘撐在楚瑜身上，遮住了暴雨，楚瑜這才察覺面前來了人。她抬起頭，看見少年手執雨傘，長身而立，還帶著稚氣的眉目俊朗清秀，眼角微挑，帶了幾分天生的風流。

他的目光落在她身上，神色溫柔。

「大嫂，」他為她遮擋著風雨，聲音溫和，彷彿怕驚擾她一般，輕聲道：「我們回家吧。」

回家吧。

楚瑜猛地回神，過去的一切彷彿被大風吹捲而過，她定定看著眼前少年。

是了，這輩子不一樣了。

她沒有嫁給顧楚生，她還沒有被磨平稜角，她是衛府的少夫人，她還有家。

她心裡軟成一片，看著少年堅韌又溫和的眼神，驟然有大片委屈湧了上來，她紅著眼，眼裡蘊滿了水汽。

「你可算來了⋯⋯」她隨意拉扯了個理由，以遮掩此刻狼狽的內心：「我跪在這裡，好疼啊。」

「那妳扶著我的手站起來，」衛韞伸出手去，認真開口：「大嫂，我回來了。」

他已活著回來，這一輩子，都不會再讓他的家人，受此苦楚。

楚瑜沒有觸碰衛韞，就算衛韞此刻規規整整站在她面前，她也知道，這個人衣衫下必定是傷痕累累。旁邊長月和晚月懂事上前來，攙扶起楚瑜。

一陣刺骨的疼痛從楚瑜膝蓋處傳來，讓楚瑜倒吸一口涼氣，衛韞忙上前去，焦急道：

「大嫂？」

「無妨，」楚瑜此刻已經清醒許多，沒了方才因病痛所帶來的脆弱，她神色鎮定，笑了笑道：「回去吧，你也受了傷。」

說著，她指揮衛夏、衛秋過來攙扶衛韞，衛韞有些不好意思，正想說什麼，就聽楚瑜道：「腿受了傷就別硬撐著，殘了還得家裡人照顧。」

衛韞僵了僵，便知道哪怕他自以為偽裝得很好，那個人卻是心如明鏡，什麼都不知道。

楚瑜拾起衛忠和衛珺的牌位，衛韞又抱起旁邊幾個兄長的牌位，便讓旁邊人將兩人攙扶著上了馬車，楚瑜和衛韞各自坐在一邊。蔣純等人已經提前先回了，倒是最先倒下的張晗、謝玖等人帶著人回來，將牌位一一捧上了馬車，跟著楚瑜的馬車回了衛府。

馬車嘎吱作響，外面雨聲磅礴，衛韞讓下人包紮著傷口，看見對面的楚瑜在身上蓋了毯子，神色沉著飲著薑茶。

他靜靜打量著她，就這麼幾天時間，這個人卻消瘦了許多，眼下帶著烏青，面上滿是疲憊。楚瑜見他打量她，抬起頭來瞧了他一眼，卻是問：「看什麼？」

「嫂嫂瘦了。」衛韞輕笑，眼裡帶了疼惜：「這些日子，嫂嫂勞累了。」

楚瑜喝了薑湯，頭上敷著冰帕，擺了擺手：「你在牢裡，我是你長輩，沒有就這樣看著的道理。如今你回來了……」

楚瑜舒了口氣：「我也算對得起你哥哥了。」

說著，她將目光落在衛韞身上。

就這麼不到半月的時間，少年似乎飛速成長起來，他比離開華京時長高了許多，眉目也展開了許多，尤其是那眼中神色，再也沒了當時那份少年人獨有的孩子氣，彷彿一夜之間長大，變得從容沉穩起來。

他看著她和家人的時候，有種對外界沒有的溫和，那溫和讓楚瑜一瞬間有些恍惚，彷彿看到去時的衛珺落在這人身上。

對衛珺不是沒有過期盼，甚至她曾經以為衛珺不會死，這一輩子，這個青年會是她伴隨一生的人。

想到這個木訥青年，楚瑜心裡有了那麼幾分說不清道不明的惋惜，她目光有些恍惚，衛韞見她直直看著自己，疑惑道：「嫂嫂？」

楚瑜被衛韞一喊，收回了心神，笑起來道：「我今日才發現，你同你哥哥是有那麼幾分相似的，尤其是這眼睛。」

楚瑜瞧著衛韞的眼睛，彎著眉眼：「我記得他似乎也是丹鳳眼？」

「嗯。」提及長兄，衛韞下意識抓住了衣衫，似乎很是痛苦，艱難道：「我大哥他……是丹鳳眼，只是眼睛比我要圓一點，看上去溫和許多。見過他的人，沒有不喜歡他的……」

衛韞說著，聲音漸小，外面打起了雷，楚瑜看著車簾忽起忽落，聽著外面的雷聲，直到許久沒聽到衛韞的聲音，她才慢慢轉過頭去，有些疑惑地看向他。

衛韞不再說話，他紅著眼眶，弓著背，雙手抓著衣衫，身子微微顫抖。頭髮垂下來，遮住他的面容，讓楚瑜看不清他的神色。

從將他父兄裝棺開始，這一路走來，他都沒有哭。他以為自己已經整理好所有心情，卻在一切終於開始安定，他坐在這女子面前，回憶著家人時，所有痛楚爆發而出。

喪父喪兄之痛驟然湧出，疼得他撕心裂肺。十四歲前他從不覺得這世上有什麼痛苦能將他打到，他總覺得自己衛家男兒頂天立地，頭落地碗大個疤，這世上又有什麼好怕？

直到這一刻，他才知道，他終究還是少年，這世上有太多悲傷痛苦，隨隨便便都能將他擊潰。

楚瑜看著他的模樣，擺著擺手，讓周邊伺候的晚月和衛夏退了出去。

馬車裡剩下他們兩個人，楚瑜將目光移回馬車外，雨聲劈里啪啦，她手打落在被子上，突然開了口，唱起一首邊塞小調。

那首歌是北境的民歌，一般在征戰歸來後，北境的女子會在軍隊進城時，站在道路旁，舉著酒杯，夾道唱著這首小調。

這首曲子衛韞聽過很多次，那時候他騎在馬上，跟在父兄身後，他會歡歡喜喜彎下腰，從離他最近的姑娘手裡，取過她們捧著的祝捷酒。

這歌聲彷彿是最後一根稻草，讓他再也抑制不住，痛哭出聲。

她的歌聲和雨聲蓋住了他的哭聲，讓他有種莫名的安全感。

不會有人看到他此刻的狼狽，不會有人知道，衛家如今的頂梁柱，也有扛不住的時候，會像個孩子一樣，放聲大哭。

風雨聲越大，她的聲音卻始終柔和平穩，那聲音裡帶著股英氣，卻也含著女子獨有的溫柔。

她一直唱到他的哭聲漸小，隨著他收聲，這才慢慢停下來，而後她轉過頭去，再次看向他，那目光柔和平靜，在他狼狽抬頭時，依然如初。

他頭髮散亂，臉上滿是淚痕，目光卻已經安定下來，楚瑜輕輕笑了笑，將手中繡了梅花的一方素帕遞了過去。

「哭完了，」她的聲音裡帶了某種力量，讓人的內心隨之充實，聽她慢慢道：「就過去了。」

過去了。

所有事都會完結，所有悲傷都能結束。

他在戰場上從未倒下，如今也是如此。

衛韞從楚瑜手裡接過帕子，認認真真擦乾淨自己的面容。

這時馬車停下來，衛夏在外面恭敬出聲：「公子、少夫人，到府了。」

楚瑜輕輕咳嗽，衛韞上前扶她。

所有的事安定下來，楚瑜便覺得自己一瞬間垮了，她將所有力落在衛韞和晚月身上，衛夏撐著傘，扶著她走下來。

下來時，楚瑜便看見衛府眾人正安安靜靜站在門口，他們的目光都落在楚瑜身上，似乎在期待著一個答案。

楚瑜目光掃過眾人，最後終於點了點頭。

「沒事了，」她虛弱出聲：「七公子回來了，衛府沒事了。」

聽到這話，王嵐率先哭了出來，張晗扶著她，輕輕勸說著。

謝玖走上前，從衛韞手中接過她，扶著她往裡走去。

衛府一時喧鬧起來，有人歡喜，有人哭泣。衛韞由衛夏、衛秋攙扶著走進院子，看著那滿院白花，覺得自己彷彿好幾輩子都沒有回過家一般。

他目光平靜看著院子，旁邊管家帶著人來，焦急道：「七公子先回房裡讓大夫看看……」

衛韞沒說話，他的目光落到不遠處的靈堂上。

所有人止住聲音，衛韞推開了衛夏、衛秋，自己一個人往靈堂走去。

那每一步都走得格外艱難，腿骨隱隱作痛，他卻還是走到那靈堂前方，七具棺木落在靈堂之中，七具靈位立於祭臺之上，燭火的光閃閃爍爍映照著靈位上的名字，衛韞靜靜站在棺木前，整個人孤零零的模樣，彷彿天地間只剩下那一個人。

蔣純和姚玨被人攙扶著走出來，看見衛韞站在靈堂裡，她們頓住步子，沒敢出聲。

幾位少夫人看著衛韞的背影，他身著囚衣，頭髮用一根髮帶散亂束在身後，明明還是少年身影，然而幾位少夫人卻都不約而同從這少年身上，隱約看到自己丈夫少年時的模樣。

世子衛珺，二郎衛束，三郎衛秦，四郎衛風，五郎衛雅，六郎衛榮。

衛珺儒雅，衛束沉穩，衛秦風流，衛風不羈，衛雅溫和，衛榮爽朗……明明是各異的特質，卻都在這燭火下，在那名為衛韞的少年身上，奇異地融合在一起。他們彷彿有什麼是一致的，以至於光看著那背影，眾人就能從那少年身上，尋找到自己想要的影子。

各位少夫人不忍再看，各自轉過頭去，只有楚瑜的目光一直落在那少年身上，她看著他站了一會兒，然後慢慢跪了下去，從旁邊取了三柱香後，恭敬叩首，然後放入香爐之中。

接著他站起來，神色平靜踏出靈堂。

沒有不捨，也沒有難過，沒有流淚，更沒有哀號。可是卻沒有任何人，敢去指責一句不孝。

那人彷彿浴火而生的鳳凰，在經歷澈底的絕望後，化作希望重生於世間。

他從靈堂裡走出來，衛夏率先反應過來，趕緊去攙扶衛韞，衛韞也沒拒絕，讓衛夏和衛秋攙扶著，離開了靈堂之中。

等他走了，旁邊晚月才詢問楚瑜：「少夫人，回了嗎？」

楚瑜點點頭，這才回了自己的房間。

回到房間梳洗之後，楚瑜便覺得自己澈底垮了，她倒在床上，一連睡了三日，迷迷糊糊，不甚清醒。

只覺得藥湯一碗一碗灌下來，隱約間聽到許多人的聲音，她睜眼看上一眼，便覺得廢了好大的力氣。

衛韞都是皮外傷，唯有腿骨需要靜養，包紮之後坐上輪椅，倒也沒有大事。聽聞楚瑜染了風寒不起，於是從第二日開始，便過去侍奉。

高燒第一日，楚瑜燒得最嚴重，大家輪流看守，等到半夜時，所有女眷守不住了，只有衛韞身體好，便在下人陪同下守在屋裡。

蔣純本想勸衛韞去睡下，畢竟有下人守著，也不會有什麼事。衛韞卻是搖了搖頭道：「不守著嫂嫂，我心難安。」

蔣純微微一愣，她隨後明白，衛韞並不是在幫楚瑜守夜，只是借著給楚瑜守夜的名頭，給自己無法安睡尋一個藉口。

他雖不哭不鬧，卻不代表不痛不惱。

於是蔣純退了下去，只留下人陪著衛韞守在楚瑜屋子的外間。

衛韞沒有進去，就在外間坐著，拿了衛珺的字來，認真臨摹著衛珺的字。

衛珺死後，當衛韞內心難安，他便開始臨摹衛珺的字。

衛珺是世子，因此從小所有事都被要求做到最好。柳雪陽也是書香門第出身，對衛珺要求就高一些，於是衛珺雖然出身將門，卻寫了一手好字。

以往衛珺也曾催促他好好讀書，可他從來不願費心思在這上面，如今衛珺走了，他卻在完成這人對他的期許時，覺得自己似乎又能重新觸碰到那個在他心中樣樣都好的哥哥。

衛韞臨摹著字帖的時候，楚瑜深陷在夢境裡。

夢裡是皚皚大雪，她一個人走在雪地裡。

這是什麼時候？

她思索著，看著那平原千里落雪，枯草上墜著冰珠，她隱約想起來，這是她十二歲。

十二歲那年，她跟著父親在邊境，那一年北狄人突襲，她正在城外玩耍，等回去時已是兵荒馬亂，等她父親撤兵的時候，她更是不知道該去哪裡。

於是她往城外跑去，想要躲進林子。那時候是攻城的廝殺聲，是遠處的馬蹄聲，她心裡一片慌亂，茫茫然不知何去。

也就是那時候，少年金冠束髮，紅衣白氅，駕馬而來，然後猛地停在她面前，焦急出聲：「妳怎麼還在這裡？」

她抬起頭來，看見那少年，面冠如玉，眼落寒雪，腰懸佩劍，俊美翩然。

他朝她伸出手，催促道：「上來，我帶妳走。」

她猶豫片刻，終於還是將手放在他手裡，被他拉扯上馬，抱在懷裡，賓士向戰場。

那是十二歲的楚瑜，十四歲的顧楚生。

沒有無緣無故的愛情，楚瑜回想起來，她第一次意識到自己喜歡顧楚生，大概就是在那一刻。

她愛上那一刻朝她伸手的少年，為了那一刻，絕望了一輩子。

於是當她意識到這是哪裡那一刻，她的呼吸急促起來，開始拼命奔跑。

她要離開這裡，她再也不想遇見顧楚生，她不想再過上輩子的日子，同上輩子依樣的話，她都不想聽見。

她在夢裡拼命跑，拼命逃，卻還是聽見馬蹄聲追逐上來。

「上來，我帶妳走。」

「上來，我帶妳走。」

少年的聲音追逐在身後，猶如鬼魅一般，糾纏不放。

楚瑜拼命往前，可是逃不開，就是逃不開。

她大口喘氣，跑得近乎絕望，感覺周邊似乎有洪水淹沒而來，她在水裡死命掙扎，卻沒人救他。隱約間抓住了什麼，她拼命抓著，彷若眼淚一樣的水灌入她鼻口，眼見著要將她澈底淹沒，她幾乎放棄掙扎，就在這時候，她聽到一聲呼喚——嫂嫂。

這是衛韞的聲音。

他聽見楚瑜睡得不安穩，放心不下。正巧長月出去端藥，楚瑜大叫一聲「救我」，衛韞便再也安耐不住，推著輪椅，掀了簾子進去，停在楚瑜身邊。

他剛來到她身前，抬手想去試一試楚瑜額頭是否退燒，便被這人猛地抓住了袖子。她死死抓著他的袖子，彷彿抓住了唯一的稻草。

「救我……」她顫抖著聲，反覆說道：「救我……」

衛韞皺著眉頭，輕聲開口：「嫂嫂。」

楚瑜陷在夢魘之中，話說得迷迷糊糊，衛韞隱約聽見一個名字，似乎叫……楚生？

她喊得含糊，衛韞聽得不太清晰，只看見少女緊閉雙眼，握著他的袖子，彷彿是怕極了的模樣。

放下平日那股沉穩的氣勢，此刻的楚瑜，看上去終於像個十五歲的少女。

衛韞替她換了額頭上的帕子，目光落在她顫抖著的睫毛上。

她生得貌美，十五歲的她其實並未長開，平日那份成熟全靠妝容，如今卸了妝，便可見少女那份青澀稚嫩。

她皮膚很白，如白瓷美玉，如今出著汗，透出幾分潮紅。衛韞皺著眉頭，看她深陷噩夢之中，卻無可奈何，只能一聲聲叫她：「嫂嫂，醒醒。」

他的聲音似乎穿過高山大海，如佛陀吟誦，超度那忘川河中沉溺的亡魂。

楚瑜聽著他一聲聲呼喚，內心彷彿獲得了某種力量，漸漸安定起來。

那聲音似是引路燈，她朝著那聲音慢慢走去，然後看到了微光。

等她睜眼的時候，便看見少年坐在她身邊，金色捲雲紋壓邊，長髮用髮帶繫在身後，眉目間帶著憂慮，在看見楚瑜睜眼時，慢慢鬆開，化為笑意：「嫂嫂醒了。」

楚瑜靜靜看著面前的少年，一瞬間竟是認不出來，面前這個人是誰。

她恍惚片刻，才反應過來：「是小七啊……」

說話間，長月端著藥走了進來，見楚瑜醒了，激動道：「少夫人，妳醒了！」

楚瑜點點頭，抬手讓長月扶了起來。

她有些燥熱，旁邊衛韞給她端了水，她喝了幾口之後，抬頭看了看天色：「幾時了？」

「卯時了。」長月從楚瑜手中接過杯子。

楚瑜點了點頭，目光落在衛韞身上：「你怎的在這裡守著？」

「嫂嫂染疾，小七心中難安。」衛韞說得恭敬。

楚瑜看了他一眼，直接道：「是心中難安，還是難以入眠？」

「皆有。」楚瑜面前，衛韞沒有遮掩：「本也難眠，便過來守著嫂嫂。」

楚瑜淡淡應了一聲，和衛韞這一問一答，她慢慢從夢境裡緩了過來，也沒了睡意。她斜靠在床上，有些懶散：「怎的睡不著了？」

「會做夢。」

「嗯？」楚瑜抬眼。

衛韞垂眸看著自己衣角的紋路：「總夢到哥哥和父親還在時。」

夢得越美好，醒來越殘忍。

楚瑜沒有說話，片刻後，她換了話題道：「你見了陛下了吧？」

「嗯。」

「有說什麼嗎？」

「陛下同我說，讓我體諒他的難處。」

聽到這話，楚瑜輕嗤出聲，懶懶地瞧向他：「你怎麼回的？」

不管怎麼回，必然是讓陛下滿意的答案，否則衛韞也不會出現在這裡。

雖然楚瑜一步一步讓皇帝有了衛家忠心不二的感覺，但此事畢竟是皇帝對不起衛家，如果衛韞有任何不滿，或許就不在這裡了。斬草除根，本是帝王常事。

「我同他說，我不明白很多事，但我知道我是衛家人。」

這答案讓楚瑜覺得很有意思，她曲了曲腿，將手放在自己膝蓋上，笑著道：「你這是什麼意思？衛家家訓護國護君，生死不悔，你是在表忠？」

「不，」衛韞輕輕一笑：「我的意思是，我是衛家人，我衛家的債，一定會一筆一筆討回來。」

楚瑜偏了偏頭，含笑看他。

衛韞這份心思，她並不詫異。上輩子衛韞就是個恩怨分明睚眥必報的人，這輩子也不會突然變成一代忠臣。

「衛家人護的是江山百姓，」衛韞聲音平淡：「而不是忠誠於某一個姓氏，某一個人。」

「你同我說這些，」楚瑜雖然已經知道答案，卻還是笑著問：「就不怕我說出去嗎？」

今日的話若是說出去，衛韞不可能活著見到第二日的太陽。

然而衛韞卻是抬眼看向楚瑜，目光平靜：「若嫂嫂有害我之心，又何必這麼千辛萬苦將我從天牢裡救出來？」

楚瑜迎著他的目光。

經歷了這樣多的風雨，看著這少年從一個跳脫的普通少年化作此刻沉穩平靜的少年郎君，他有諸多變化，然而唯獨這雙眼睛，清明如初。

未來的鎮北侯有一雙銳利得直指人心的眼，那眼如寒潭，她未曾仔細看過，如今想起來，當年若仔細看一下，是不是也能看到此刻這少年眼中那份清澈純粹，還帶著瀲灩水光？

她也曾捫心自問，為什麼為了衛家做到這一步？

然而看著衛韞的目光，她卻慢慢明白，她為的不是衛家，而是這雙眼睛。

她喜歡這樣澄澈的眼，希望這世上所有擁有這樣眼神的人，一生安順。

英雄應當有英雄的陪伴者，她無處可去，不如陪伴於此。

於是她輕輕笑了。

「是啊，」她輕聲嘆息：「我是衛府的少夫人，又怎會害你？」

聽到這聲輕嘆，衛韞抿了抿唇，猶豫著道：「那妳……是什麼打算？」

「什麼什麼打算？」楚瑜有些奇怪。

衛韞接著道：「今日姚家和謝家的人來找四嫂和五嫂，我想她們應該是有自己的打算了。不日楚家應該也會派人來，如今我也出來了，不知道嫂嫂接下來，是怎麼打算？」

聽到這話，楚瑜不由得樂了，「你方才將那樣重要的話同我說了，此刻又問我是什麼打算，莫非你明明覺得我可能另嫁他人，還同我說這樣重要的話？」

「衛韞，」楚瑜眼中全是了然：「你說你這個人，是太虛偽呢，還是太天真呢？」

衛韞沒說話，被看穿心思讓他有些難堪，他抿著唇，沒有言語。楚瑜躺在床頭，看著這樣的衛韞，覺得頗為新鮮。一想到自己在逗弄的是未來被稱為活閻王的鎮北王，她就覺得有種微妙的爽感。

她笑著瞧衛韞，探起身子靠近了些，玩笑道：「要不這樣吧，我是去是留由你來說，你說去，那我明日就回楚家。你說留，我便留下。不知七公子意下如何？」

衛韞抿著唇，更加沉默了，楚瑜打量著他的神色，想知道他在想些什麼，然而這人面上頗為淡定，倒看不出什麼來。

楚瑜見她久久不答，在他眼前晃了晃手：「衛韞？」

衛韞抬起頭，看著楚瑜。

他的目光認真又執著：「於理智來說，我希望嫂嫂走。嫂嫂大好青春年華，找一個人再嫁不是難事。嫂嫂與大哥一面之緣，談不上深情厚誼，留到如今，也不過是因嫂嫂俠義心腸。如今衛韞已安穩出獄，嫂嫂也放下心來，算起來，再無留下來的理由，因此嫂嫂走，對嫂嫂是件好事。」

楚瑜撐著下巴，淡道：「但是？」

「於感情來說，我希望嫂嫂留下。」他看著楚瑜，似乎是思索了很久，神情真摯：「我希望嫂嫂能留在衛家。」

「理由？」

衛韞沒說話，他不擅長說謊，然而這真實的言語，他又無法說出口。

他害怕沒有楚瑜的衛家。

如果楚瑜不在，如果這個滿門嚎哭時唯一能保持微笑的姑娘不在，想想那樣的場景，他就覺得害怕。

沒有楚瑜的路不是走不下去，只是會覺得太過黑暗艱辛。

而且，若是從一開始就不知道有人陪伴的滋味，或許還能麻木前行。可如今知道了，再回到該有的位置，就變得格外殘忍。

可他不敢訴說這樣的依賴，這讓他覺得自己彷彿是個纏著大人要糖吃的稚兒，讓他覺得格外狼狽不堪。

衛韞沉默不言，楚瑜也沒有逼他。她看著少年緊張的神色，好久後，輕笑出聲。

「阿韞，你還是個孩子。」

她瞧著他，神色溫柔，衛韞有些茫然地抬頭，看見楚瑜溫和的目光。

「偶爾的軟弱，並沒有什麼。我會留在衛家，陪你重建鎮國侯府。我不知道我能留到什麼時候，也許有一天我會找到新的生命意義，又或者會遇到一個喜歡的人，可是在此之前，我都會陪著你，等到你長大。」

「你會成為一個很好的人，會是名留青史的大將軍，」她抬起素白的手，落到衛韞頭上：「而我希望，我能盡我所能，為你，為衛家，做點什麼。」

她的手很軟，因為高燒不退，哪怕只是輕輕搭落在他頭頂，也帶著灼人的溫度。就像她這個人，溫暖得令人心驚。

衛韞靜靜看著她，感受她的體溫，她言語裡那份真誠。

他胸腔裡有什麼激蕩開來，讓他忍不住許諾。

「嫂嫂放心，日後無論嫂嫂去哪裡，甚至於嫁給別人，小七永遠是嫂嫂的弟弟，會像大哥一樣護著嫂嫂。」

「嫂嫂今日是衛府的少夫人，日後是衛府的大夫人，哪怕您出嫁，衛府也永遠有您的位子。」

聽到這話，楚瑜不免笑了，覺得衛韞這話有那麼些孩子氣。

「我是衛府的大夫人，那你的妻子怎麼辦？」

如今衛家就剩下衛韞，等衛忠下葬之後，他便會繼承鎮國侯之位，那衛韞的妻子，自然會成為衛府的大夫人。

楚瑜的問話讓衛韞愣了愣，他還沒想過這個問題。

看見衛韞呆愣的模樣，楚瑜歡快地笑出聲來，覺得終於從這人臉上，再看到了幾分孩子模樣。

她輕輕咳嗽，同他道：「這問題你好好想，認真想。」

「嗯。」衛韞認真點頭：「我會好好琢磨。」

聽到這話，楚瑜笑得更歡，衛韞還有些茫然，不明白楚瑜在笑什麼，楚瑜笑夠了，聲音慢慢收回來，目光落到衛韞身上，有些無奈道：「你啊……真是傻孩子。」

衛韞仍舊不明白，楚瑜也不再和他鬧了，眼見天亮起來，她從長月手中接過藥，同他道：「去睡吧，天都亮了，人也不是這麼熬的。」

衛韞抿了抿唇，似乎有些猶豫，楚瑜挑了挑眉：「還有事？」

「我……嫂嫂……」他小聲開口：「我能不能，睡在外間？」

「嗯？」楚瑜有些詫異，隨後聽到衛韞用微不可聞的聲音，小聲道：「在這裡，我心安。」

他沒有多說，楚瑜卻明白。

此時此刻，她之於衛韞，或許就是個避風港。她已經見過他最狼狽的模樣，於是他可以肆無忌憚在這裡展現自己所有悲喜。

喪兄喪父，被冤入獄，一人獨撐高門，這樣的事放在任何一個十四歲的少年身上，或許早已經崩潰了。然而他卻還能保持著從容的姿態，甚至在皇帝問訊那關鍵時刻，保持冷靜，偽裝出那副忠誠模樣。

他時時刻刻處在高度緊張中，唯有在楚瑜身側，才覺心安。

這是創傷後的反應，楚瑜明白。面對這樣的衛韞，她也只能點點頭：「你睡外間吧。」

衛韞眼裡帶了喜色，卻小心翼翼壓制著，保持著他對外那副沉穩模樣。楚瑜也沒揭穿他，擺了擺手，讓人送他出去，自己躺在榻上，用被子蒙著自己，再一次睡過去。

睡之前，她隱約聽到外間衛韞叫她：「嫂嫂？」

她用鼻音應了一聲，接著就聽對方詢問：「嫂嫂，妳會做噩夢嗎？」

「會。」

「那妳做噩夢別怕，」他睜著眼睛：「我在這裡。他們說將軍帶血氣，妖魔鬼怪難近身，嫂嫂，夢裡不管是什麼，都有我護著妳。」

衛韞這些話說得莫名其妙，可楚瑜卻明白，他這話不是說給她聽的，而是說給自己聽的。做噩夢害怕的不是楚瑜，而是衛韞。

楚瑜心裡有些抽疼，若是衛韞大大方方痛哭流涕或許還沒覺得這樣心疼，可他這樣淡定從容的說著這樣的話，難免讓人覺得憐惜。

楚瑜沒說話，許久後，她平平穩穩說了句：「別怕，我在。」

聽到這句話，衛韞一直繃著的弦突然鬆了。

他似乎一直在等這句話，等了很久很久。

等衛韞再睜開眼的時候，已經是申時。他已經許久沒這樣安穩睡過覺。他沒有做夢，什麼都沒有，只是安安穩穩睡過去，好像什麼都沒發生時，那個沒心沒肺的少年郎一樣。

楚瑜早已經起了，同蔣純在院子裡聊著天。

蔣純將楚瑜病後衛府發生的事都報告了一遍，如今衛韞回來了，也就到了下葬的時候了。其實衛忠等人早就該下葬了，然而按著大楚的規矩，家裡人入土，必須有一位直系男丁替他們提著長明燈，才能下葬。除非這一戶已無任何男丁，才有例外。

如今衛韞尚還在世，無論如何也要等著衛韞回來。現在衛韞回來了，蔣純便尋了先生來看，定了一個下葬的日子，十月初五。

這日子也就是後日，不過下葬一事楚瑜準備了很久，因此倒算不上趕。而柳雪陽早在衛韞出獄那日便帶著五位小公子回京，如今也快到了。

楚瑜和蔣純核對著日子時，衛韞便醒了，他梳洗過後，聽見楚瑜和蔣純在院中議事，便讓人推著輪椅，送他出去。

他到院落裡時，楚瑜正和蔣純說到一些趣事，眉眼間俱是笑意。

衛韞就停在那裡，靜靜看著兩個人。

楚瑜斜躺在地面上，墨髮散披，髮間簪花，素白色廣袖長衫鋪在地面上，看上去隨意從容。而蔣純跪坐在她對面，梳著高髻，姿態嫻靜端莊。

午後陽光甚好，落在兩個人身上，讓整個畫面變得格外安靜，衛韞靜靜看著，哪怕只是這樣駐足觀望，都會覺得，有一種溫暖在心中蔓延開來。

他沒敢上去打擾，反而是楚瑜先發現了他。她回過頭，看見衛韞，含笑道：「小七來了。」

那笑容朝向他，世界彷彿亮了起來。

那種明亮來得悄無聲息，卻又不可抗拒。

他推著輪椅來到她面前，點了點頭道：「大嫂。」

說著，他看向蔣純，又道：「二嫂。」

「可吃過了？」蔣純瞧著衛韞，含笑詢問。衛韞點了點頭：「剛用過些點心。」

蔣純點了點頭，同衛韞道：「我正和你大嫂說上山下葬之事，打算定在十月初五，你看如何？」

衛韞沒說話，他沉默片刻後，慢慢點了頭。

三人將流程商量一遍後，蔣純便去置辦還未準備的東西。楚瑜和衛韞目送她走出庭院，楚瑜的目光落回衛韞身上。

「方才在想什麼，猶豫這麼久才回答，可是十月初五有什麼問題？」

「倒也沒什麼問題，」衛韞笑了笑，神色有些恍惚：「只是我本以為自己會很難過。」

「之前每一次他們同我商量著父兄下葬的事，我心裡都很痛苦，一個字都不想聽，總覺得人一旦下葬了，就是真的永遠離開了。」

楚瑜點了點頭，沒有多話。

衛韞的目光落到楚瑜身上：「然而今天嫂嫂們同我說這事兒，我卻沒有那麼難以接受了。」

「傷懷是傷懷，但是……」衛韞嘆了口氣：「我終究得放手的。」

終究得去承認，有些人已經離開了。

楚瑜靜靜看著他，想說些什麼，又覺得自己的言語太過蒼白，她只能笑了笑：「突然間很羨慕那些舌燦蓮花的人。」

「嗯？」衛韞有些疑惑，楚瑜抬眼看向庭院中紅豔的楓葉，含著笑道：「這樣的話，我大概能多說很多安慰你，或許你能更開心些。」

聽到這話，衛韞卻是笑了。

「其實有嫂子在，我已經很知足了。」他垂下眼眸，遮住眼中神色，慢慢道：「有時候我會做夢，夢見這個世界並沒有嫂嫂這個人，只有我自己。」

「夢裡沒有我，是怎樣的呢？」

楚瑜有些好奇，衛韞沉默了一會兒，楚瑜幾乎以為他不會再說、打算轉換話題的時候，她突然聽他開口——

「我夢見自己一個人帶著父兄回來，進門的時候，聽著滿院的哭聲。那些哭聲讓我特別絕望，她們一直在哀號，沒有停止。我在夢裡不敢說話，不敢哭，不敢有任何動靜，我就捧著父親的靈位，背著自己的長槍，一動也不動。」

「然後我被抓進了牢獄之中，很久很久……等我出來的時候，二嫂沒了，母親沒了，只有其他嫂嫂，跪著圍著我，哭著求我給她們一封放妻書。整個夢裡都是哭聲，一直沒有停下。目光觸及之處，不是黑色，就是白色，看得人心裡發冷。」

「我沒有任何可以休息的地方——」

衛韞有些恍惚，彷彿自己真的走過這樣的一輩子。

無路可走，無處可停，身負累累血債和滿門期望前行，沒有半刻停留。

「我只能往前走，路再苦、再難、再長、再絕望——」

「我也得往前走。」

楚瑜聽著他的話，眼裡浮現的，卻是上一輩子的衛韞。

他喜歡穿黑白兩色，當他出現的時候，世界似乎瀰漫著一股死氣和寒冷。

人家叫他活閻王，並不僅僅只是因為他殺得人多。還因為，當他出現時，便讓人覺得，他將地獄帶到了人間。

然而聽著衛韞的話，楚瑜卻恍惚明白，上輩子的衛韞，哪裡是將地獄帶到人間？

明明是他一直活在地獄裡，他走不出來，便將所有人拖下去。

意識到這一點，楚瑜心裡微微一顫，有那麼幾分說不清道不明的疼惜湧現上來，她的目光落在衛韞身上，許久後，抬起手來，攀下插在髮間那朵白花。

她將花遞到衛韞面前，衛韞微微一愣，有些不明了她在做什麼。

楚瑜笑了笑，卻是道：「這花你喜不喜歡？」

衛韞不太明白楚瑜在問什麼，卻還是老實回答：「喜歡。」

「那我送你這朵花，」楚瑜玩笑一般道：「你以後就不要不高興了，好不好？」

衛韞怔了怔，許久後，他垂下眼眸，伸手從她手裡，接過那一朵開得正好的白花。

「好。」

第十章　忠魂埋骨

有些時候，有些話明知是騙人，卻還是忍不住要說。人能偽裝自己的情緒，將難過裝成開心，卻很難控制自己的情緒，讓難過變成開心。喜歡就是喜歡，高興就是高興。

然而當楚瑜將花遞給他的時候，他卻覺得，她說的事情，他都會盡力去辦到。

看著衛韞接過花，楚瑜心裡一片柔軟，她的聲音變得格外輕柔。「你放心，」她說：「我和你眾位嫂嫂，都會陪著你一起送公公和幾位兄長下葬。」

衛韞垂眸，點了點頭。

將下葬的日子定下來後，隔天柳雪陽就趕到了家裡。老夫人腿腳不便，加上不願白髮人送黑髮人，便沒有跟著柳雪陽回來。

柳雪陽回來的晚上，衛府又是一片哭聲，楚瑜在這哭聲裡，輾轉難眠。哭了許久，那聲音終於沒了，楚瑜舒了口氣，才閉上眼睛。

等第二日醒來，楚瑜到了靈堂前，便見衛韞早早待在靈堂裡。

柳雪陽哭了一夜，精神不大好，衛韞陪在柳雪陽身邊，溫和勸慰著。旁邊張晗和王嵐紅著眼守在一邊，看上去似乎哭了許久，她們倆以前就常陪伴在柳雪陽身邊，素來最聽柳雪陽的話，如今婆婆回來哭了一夜，她們自然也要跟著。

楚瑜看著這模樣的幾個人，不免有些頭疼，她上前去，扶住柳雪陽，叫了大夫過來，忙道：「婆婆，您可還安好？」

「阿瑜……」柳雪陽由楚瑜扶著，抹著眼淚站起來：「他們都走了，留我們孤兒寡母，以後怎麼辦啊？」

「日子總是要過的。」楚瑜扶著柳雪陽坐到一邊，讓人擰了濕帕子過來，讓柳雪陽擦了臉，寬慰道：「下面還有五個小公子尚未長大，還要靠婆婆多加照看，未來的路還長，婆婆要保重身體，切勿給小七增加煩憂。」

聽著楚瑜的話，衛韞抬眼看了她一眼，舒了口氣。

他已經在這裡聽柳雪陽哭了一夜了，起初柳雪陽和張晗、王嵐抱在一起哭，哭得撕心裂肺，滿院子都能聽見，他趕過來寬慰之後，才稍微好了些。如今楚瑜趕過來，衛韞下意識鬆了口氣，心裡放了下去。

這種依賴的養成他並沒有察覺，甚至沒有覺得有任何不對。

一行女眷整理了一陣子，管家找到衛韞，安排今日的行程。衛韞點頭吩咐下去，到了先生算出來的時辰，便讓楚瑜帶著人跪到大門前去。

衛府並沒有通知其他人衛府送葬，然而在楚瑜出門時，卻依舊見到許多人站在門口。離衛府門口最近的是那些平素往來的官員，再遠一些，就是聞聲而來的百姓。衛家四世以來，不僅在邊疆征戰，還廣義疏財，在京中救下之人，數不勝數。

楚瑜抬頭掃過去，看見為首那些人，謝太傅、長公主、楚建昌……

這群人中，一個身著白衣的中年人手執摺扇，靜靜看著這支送葬的隊伍。

楚瑜只看了一眼，便認出了來人。

是淳德帝。

然而她沒多看，彷彿並不認識君主在此，只是將雙手交疊放在身前，朝著那個方向微微鞠了個躬，隨後又轉頭朝另一個方向，對著百姓鞠了個躬。

門裡少夫人牽著小公子陸續走出來，分別站立在楚瑜和柳雪陽身側。侍從將蒲團放到衛家眾人膝下，楚瑜和柳雪陽領著幾位少夫人各自站在一旁，然後聽得一聲唱喝之聲：「跪——」

聽得這一聲，衛家眾人便恭敬跪了下去，而立於衛府大門兩旁的官員，也都低下頭來。不知道是誰起的頭，從官員之後，百姓陸陸續續跪了下來，頃刻之間，那長街之上，便跪倒了一大片。

「開門迎棺——」

又一聲唱喝，衛府大門嘎吱作響，門緩緩打開，露出大門之內的模樣。

衛韞立於棺木之前，身著孝服，頭髮用白色髮帶高束。他身後七具棺木分列四行排開，他一個人立於棺木之前，身姿挺立，明明是少年之身，卻彷彿能頂天立地。

「祭文誦諸公，一紙顧生平——」

禮官再次唱喝，衛韞攤開了手中長卷，垂下眼眸，朗聲誦出他寫了幾日的祭文。

他的聲音很平穩，介於少年和青年之間的音色，卻因那當中的鎮定沉穩，讓人分毫不敢將他只作少年看。

他的文采算不得好，只是安安靜靜回顧著身後那七個人的一輩子。

他父親、他大哥，他那諸位兄長。

這七個人，生於護國之家，死於護國之戰。

哪怕他們被冠以汙名，可在那清明人眼中，卻仍舊能清楚看明白，這些人，到底有多乾淨。

他回顧著這些人的一生，只是平平淡淡敘述他們所經歷過的戰役，周邊卻慢慢有了啜泣之聲。而後他回顧到日常生活，哭聲越發蔓延開去。

「七月二十七日，長兄大婚，卻聞邊境告急，余舉家奔赴邊境，不眠不休奮戰七日，擊退敵軍。當夜擺酒，餘與眾位兄長醉酒於城樓之上，夜望明星。」

「余年幼，不解此生，遂詢兄長，生平何願。」

「長兄答，願天下太平，舉世清明。」

「眾兄交贊，余再問，若得太平，眾兄欲何去？」

「兄長笑答，春看河邊柳，冬等雪白頭。與友三杯酒，醉臥春風樓。沙場生死赴，華京最風流。不過凡夫子，風雨家燈暖，足夠。」

風雨家燈暖，足夠。

這話出來時，諸位少夫人終於無法忍住，那些壓抑的、平緩的悲傷頃刻間爆發而出，與周邊百姓的哭聲相交，整條長街都被哭聲掩埋。

楚瑜呆呆跪在地上，腦子裡也不知道怎麼，就想起出嫁那日，那些或肆意或張揚的衛家少年。

沙場生死赴，華京最風流。

楚瑜顫抖著閉上眼睛，在這樣的情緒下，感覺有什麼濕潤了眼角。

衛韞念完祭文時，他的聲音也啞了。可他沒有哭，他將祭文放入火盆，燃燒之後，揚起手，高喊出聲：「起棺——」

那一聲聲音洪亮，彷若在沙場之上，那一聲將軍高喊：「戰！」

棺材離開地面時，發出吱呀聲響，衛韞手中提著長明燈，帶著棺材走出衛家大門。

而後楚瑜站起身，扶起哭得撕心裂肺的柳雪陽，帶著她，領著其他少夫人和小公子一起，跟在棺材後面。

他們之後就是衛家的親兵家僕，長長一條隊伍，幾乎占滿了整條街。

他們所過之處，都是哭聲、喊聲、喧鬧的人聲，零散叫著「衛將軍」。

衛將軍，叫的是誰，誰也不知道。因為那棺材之中躺著的，莫不都是衛將軍。

白色的錢紙滿天飄灑，官員自發跟在那長長的隊伍之後，百姓也跟在後面。

他們走出華京，攀爬過高山，來到衛家墓地。

衛韞腿上傷勢未愈，爬山的動作讓他腿上痛了許多，他卻面色不改，彷彿無事人一般，領著人到了事先挖好的墓地邊上，按著規矩，讓親人看了他們最後一面後，再將他們埋入黃土之中。

看那最後一面，大概是最殘忍的時候。可是整個過程中，衛韞卻保持著冷靜平穩。所有人都在哭，在鬧。他就站立在那裡，彷彿是這洪流中的定海神針，任憑那巨浪滔天，任憑那狂風暴雨，他都屹立在這裡。

你走不動了，你就靠著他歇息；你不知道去哪裡，你就抬頭看看他的方向。

這是衛家的支柱，也是衛家的棟梁。

細雨紛紛而下，周邊人來來往往，衛韞麻木地站在原地，看著自己的家人一個個沉入黃土裡。

直到最後，衛珺下葬。

楚瑜站在他身邊，看著衛珺的棺木打開。

屍體經過特殊處理，除了面色青白了些，看上去和活著並沒有太大差別。

他躺在棺木裡，彷彿睡過去一樣，唇邊還帶著淺笑。

他慣來是溫和的人，無論何時都會下意識微笑，於是哪怕不笑的時候，也覺得有了笑容。

楚瑜靜靜看著他，這個只見過一面的丈夫。

第一次見他，她許了他一輩子。

第二次見他，他已經結束了這一輩子。

她看了好久，她想記著他，這個青年長得清秀普通，沒有任何驚豔之處，她怕未來時光太長，她便忘了他。

他九歲與她訂下婚約，為了這份婚約，他一直等著她及笄，等著她長大。其他衛家公子都有相愛的人來銘記，他不該沒有。

她或許對他沒有愛，卻不會少了這份妻子的責任。於是她目光凝視在他的面容上，久久不去。許久後，衛韞終於看不下去，沙啞出聲：「嫂嫂，該裝棺了。」

楚瑜回過神來，點了點頭，面上有些茫然，好久後，才緩過來，慢慢說了聲：「好。」

衛韞吩咐人裝棺，他和楚瑜是唯一尚能自持的人。他們鎮定地送著那些人離開，等一切安穩，帶著哭哭啼啼的人下山。

走到山腳下，哭聲漸漸小了。等走到家門口，那哭聲才算澈底歇下。

沒有誰的眼淚會為誰留一輩子，所有傷口終會癒合。

那些嘶吼的、痛哭出來的聲音，就是暴露於陽光下的傷口，他們看上去猙獰狼藉，卻也恢復得最快最簡單。最難的是那些放在陰暗處舔舐的傷口，它們被人藏起來，在暗處默默潰爛，化膿，反反覆覆紅腫，也不知道什麼時候，才是盡頭。

回到家裡時已是夜裡，眾人散去，只留衛家人回了衛家。

大家都很疲憊，楚瑜讓廚房準備晚膳，讓一家子人一起到飯廳用飯。因為驟然少了這樣多人，飯廳顯得格外空曠，楚瑜留了那些故去的人的位子，酒席開始後，就給眾人倒了酒。

「這是我父親埋給我的女兒紅，如今已足十五年。」楚瑜起身倒著酒，笑著道：「我出生時我父親埋了許多，都在我出嫁那日喝完了，唯獨最好的兩壇留下來，今天都給你們了。」

說著，她回到自己位子上，舉杯道：「今日我們痛飲一夜，此夜過後，過去就過去了。」你我，各奔前程。

後面的話沒說出來，然而在場的諸位少夫人，卻都是明瞭的。

所有人沒說話，片刻後，卻是姚珏猛地站起身來，大喊一聲：「喝，喝完了，明天就是明天了！」

說著，姚珏舉起杯，仰頭灌下，吼了一聲：「好酒！」

姚珏開了頭之後，氣氛活絡起來，大家一面吃菜，一面玩鬧，彷彿是過去丈夫出征後一個普通家宴，大家你推攘我，我笑話你。

王嵐懷孕不能飲酒，就含笑看著，姚珏看上去最豪氣，酒量卻是最差，沒一會兒就發起酒瘋，逢人就拉扯著對方划拳喝酒。張晗被她拉扯過去，兩個人醉在一起，滿嘴說著胡話。

「我們家四郎，妳別看指頭斷了，可厲害了，那銅錢大這麼孔，他百步之外，就能把銅錢釘在樹上！」

「四郎……算什麼，」張晗迷迷糊糊，打了個嗝：「我夫君，那才是厲害呢。我頭一次見他，花燈節，有人調戲我，他手裡就拿著一把摺扇，把十幾個帶刀的人，啪啪啪，」張晗手在空中舞動了一陣子，嘟囔道：「全拍到湖裡去了。」

喝了酒的蔣純聽到她們誇自己夫君，有些不開心了，忙加入，開始誇讚起自己夫君來：「我們二郎啊……」

楚瑜和謝玖酒量大，就在一旁靜靜聽著。

某些事情上，謝玖和楚瑜有著一種骨子裡的相似。比如說喝酒這件事，謝玖和楚瑜都是一口一口喝，只要察覺有輕微的醉意，她們就停下來，休息一會兒後，繼續喝。

從容冷靜，絕不容許半分失態。

然而這一夜，她們優雅地喝著酒，卻失去了那份控制。謝玖面色帶著紅，轉頭看著楚瑜，含著笑道：「有時候我覺得咱們是一樣的人，但後來發現，妳我不是一樣的人。」

「妳啊，」她抬手，如玉的指尖指著楚瑜心口，「心裡還是熱的，還像個孩子。」

楚瑜輕笑，卻是道：「妳以為，妳不是？」

謝玖沒回話，她突然回頭，同身後侍女道：「拿琴來！」

「以前阿雅喜歡聽我彈琴，妳別看他出身在衛家這樣的武將之家，卻是個比世家公子還要雅致的人物。」謝玖說著，看見琴被侍女抱了過來，直起身道：「如今我再給他彈一次琴吧。」

說著，她走到中央，從侍女手中接過琴，席地而坐，撥動琴弦之後，輕輕奏響。這是一首小調，音調溫和清淺，也聽不出是哪裡的曲子，溫婉安靜，彷彿跟著月色涓涓流動。

「狼煙點九州，將軍帶吳鉤，我捧杏花酒，送君至橋頭……」

「三月春光暖，簪花候城門，且問歸來人，將軍名可聞……」

楚瑜靜靜看著謝玖，她琴聲響起時，眾人便停住了聲，沒有多久，大家跟著唱了起來。

她們都是大好年華，楚瑜看著她們唱著小調，一時竟有些心上發悶，她端著酒走出門去，便看見衛韞坐在長廊之上，靜靜看著月亮。

酒氣讓她覺得有些燥熱，她走到衛韞身邊，坐下來道：「小七怎麼沒去睡？」

衛韞帶著傷撐了一天，早就扛不住了，於是楚瑜便讓他先去睡了。

然而沒想到，這人一直坐在外面，並沒有離開。

下午下過小雨，夜裡卻是天朗氣清，明月當空，空氣裡瀰漫著雨後的濕味，連帶著泥土的清新。

衛韞靜靜看著月亮，卻是道：「我以前經常聽這些調子。」

楚瑜沒說話，衛韞繼續道：「以前很喜歡，每次聽我都覺得，好像自己所有努力都有意義。我沒有哥哥們那麼大的心，我就覺得，我之所以手握長槍在沙場拼命，就是為了家裡這些人。我想看她們每天這樣開心，唱歌跳舞，思索哪一種胭脂更好看。」

「可是也不知道今天怎麼了，」衛韞苦笑了一下：「我今日聽著這些曲子，卻覺得……」

他頓住聲，思索著接下來的詞語，楚瑜抿了一口酒，慢慢道：「覺得什麼？」

「我終究……沒能護好她們。」衛韞轉頭看向楚瑜：「嫂嫂，我是不是太沒用？」

聽到這話，楚瑜仰頭將酒碗中的酒一口喝完，隨後站起身子，將頭上素白髮帶一拉，頭髮便散落下來，隨後用髮帶將所有頭髮繫在身後，走到庭院兵器架前。

而後她將長槍從兵器架上猛地取下，手撫摸上長槍。

「小時候母親總想讓我和妹妹一樣學跳舞、學彈琴、學寫字，學唱那些咿咿呀呀江南小調。可我都不喜歡，我什麼都做不好，除了手中這把長槍。」說著，楚瑜手中長槍一抖，一手持槍指地，一手負在身後，慢慢抬頭，目光落在衛韞身上：「無他可悅君，願為君一舞。」

音落瞬間，長槍猛地探出，在空中劃過一個漂亮的弧度。

裡面是女子柔軟的歌聲，外面是長槍破空凌厲的風聲。

明月落在那素白的身影上，合著那溫和的音調，一瞬之間，衛韞覺得面前彷彿是一個美好的夢境。

夢境裡這個姑娘，如此堅韌，如此強勢，她的長槍猶如遊龍，帶著不遜於當世任何英雄少年的寒光。

楓葉因她的動作緩緩飄落，成了月光下唯一的暖色，十四歲的衛韞盯著楚瑜，眼睛一眨不眨。

他從未見過這樣美麗的景色，這樣的美麗不是單純的景致之美，它彷彿帶著無聲的力量，像一雙手，扶著已經搖搖欲墜的他慢慢站起來，他的目光一動也不動盯著那姑娘，聽著身後傳來的歌聲。

「春看河邊柳，冬等雪白頭。與友三杯酒，醉臥春風樓。沙場生死赴，華京最風流……」

那女子眉眼裡帶著明亮的笑意，長槍帶著光劃過黑夜。

直到最後，琴聲緩緩而去，女子在空中一個翻身，長槍猛地落入地面，她單膝跪在他身前，揚起頭來。

明亮的眼在月光下帶著笑意，帶著絲毫不遜於男子的爽朗豪氣。

沙場生死赴，華京最風流。

這詩詞哪裡只能留給那衛家男兒？面前這個姑娘，又怎麼不能是最風流？

衛韞看著她，聽她含笑道：「衛韞，我不需要你護著，我們誰都不需要你護著。」

「你只要你好好當你自己，那就夠了。我在這裡，」她聲音越發溫和，「一直都在。」

衛韞沒說話，他看著面前手執長槍，單膝跪地的少女，如玉的面容浮現笑意。

「上次妳給我一朵花，換我以後高興一些。這一次妳給我這一支舞，我該給妳什麼呢？」

沒想到衛韞這麼說，楚瑜挑了挑眉頭：「你能給什麼？」

衛韞沒說話，在楚瑜問話那瞬間，他腦海裡猛地閃過一句話。

能得此一舞，願死效卿前。

這話止於唇齒，他默默看著她，好久後，卻是笑了。

「我很高興。」他認真開口：「嫂嫂在，我真的，很高興。」

月光很亮，楚瑜歪了歪頭，帶了幾分孩子般清澈的笑意，靜靜看著他。

那一晚，大家鬧了很久，才終於各自睡了。

這一夜彷彿將所有感情宣洩至盡，那些愛或者痛，都隨著歌聲夜色而去。誰都知道，日子要向未來走。

一夜宿醉之後，等第二天楚瑜醒來，已經是中午了，楚瑜讓人梳洗過後，沒多久，謝玖讓人通報，而後走了進來。

楚瑜正在吃東西，見謝玖過來，不由得有些詫異：「怎得來這麼早？」

「也是時候了，」謝玖笑了笑，那笑容裡帶著幾分苦澀不甘，卻也是下定了決心，走進來道：「我是來找妳幫個忙的。」

「妳說吧，」楚瑜看她的神色，大概猜到她的來意。其實這話她已經等了很久，謝玖能撐這麼久，本來就在她預料之外了。於是她沒有推辭，招呼著謝玖坐下來。

謝玖坐定下來後，抿了口茶，躊躇片刻，終於抿了抿唇道，「如今五郎已經下葬……」

她垂下眼眸，緊緊抓著衣衫：「小七回來，衛府也已經安定下來。我來找妳……是想請妳幫忙，同小七和婆婆求一份放妻書的。」

「怎的不自己去？」楚瑜有些疑惑。

謝玖苦笑了一下：「比起小七，我還是更願意面對妳說這些話。」

楚瑜明白謝玖的難處。這世上對女子本就苛刻，若不嫁個有權勢的人家，哪怕是回娘家，怕也是備受欺凌。謝玖這些人的一輩子，本就精於算計，能為衛家做到這個程度，已是謝玖能給的很多了。

楚瑜面上平靜，點了點頭，寬慰道：「這樣也好，妳尚年輕，以妳的才貌，再嫁也不是難事。」

大楚民風尚算開放，世人重女子才貌，再嫁雖然不如首嫁，但也不會過多刁難。謝玖沒說話，楚瑜見她不語，想了想，開口詢問，「可還有其他吩咐？」

「妳……鐵了心在衛家了？」謝玖有些猶疑，「妳如今才十五歲……」

「妳也說了，我如今才十五歲，」楚瑜笑了笑，目光落到茶杯裡漂浮著的茶梗上，「如今我也沒有喜歡的人，回家裡去也不知道做什麼，倒不如留在衛府。我與妳處境不同，我父母沒逼著我，我自個兒也沒想嫁人，」楚瑜眼神溫和，「倒不是品性高潔，只是個人選擇不同罷了。」

謝玖聽了這話，嘆了口氣：「說來倒有些讓人不齒，只是妳若留在衛府，還煩請妳照顧一下陵寒……」

衛陵寒是謝玖的孩子，如今才三歲。楚瑜忙點頭：「這妳放心，我留下來，本也是做了照顧小公子的打算。妳雖然出去了，可是孩子在這裡，這也算妳半個家，」說著，楚瑜笑著瞧她：「到時候，妳可以常來看看我，也看看陵寒。」

聽著楚瑜這話，謝玖心中的巨石轟然落地，無限感激湧上來，她一時竟有那麼幾分無措，她抬頭看著楚瑜，許久後，正要開口說什麼，楚瑜便眨了眨眼，笑著打斷了她：「不過我且說好，這些可都是有酬勞的。」

「什麼酬勞？」謝玖也看出楚瑜是玩鬧的意思。

楚瑜想了想：「四少夫人的琴彈得甚好，得空便來給我撫琴一曲，權當酬勞。」

「好。」謝玖點頭應下：「我一定來。」

見謝玖放鬆下來，楚瑜斜靠在椅背上：「這一次就妳來？除了妳，還有誰要這放妻書的？」

「除了蔣純，都求我過來，讓妳轉達小七。」

楚瑜點了點頭，多問了句：「那王嵐的孩子怎麼辦？」

「她先生下來，孩子照顧到兩歲，再出府。」這答案大概是早就想好的，謝玖解釋道：「只是到時候她再單獨拿這放妻書會覺得尷尬，便想著現在同我們一起吧。」

楚瑜應了聲，王嵐向來是個沒主見的，讓她單獨去和衛韞要放妻書，的確不是她能做出來的事兒。

楚瑜又和謝玖說了一會兒去留的事兒，謝玖便告辭回去，準備回去收拾東西。

謝玖走之前，突然想起什麼，同楚瑜道：「話說妳那妹妹在和宋世子議親，妳可知道？」

聽到這話，楚瑜微微一愣，隨後點了點頭：「如今知道了。」

知道是知道，她卻不放在心上。楚錦做了什麼，同她沒多大干係。

謝玖見她沒什麼反應，也明白對於楚瑜來說，楚錦大概沒什麼分量，便轉身走了出去。

她出門的時候，身子有些岣嶁，看上去彷彿一下子蒼老了許多。楚瑜靜靜看著她的背影，沒有多言。

論起對衛家的感情，她決計比不上這些少夫人。她們真心實意愛著自己的丈夫，可對於楚瑜來說，她對衛府，或許敬仰和責任更多。所以她們雖然離開，卻要花上許多時間，去慢慢療癒自己的傷痛，楚瑜卻能在一夜醉酒後，調整好自己，迎接後面的長路。

楚瑜閉上眼睛，定了定心神。

如今將衛家那七位逝者下葬，不過是衛韞重新站起來的開始而已，後面的路只會更難走，她得扶著衛韞走下去。

休息片之後，楚瑜便叫人通知了柳雪陽和衛韞，而後去柳雪陽房中見了他們。

楚瑜到柳雪陽房中時，衛韞已經先到了，柳雪陽面上神色不太好，喪夫喪子對她來說打擊著實太大了。見楚瑜進來，她神情憮憮道：「可是有什麼事？」

楚瑜將謝玖的要求一五一十說了，一聽謝玖的話，柳雪陽便開始落眼淚。衛韞靜靜聽著，沒多說什麼，等說完之後，柳雪陽終於道：「她們……她們……」

說著，她也不知道該怪誰，憋了半天，終於只是道：「還好珺兒娶的是妳。」

「幾位少夫人年齡也不算小了，與我不同，再在衛家熬幾年，後面的路便更難走了。」楚瑜規勸：「婆婆，將心比心，若婆婆是她們，婆婆覺得會怎樣？」

被這麼一說，柳雪陽愣了愣，片刻後，她嘆了口氣：「我何嘗不知道這個道理？只是一想起這是我衛府的孩子，我心裡就……」

說著，她擺了擺手：「罷了罷了，她們要就給她們吧，強留著也是害了她們，對衛府也沒多大用，便就這樣吧。」

柳雪陽一面說，一面招呼人將筆墨拿過來，吩咐衛韞寫了放妻書。等衛韞寫完後，柳雪陽這才想起來，轉頭看向楚瑜：「她們都為自己謀劃了，阿瑜妳呢？」

「我年紀還小，」楚瑜笑了笑：「也沒什麼打算。就想著先陪小叔將衛府重建起來，將五位小公子帶大一些再說。母親身體不好，府裡總得留幾個人。」

「妳……」柳雪陽欲言又止，想說什麼，最後只是道：「放心吧，我們衛府總不會讓妳吃虧的。」

楚瑜點點頭，從衛韞手裡拿過放妻書，一一審過後，同柳雪陽和衛韞道：「那我這就給她們送去了。」

柳雪陽點點頭，神色有些疲憊。

等楚瑜走遠了，柳雪陽才嘆了口氣：「這阿瑜啊，真是個傻孩子。她如今也十五了，陪你再把侯府建起來，那至少也要二十出頭，到時候哪裡有現在再找個郎君容易啊？」

衛韞沒說話，扶著柳雪陽去了床上。

柳雪陽身體本就不大好，這一次這麼一激，更是虛弱，她坐到床上，同衛韞道：「你大嫂這份心不容易，你需得好好記在心上，她本可以不留下，可她如今留下了，這就是恩。」

「我明白。」衛韞點頭，眼中沒有絲毫敷衍：「大嫂的好，我都記在心裡。」

「她不為自己打算，我們卻是要為她打算的。剛嫁進門就沒了丈夫，她這輩子，也算是坎坷了，你日後一定要好好照顧她，千萬別忤逆不敬。」

「兒子省得。」

「你交友比我們這些婦人廣，日後你重振侯府，在外便多關注些適齡的才俊，替你大嫂、二嫂留意一下。家境好壞不重要，咱們衛家照拂著他們，總不會過得太差，重要的是人品端正，會心疼人。」

聽到這話，衛韞愣了愣，一時沒答，柳雪陽等了一會兒，沒見他回聲，回頭道：「小七？」

「嗯，」衛韞聽到這一聲喚，這才回了神，忙道：「我會多加注意，日後若有合適的，我會幫嫂嫂們打算。」

柳雪陽躺在床上，點了點頭，眼裡露出擔憂：「可惜我珺兒……若要說心疼人，誰比我衛府的兒郎會心疼人？阿瑜這樣好的姑娘……還有阿純……唉，」說著，柳雪陽嘆了口氣，連連道：「可惜了……」

聽到這話，衛韞沒有出聲。直到服侍柳雪陽睡下，他才走了出去。

出門後，衛韞還有些恍惚，衛夏忍不住道：「七公子在想什麼？」

「在想，」衛韞目光落到遠處：「如果大嫂、二嫂離開了衛家，衛家是什麼樣子？」

聽到這話，衛夏嘆了口氣：「公子說的我們明白，少夫人和二少夫人若走了，府裡的確是……」

說著，衛夏又道：「可是總不能將她們一直留在衛府。少夫人和二少夫人尚還年輕，尤其是少夫人，這世上感情一事，若不能品嚐一二，總歸是遺憾。」

「你胡說八道什麼，」衛秋一眼瞪了過去：「別和七公子說這些個亂七八糟的。」

衛韞沒說話，聽著衛夏的話，他心裡有些恍惚。

蔣純有孩子還好，可楚瑜是留不住的，也是不能留的。

他不但不能留，還得想著法子替她謀劃出路，尋一個配得上她的男人。

如今她要再嫁，哪怕普天皆知她未曾圓房，可再嫁之身，要嫁得與她品性相配的男人，怕也是不容易吧？

只能等他重振鎮國侯府，日後看看能不能用著權勢，為她謀出一條錦繡前程了。

衛韞腦子裡亂七八糟想著許多，衛秋和衛夏在他身後爭執。

衛韞年少，府裡還沒給他配專門的侍從，如今衛珺走了，衛夏、衛秋便乾脆留給了衛韞。

衛韞聽著衛夏在後面吵嚷著：「衛秋你個朽木，讓一個大好年華的姑娘守寡一輩子，你不覺得殘忍嗎？」

「你……」

「行了，」衛韞覺得自己終於琢磨出了法子，淡道：「如今的情形，嫂嫂就算再嫁也都是些歪瓜裂棗，等以後我重振侯府，給嫂嫂挑個好的。」

「到時候嫂嫂看上了誰，我就去讓那人過來提親。」

「要是不過來呢？」衛夏有些好奇。

聽到這話，衛韞冷笑一聲：「要人還是要命，就看他自己選了。」

這話出來，衛夏信服了，覺得是個極好的辦法。

衛夏正還要說些什麼，管家就從長廊外急急走了進來，他來到衛韞身前，壓低了聲：「公子，宮裡來了人，說陛下要您進宮一趟。」

衛韞聞言，眼中冷光一閃，片刻後，他同衛秋道：「去將輪椅推過來，再給我拿狐裘暖爐來。」

衛秋應聲回去，衛韞就近快步去了楚瑜房中，冷聲道：「嫂嫂，借我些粉。」

「作甚？」楚瑜從裡間走出來，將粉抛給衛韞。衛韞衝到鏡子前，開始往臉上抹粉，一面抹一面道：「陛下招我進宮去，怕不會有好事。」

一聽這話，楚瑜便緊張起來，皺眉道：「陛下若讓你上前線，你切勿衝動應下……」

「我明白。」不等楚瑜說完，衛韞便撲完了粉，他塗抹得不夠均勻，楚瑜有些無奈，走到他面前，抬手替他抹勻。

她的手帶著溫度，觸碰到他冰冷的面容上時，他下意識想退後，卻又生生止住。只是屏住呼吸，讓她將粉在面上抹勻。

衛韞皮膚本就偏白，如今這麼一塗抹，在夜裡更顯得蒼白如紙。衛秋推了輪椅，帶了狐裘過來，衛韞將頭髮抓散幾縷落到耳邊，狐裘一披，暖爐一抱，再往輪椅上一坐，整個人瞬間就化作一個病弱公子，輕輕咳嗽兩聲，便彷彿馬上要羽化歸去一般。

楚瑜看著衛韞的演技，內心百感交集，衛韞坐在輪椅上，抱著暖爐，瞬間入了戲，他輕咳了兩聲，隨後用虛弱的聲音同衛秋道：「走吧。」

衛秋推著衛韞出了府門，剛出去便看見一輛馬車隱藏在衛府外的巷道之中，見衛韞出來，車夫從馬上跳了下來，同衛韞拱手做了個「請」的動作。

他手提繡春刀，身著黑色錦緞華衣，腰懸一塊玉牌，上面寫著一個「錦」字。這是錦衣衛的標準配置，乃天子近臣。

看見那裝扮，衛韞急促咳嗽兩聲，忙掙扎著起來，要同那人行禮，只是剛一站起，就是一陣急促的咳嗽聲，那人忙上前來，按住衛韞道：「七公子不必客氣，在下錦衣衛使陳春，特奉陛下之命，來請公子入宮一敘。」

衛韞聽著他說話，咳嗽漸小，好不容易緩了下來，才慢慢道：「衛某不適，還望陳大人海涵。既是陛下之令，便快些啟程吧。」

說著，衛韞由衛秋攙扶著起來，扶著進了馬車。

片刻後，陳春也坐了進來，馬車噠噠作響，衛韞坐在陳春對面，一言不發，時不時咳嗽，看上去虛弱極的模樣。

陳春皺著眉頭，有些遲疑道：「七公子的傷……」

衛韞在天牢裡的事兒，幾乎滿朝文武都知曉了，皇帝震怒，大力處辦了所有動過衛韞的人，這事兒還有陳春親自動的手，對於衛韞的傷自然不陌生。

衛韞聽陳春問話，艱難地笑了笑道，「外傷養好了許多，就是傷了元氣，底子虛。」

陳春眉頭更緊，衛韞看了他一眼，喘息著道：「不知陳大人可知此次陛下找我，所為何事？」

「不知。」

陳春答得果斷，衛韞也知道從陳春口裡是套不出什麼話，就繼續裝著病弱，思索著近來的消息。

他離開前線時，雖然衛家軍在白帝谷被全殲，但也重創了北狄，如今北境主要靠姚家守城，皇帝連夜召他入宮，必然是因為前線有變。

他父兄均死於前線，他知道他們絕不是單純被圍殲，而其中，姚勇必然扮演了極其重要的角色，因而在姚勇掌握著北境整個局面時，他絕不會上前線去送死。

衛韞定了心神，假作虛弱靠在馬車上睡覺。睡了一會兒後，就聽陳春道：「公子，到了。」

衛韞睜開眼睛，露出迷惘之色，片刻後，他便轉為清醒，隨後由衛夏和衛秋攙扶著下了馬車。

馬車直入到御書房門前，衛韞下了馬車後，便聽到裡面傳來皇帝的聲音：「小七，直接進來。」

衛韞聞聲，便急促咳嗽起來。

他咳得撕心裂肺，聽著就讓人覺得肺疼。咳完之後，他直起身子，整理了自己的衣衫，這才步入御書房中。

皇帝在屋中已經聽到衛韞的咳嗽聲，等抬起頭時，便看見一個素衣少年步入殿中，恭敬叩首。

他看上去單薄瘦弱，尚未入冬，便披上了狐裘，手裡握著暖爐，看上去極其怕冷的模樣。

淳德帝呼吸一窒，他清楚記得這個少年曾是多麼歡脫的樣子，那時候哪怕是寒冬臘月，他仍舊可以穿著一件單衣從容行走於外。

愧疚從心中湧了上來，讓淳德帝面上帶了些憐惜，忙讓衛韞坐下，著急道：「怎麼就成這樣子了？可還是哪裡不好，我讓太醫過來看看。」

「倒也沒有什麼……」衛韞笑了笑，寬慰道：「陛下放心，不過是身子虛，近來正在休養。」

淳德帝聽到這話，看著衛韞，想說些什麼，又沒說出來。衛韞看著淳德帝的神色，輕咳了兩聲，緩過氣來，關心道：「陛下深夜召臣入宮，可是前線有變？」

「嗯，」說起前線，淳德帝神色冷了許多：「如今前線全靠姚將軍在撐，可昨天夜裡，白城已破。」

「白城破了？」衛韞有些詫異，卻又覺得，這個答案也在意料之中。前線向來是由衛家處於第一防線，姚勇只打過一些撿漏子的仗，之所以坐到這個位置，更多是政治權衡相關。突然將一個酒囊飯袋推到第一防線，關鍵城池沒了，是預料之中。

衛韞心中計較得清楚，面上卻是詫異又關心道：「姚將軍在白城有九萬大軍，我走時又從涼州調了十萬過去，白城怎得破了呢？我軍損傷多少？」

「我軍損傷不多，」皇帝面色不太好看，冷著聲道：「姚勇為了保全實力，在第一時間棄城……」

聽到這話，衛韞臉色猛地冷了下來，驟然開口：「他有沒有疏散百姓？」

衛家棄城之前，都會先將百姓疏散，否則哪怕戰到最後一兵一卒，也絕不會棄城。一城百姓手無寸鐵，北狄與大楚血海深仇，大楚丟了的城池，大多會遇上屠城之禍。因而衛韞聽聞姚勇棄城，衛韞首先問了這個問題。

問完之後，衛韞卻知道了答案。

姚勇不會疏散百姓。

他慣來，也不是這樣的人。

然而當衛韞等著皇帝的答案時，卻聽皇帝說了聲：「他去之前已疏散百姓，倒也無礙。」

衛韞有些詫異，為了遮住自己的情緒，他又急促咳嗽起來，腦子裡卻是開始飛快分析。以他對姚勇的瞭解，他絕做不出這種事，可他向來熱愛攬功，這次怕又是哪位將軍被他搶了功勞。

衛韞覺得心裡一陣噁心，面上卻是不動，淳德帝看他咳得揪心，忙讓人叫太醫來，衛韞擺了擺手，慢慢順了氣道，「那陛下如今，是作何打算？」

「姚勇太過中庸，這戰場之上，有時還需少年銳氣。」淳德帝嘆息了一聲，明顯是對姚勇此番棄城之舉有了不滿，他抬頭看向衛韞，方才說了句：「你……」

「陛下，衛韞自請……」衛韞一見淳德帝看過來，忙上前跪了下去，正要表忠，話卻只說了一半，便開始拼命咳嗽。

看見衛韞這整個人蜷縮在地上匍匐咳嗽的模樣，淳德帝剩下的話也說不出來，他上前親自扶起衛韞，衛韞一面咳嗽一面道：「臣自請……往……咳咳……往前線……咳……」

「罷了，」淳德帝看著衛韞的樣子，嘆息一聲：「你這模樣，便不要逞強了，你先好生休養……」淳德帝猶豫片刻，隨後道：「給我推薦幾個人吧。」

衛韞沒說話，用咳嗽遮掩自己思考的模樣，腦子裡思索著淳德帝這樣急迫的原因。

如今朝中可用的武將也就那麼五六家，楚建昌鎮守西南多年，如今北狄攻勢太猛，西南的南越國怕是也蠢蠢欲動，楚建昌是不能動的，剩下的宋家、姚家、王家、謝家，其中王、謝兩家並非標準的武將世家，家中將領多在內地，並沒有太多實戰經驗。而姚家已經在戰場之上，宋家也在華京休養太多年，根本沒了爪牙。

如今上前線去，不僅僅是打仗，更重要的還是制衡姚勇，姚勇太過怕事，白城一戰不是不可以打，只是姚勇不願血戰，可哪場戰爭沒有犧牲，若一味撤退，直接求和罷了，還有什麼好打？

可是除了衛家、楚家，其他幾家和姚勇或許差別不大，算了算去，也就只有一個衛韞能夠用了。

明白皇帝的打算，衛韞輕輕喘息，虛弱道：「陛下驟然問臣，臣一時也難以推出合適人選，不若給臣幾日時間，臣考察幾日，再稟陛下？」

「也好。」淳德帝有些無奈，人已經成這樣了，總不能把這樣的衛韞派上前線，那又與送死有何差別？

他嘆了口氣：「你且回去吧，若有合適的人，即刻同朕說。」

「謝陛下體諒。」衛韞跪伏在地，喘息著道：「待臣稍作好轉，便即刻前來請命，上前殺敵，不負皇恩！」

「嗯，」淳德帝心不在焉點點頭道：「你且先回去吧。」

說著，他又想起來：「讓太醫再看看。」

衛韞點點頭，讓衛夏、衛秋過來攙扶著走了出去。出門之後，便看見一個太醫戰戰兢兢站在那裡，衛韞朝太醫慘澹一笑，同那太醫道：「衛某已無力在宮內耽擱，想早些休息，太醫可能陪我至衛府看診？」

「僅憑侯爺吩咐。」

衛忠衛珺死後，衛韞便是最合理的繼承人，繼承爵位的聖旨早在衛韞回到衛家那天就下了，許多人一時改不過口來，但太醫卻是個極其遵守規矩的人。

衛韞點了點頭，帶著太醫上了馬車。他斜臥在馬車上，讓太醫上前診脈。

太醫上前診了片刻，說了一大堆舊疾，最後皺著眉頭道：「但是……也不至於此啊。」

衛韞沒說話，抿了口茶，淡道：「太醫，您再看看。」

他沒有咳嗽，口吻一片清冷：「衛某明明體虛多病，風寒都受不起了，怎麼會沒病呢？」

太醫沒說話，他看著衛韞的眼，對方眼中帶著駭人的血意，面上卻是似笑非笑：「太醫，體虛之症，重在調養，可大可小，來時如山崩，調理得當，便可隨時見效，您說是吧？」

太醫已經明白衛韞的意思了，他不敢說話，整個人微微顫抖。

衛韞撐著下巴看他：「太醫也會有誤診的時候，我覺得我是體虛，你覺得我是體虛，再來一百個庸醫說我不體虛，我也能給他打出去。可我明明體虛，太醫卻說我不虛，那就不對了。」

太醫落著冷汗，旁邊衛夏推過一個盒子，衛韞揚了揚下巴：「太醫，小小薄禮，不成敬意。」

太醫不敢動，衛韞伸過收去，打開了盒子：「本侯親自為您打開。」

打開之後，裡面整整齊齊，放了兩排金元寶。

衛韞溫和道：「太醫您膝下還有兩子兩女，對吧？」

聽到這話，太醫深吸一口氣，抬眼看他。他目光裡帶著不贊同，許久後太醫搖了搖頭道：「這禮物侯爺收回去吧，您的確是體虛之症，我會如實上報，煩請停住馬車，放老朽下去。」

衛韞朝著旁邊點了點頭，馬車停了下來，太醫提起藥箱，低頭走了下去，然而下到一半，太醫驟然回聲，有些憤怒道：「老朽從未想過，衛家竟會出你這樣心機叵測、貪生怕死之徒！侯爺令衛家蒙羞矣！」

聽到這話，衛韞面色巨變，那太醫轉身便要走，衛韞突然叫住他。

「老伯，」太醫頓住步子，僵住了身子，聽見衛韞冰冷的聲音，他這才覺得，自己太過衝動。可骨氣讓他不去道歉，不願回頭，衛韞看著他的背影，許久後，輕笑了一聲：「罷了，你去吧。」

「只是老伯，我想要您明白，若我是衛小七，那我自當不計後果為國為民拋頭顱灑熱血，可我是衛韞。」衛韞眼神冷下來：「我是鎮國候，衛韞。」

他說這話時，全然不似一個十幾歲的孩子，每一個字都咬得極為清楚，彷彿是在宣告什麼。

太醫沒說話，他背對著他，片刻後，僵著聲音道：「無論侯爺是衛家七公子還是鎮國候，卻都希望侯爺記著。您出自衛家門下，」他扭頭看著他，認真道：「這是大楚少有的熱血風骨，望您能不去折辱它。」

這一次衛韞再不說話，他看著老者清明的眼，一時竟無話可說。

他覺得有什麼從胸口湧上來，翻騰不已，他死死捏著窗框，一言不發。

等回到家中，剛進門，楚瑜就迎了上來，著急道：「陛下如何說？」

衛韞將宮裡的事簡單描述了下，楚瑜放下心來，隨後道：「你怎的就不願去前線呢？」

她記憶中，衛韞當年是背負了生死狀，自行請命到前線，力挽江山傾頹之狂瀾後，才奠定了自己的地位。然而這一次衛韞卻裝病不去，他是如何想的？

「我父兄之死與姚勇息息相關，」衛韞沒有藏著自己的心思，將狐裘交給衛秋，坐到一邊去，給自己倒了茶，抿了一口後，慢慢道：「如今前線全在他掌控之中，我若過去，怕是千里迢迢專程趕去送死罷了。」

衛韞說這些話時，眼中帶了如刀一般的淩厲。

楚瑜看著他的眼神，抿了抿唇，轉移話題道：「那你打算推選誰去？」

「還在想，」衛韞皺著眉頭：「總該找個合適的才是。」

楚瑜聽了他的話，想開口說什麼，最終還是緘口不言。

上輩子的衛韞過得風生水起，證明衛韞本身就是個極有能力的人，因此若不是提前知曉未來的大事，楚瑜不會去干涉他的選擇。

衛家人的死讓楚瑜明白，她自以為的「知道」也許是錯的，知道一個錯誤的消息，比什麼都不知道更可怕。

她想了想，點頭道：「那你慢慢想，有事兒叫我。」

衛韞從鼻子裡應了聲，坐在位子上，捧著茶，發著呆。

楚瑜猶豫片刻，便走了出去，臨出門前，衛韞突然叫住她。

「嫂子，」他有些茫然地開口：「如果我也像一個政客一樣，變得不擇手段怎麼辦？」

楚瑜聽到這個問題，轉過頭來看他，少年似乎有些沮喪，她想了想，慢慢道：「水至清則無魚。」

衛韞抬起頭來看她，正要說什麼，楚瑜卻彷彿知道了他將要說什麼一般，忙道：「可是，你也得保證，那是水。」

「清與不清是一個度的關係，而不是有和無的關係。小七，其實你父兄之所以罹難，就是因為他們對朝廷不夠警惕，不夠敏感。若他們能有你如今一半的心眼，或許不會出事。」

衛韞聽到這話，將唇抿成一條直線。掙扎了許久後，他慢慢抬頭：「我不介意。」

楚瑜有些茫然，並不明白面前這個人在做什麼。

衛韞盯著她，眼中染著光，點著火，「侮辱了衛家門楣也好，玷汙了家風也好，我都不介意。我只恨我為什麼沒有早點醒悟過來。如果我早點醒悟，或許父兄就不會死。所以我不在乎我變成什麼樣子，我只在乎能不能保護好你們，能不能站到高處去。」

「早晚有一天——」衛韞捏著拳頭，眼睛明亮起來，他坐在輪椅上，咬著牙微微顫抖，沙啞著聲音道：「我一定要讓這批人——血債血償！」

楚瑜沒說話，她靜靜立在他身邊。

察覺到身旁的溫度，衛韞慢慢平息下來。

他覺得自己內心彷彿藏著一頭巨獸，他撕咬咆哮，蠢蠢欲動。然而身旁的溫度卻時時刻刻提醒他，將他從黑暗中拉出來。

他慢慢平靜下來，看了外面的夜色一眼，同楚瑜道：「嫂嫂去睡吧，夜已深了。」

楚瑜應了聲，往外走去，走到門口，她頓住腳步，回眸觀望，少年坐在輪椅上，仰頭看著月光，素白長衣在月光下流光溢彩，看上去猶若謫仙洛凡，與此世間格格不入。

楚瑜向來知道衛韞長得好，當年哪怕他被人稱為活閻王，愛慕他的女子也從華京排到昆陽不止，卻不曾想過，這人從少年時，便已如此出落了。

楚瑜回到房中，夜裡輾轉難眠，她想起上輩子的衛府。

上輩子她是在衛家鼎盛時逃婚去找顧楚生，聽聞衛家落難之後，她並不清楚事情經過，那時大楚風雨飄搖，她所在的昆陽是糧草運輸必經之路，也是白城城破後直迎北狄的第二線。於是她來不及為衛家做些什麼，就直接趕往戰場。

一個月後，衛韞被派往戰場，重建衛家軍，與北狄打了整整兩年。

這兩年裡，顧楚生完美的控制住戰場後方的財物糧草軍備，給了衛韞最有力的支持；而衛韞則一路打到北狄的老巢，踏平了北狄皇庭，終於報了他的血仇。

此戰之後，衛韞和顧楚生一起回京，開始了屬於他們文顧武衛時代。而也是那時候，楚瑜才能抽身出來去看衛家，可這時她已經幫不了衛家什麼了。衛家在衛韞的帶領下，早已光復。她再去說什麼，看上去也不過是趨炎附勢。

未曾幫助落難時的衛家，曾是楚瑜心中一個結。只是上輩子她沉溺於情愛，慢慢消磨了自己，這個結在歲月裡，也就慢慢淡忘。

然而這一輩子想來，楚瑜卻覺得有些遺憾，當年的衛韞，該有多苦啊。

不接觸，不過是做英雄敬仰。接觸了，認識他，知道這是一個活生生的人，難免心疼。

楚瑜渾渾噩噩想到半夜，終於睡了過去，第二日清晨，蔣純便早早來了屋中，讓人通稟了她。楚瑜洗漱過後走出來，看見蔣純已經候在那裡，她笑著，「今日怎的來這樣早？」

「五位小公子回來了，他們早上起來習武，我起來陪著他們上了早課，這就過來了。」

蔣純站起身，迎了楚瑜出來。楚瑜招呼她一起用早飯，一面給蔣純夾菜，一面道：「可是為了五位小公子的事兒來的？」

「的確是這樣，」蔣純喝了口羊奶，用帕子按壓在唇上，解釋道：「如今他們母親都離開了，就咱們倆照看著。我是想著，妳平日要管府中人情往來、金銀流水，這些本已經夠煩的了，不如這五位公子就交給我吧。我本就是陵春的母親，平日記掛著他，再多照看幾個，也是無妨。」

「也好。」楚瑜點點頭，隨後又想起如今柳雪陽在家，遂又再詢問：「妳可同婆婆說過此事？」

「說過了。」

蔣純向來聰敏，當年在梁氏手下做事也能做得穩穩當當，如今面對本也更加粗心的柳雪陽，更是游刃有餘。

「婆婆說她身體不好，掌家的印也在去的時候就給妳了，日後家中就由妳打理，讓我來問妳便好。」

這話在柳雪陽歸來時就同楚瑜說過，如今和蔣純再說一次，怕是定了心。楚瑜也沒推辭，如今家中大小事務眾多，的確不適合讓身體本就不好的柳雪陽來做。她點了點頭道：

「也好，那日後五位小公子就交給妳，除了入學之類的大事，妳自行決定就好。」

「我來便是同妳說此事，」蔣純眼中帶了憂心：「衛家歷代都是以武學為根本，詩書之流，也只是學著玩，並不強求，能識字即可。可如今……我不想讓陵春再步二郎的後塵了。」

蔣純說到衛束，眼裡帶了水汽，她忙用帕子壓了壓眼睛，笑著道：「見笑了。」

楚瑜沒說話，假裝沒看到蔣純的失態，只是道：「這事兒我會和小七商量，不過孩子各有各的天性，不必強求要做什麼，日後的課便是早上排武學，下午讀書吧，等過了十歲，再看孩子天資如何。喜歡讀書的妳攔不住，想當將軍的妳困不了。以後哪怕他們有想當木匠的，也再正常不過了。」

「也是，」蔣純嘆了口氣：「都是命。」

兩人將孩子的事兒聊了聊，楚瑜便起身同蔣純一起去後院看小公子。

五位小公子最大的是蔣純的孩子衛陵春，也不過六歲，舉著小木劍站在庭院裡，一下一下揮舞著。

張晗、謝玖、姚玨的三個孩子差不多同一年出生，分別叫衛陵書、衛陵墨、衛陵寒，三個孩子僅有四歲，跟在衛陵春後面，全然一副少不知事的模樣，打打鬧鬧。

而最小的孩子衛陵冬由王嵐所生，如今也不過兩歲，王嵐大著肚子坐在長廊上，看著丫鬟們教著衛陵冬走路，那孩子拼命想要往王嵐爬過來，王嵐瞧著，咯咯笑出聲。

楚瑜同蔣純站在長廊暗處，瞧著秋日陽光溫柔打在這畫面上，她不由得輕嘆出聲：「他們可知自己父母的事了？」

「知道是知道，」蔣純嘆了口氣：「但除了陵春稍微懂事，其他還不大明白，還以為過一陣子，自己父母就會回來同他們玩耍呢。」

「那陵春……」楚瑜抿了抿唇，蔣純眼中卻是掛了欣慰：「他抱著我哭了一夜，我同他說不會拋下他後，他抱著我說，讓我別怕，他以後會長得比他父親還強壯，以後會保護我。」

楚瑜聽著這話，看著庭院裡明明已經很是疲憊，卻還是聽從著師父教導一下一下揮劍的孩童，心裡不由得有些動容。

「也是捨得啊。」她忍不住出聲。

蔣純卻是知道她說的是什麼意思，嘆道：「各有各的緣法。她們都還年輕，總是要再嫁的，張晗、王嵐的性子妳也知道，耳根子軟，家裡說什麼就是什麼了，王嵐也就算了，張晗家裡已經給她找好了出路，有一位小官，打從張晗未嫁時就戀慕她，如今傾盡家財以聘，張晗家裡也是為她好。」

楚瑜點點頭，蔣純繼續道：「謝玖、姚玨……未嫁時便是盛名蓋華京了。她們倆又慣會為自己打算，謝玖也同我說了，本就打算早早離開，如今拖到現在，越拖怕是越不想走。」

「人總會給自己讓步，再拖下去，或許又覺得，就這樣守著孩子過日子，也沒什麼不好了。但她和姚玨年少時便是說要做人上人的人，哪裡又容得自己這樣退步？如今衛家已經安定下來，她們也沒什麼留下的理由了。再等幾年，她們再生孩子，怕是年紀也大了。」

嫁將相王侯，當年嫁入衛家，也是看在衛家哪怕庶子也有軍功在身，在外無人敢輕視，權勢如日中天。

哪怕被感情所動容，可理智尚在，那一夜酒席過後，所有的感情也該塵封入心。

有人一世追求名聲，有人一世追求感情，有人一世追求權勢，有人一世追求榮華。人生在世，各有所求。

楚瑜點點頭，沒再多問，瞧著庭院裡的孩子，沒多久，就看見一個素白身影闖入眼簾。那些孩子一看那人來了，忙衝上去，歡歡喜喜喊：「小叔叔、小叔叔來了！」

「以前小七總喜歡同他們玩，每次來都帶些糖果子，」蔣純在旁邊輕笑：「他們可喜歡……唉？」

話沒說完，蔣純露出疑惑的神情。衛韞站在那裡，這一次卻沒帶糖果子，孩子們臉上有了失望的神色，他似乎說了什麼，摸了摸抱著他大腿的衛陵墨的腦袋。

衛陵春提著小木劍，又同衛韞說了些什麼，衛韞挑了挑眉，隨後點了頭，讓孩子散了過去，接著他從旁提了一把木劍，站在中間，隨意一個劍尖點地的姿勢，就是近乎完美的防守。

蔣純「呀」了一聲，揪起心來，隨後就看衛陵春提著劍，朝著衛韞衝了過去，衛韞抬手隨意一點，便將衛陵春挑了開去。

衛陵春不服氣，抓起劍又再衝去。

如此反反覆覆，衛韞一面讓他進攻，一面指點著，衛陵春的劍一次比一次握得穩，刺得狠。

蔣純知道這是衛韞在教衛陵春，但看見衛陵春這番模樣，心疼得不行，乾脆同楚瑜告退，眼不見心不煩，匆匆離去了。

楚瑜就斜靠在長廊柱子上，瞧著衛韞一次次打倒衛陵春。這樣的過程裡，不知不覺間，衛韞臉上帶了笑容。

他許久沒這麼笑過了，他從前線歸來之後，不是沒笑過，但每一次笑容裡都夾雜了太多東西，都是溫和的、苦澀的，帶著股驟然成熟的艱澀。

然而在這午後陽光下，他看著衛陵春一次次爬起來，衛韞自己卻是像孩子一樣，慢慢展開了笑容。那笑容乾淨清澈，帶著股少年氣。

不知道試了多少回，衛陵春終於趴在地上，再也起不來了。衛韞提著劍，靠在樹邊，含著笑道：「陵春，你不行啊，來，再站起來！不是說今天一定要打倒我嗎，來啊。」

他聲音不小，楚瑜在旁邊聽見了，也不知道怎麼的，就覺得有那麼幾分手癢。

於是她從暗中走出去，笑著道：「我來替陵春打吧。」

一聽這話，衛韞愣然回頭，就看見楚瑜從陰暗處走出來，解了外面的寬袍遞給晚月，同時用髮帶將頭髮高挽，然後從兵器架上提了劍過來，立在衛韞面前。

衛韞看著面前看上去瘦瘦弱弱的姑娘，半天才反應過來，艱難道：「那個，嫂子，要不我認輸……」

話沒說完，就聽一聲「請賜教」，隨後劍如白蛇探出，猛地刺向衛韞。衛韞嚇得連連後退，根本不敢還手。

然而楚瑜的劍霸道凌厲，劍風捲得落葉紛飛。旁邊孩子鼓掌叫好，衛韞被楚瑜追得滿院子跑，楚瑜輕功不及衛韞，就聽衛韞一面跑一面求饒：「嫂子我錯了，我以後不欺負陵春他們了。妳就別打了……」

楚瑜又好氣又好笑，追了大半會兒，終於覺得力竭，她在一旁用劍撐著喘氣，衛韞端了茶水警惕著靠近她，小心翼翼道：「嫂子，喝水嗎？」

楚瑜抬眼瞧他，帶著怒氣從他手裡一把搶走水，咕嚕咕嚕灌下去後，她挑眉看他：「你一直不還手，是不是瞧不起我？」

「哪兒能啊，」衛韞苦著臉：「我這是怕了您，我對誰動手，也不敢對姑奶奶您動手啊不是？」

楚瑜聽這話，忍不住「噗嗤」笑了。看著楚瑜笑了，衛韞這才舒了口氣，趕忙討好遞上帕子道：「嫂子，來，擦擦汗，打累了吧？」

楚瑜將劍扔回兵器架上，從他手裡接過濕巾，一面擦汗一面往裡走，衛韞老老實實跟在後面，楚瑜看了他一眼，她出了汗，睫毛上還帶著水汽，一眼看過去，那眼裡彷彿蘊了秋水，看得人骨頭都能軟上半邊。

只是衛韞當時並不明白什麼叫秋水撩人，只在楚瑜看過來時，覺得有什麼從指間嗖嗖而過，飛速攢到心裡，讓他忍不住愣了愣。

他忙低下頭去，沒有多看，楚瑜用擦桌子一樣的手法往自己臉上搗騰，慢慢道：「小七，動了動，可覺得開心些？」

「嗯。」衛韞回答：「看著陵春這些孩子，就覺得朝氣蓬勃。」

楚瑜輕笑，看向天空遠處與天相接的雲朵，突然湧起無限希望：「總會好起來的。」

衛韞順著楚瑜的看過去，輕輕應了一聲：「嗯。」

兩人聊著天往飯廳走去，走到半路，便見管家拿著一張帖子走了過來，看見楚瑜，管家含笑鞠了個躬道：「少夫人、侯爺，這是宋府送來的帖子。後日是護國公的壽辰，宋家特來邀請侯爺和少夫人去一趟。」

聽到這話，楚瑜有些狐疑。

如今衛韞雖然放出來了，但衛家的的確確就剩下一個沒有實權的衛韞，如今宋家邀請他們，為的是什麼？

最重要的是，為什麼還特意點名要她去？

不僅是楚瑜，衛韞也覺得奇怪，他拿過拜帖，發現拜帖分成兩份，一份是給他的，另一份卻是給楚瑜。於是他皺眉詢問管家：「可知他們為何特意要少夫人也過去？」

「來的人說了，」管家早就知道他們會問這個問題，詢問過宋家的人，忙道：「宋世子如今與楚二小姐定了親，說少夫人是楚家人，所以特意單獨遞一張帖子。」

聽到這話，衛韞皺了皺眉頭，管家也覺得有些奇怪道：「不過他們也是怪了，少夫人明明是我衛家的少夫人，怎麼會是楚家的人呢？」

楚瑜沒接管家的話，點了點頭道：「我們明白了，你下去吧。」

管家應聲退了下去，就留楚瑜和衛韞在長廊上，楚瑜悠悠然將拜帖放進袖子裡，衛韞心虛地低著頭，看著楚瑜整了整袖子，抬頭瞧向他，似笑非笑道：「放妻書簽得開心否？」

「我錯了。」衛韞恨不得馬上跪下來認錯，忙道：「是我的錯，嫂嫂把放妻書拿來，我這就燒了，馬上去楚家同伯父伯母說清楚……」

「還給你？」楚瑜挑眉：「到了我手裡的東西還想還回去？」楚瑜猛地摔袖，轉過身去，「想得美！」

衛韞：「……」

嫂子還是挺有脾氣的。

不，她一直挺有脾氣的。

第十一章 心疼

宋家送了這麼一封邀請帖，衛韞覺得自己的心都顫了，他總覺得這封放妻書會惹禍，卻說不清會惹些什麼禍，只能就這樣算了。

在家裡休養了一天，等到後日，衛韞帶上楚瑜和蔣純，一同去了護國公府。雖然帖子上只請了衛韞和楚瑜，但楚瑜想帶蔣純出去散散心，便也帶著去了護國公府。

宋家同衛家相似，都是開國元勳，武將世家，護國公宋兆與衛韞的爺爺交好，當年也曾一起南征北討，有幾分情誼。

只是到了衛忠這一代，宋家的子嗣學了華京那些個浮華之風，精於朝中權勢鑽營，戰場之事倒沒了個真招。衛家也是看到了宋家的例子，於是兒郎們八九歲就送到邊境去，騎馬射箭，打小跟在家人身邊，見識這戰場殺伐。

久而久之，兩家也就在護國公身上有一些交集，其他也沒有什麼了。

只是看在護國公的份上，衛韞面子還是要給，於是他讓管家準備了厚禮，換了華衣，這才帶著楚瑜和蔣純出去。

如今他們還在守孝之中，服飾不能太過豔麗，三人都穿著一身素衣，衛韞是捲雲暗紋壓邊廣袖，頭戴玉冠；楚瑜和蔣純卻是純白色錦緞長裙，金絲雲紋，頭簪玉飾，耳墜珍珠。看上去端莊大方，倒也沒有因著守孝這件事給護國公的酒席找不痛快。

三人一起來到護國公府，由下人引著進了內院，楚瑜和蔣純往女眷的方向走去，衛韞則被引到了男賓的庭院中。

女眷宴客的地方設在水榭，楚瑜和蔣純到的時候，各家的貴婦已經來了許多。蔣純過去鮮少來這樣的場合，不由得有些拘謹，楚瑜拍了拍蔣純的手，安撫道：「妳不必太拘謹，就當和之前謝玖幾人聊天一樣就好。」

蔣純點了點頭，小聲道：「我就是怕失了衛府的顏面。」

「怕什麼？」楚瑜含笑看了周邊一圈：「我衛府的顏面就是不做無理之事，只要有理，我衛府就有顏面。」

兩人說著話，楚瑜就聽到一聲驚喜的呼喚：「姐姐！」

楚瑜轉過頭去，便看見楚錦站在水榭入口處，滿臉歡喜地迎了上來，熱切地拉住她的手道：「姐姐妳可算來了，我還怕妳今日不來呢。」

楚錦這副熱絡的模樣讓楚瑜雞皮疙瘩起了一身，她抬頭看了一眼，瞬間就明白了。宋家大夫人扶著宋老夫人走上來，宋家大夫人朝著楚瑜點了點頭，聲音平穩道：「楚姑娘。」

聽到這聲楚姑娘，蔣純和楚瑜都愣了愣，宋大夫人立刻發現自己似乎說錯了話，皺了皺眉眉頭道：「妳……」她一時不知道該如何稱呼楚瑜，只能道：「妳未曾回楚府？」

楚瑜明白過來，宋夫人應是知道了衛韞簽了放妻書一事。

她似笑非笑看了楚錦一眼，隨後道：「大夫人是聽誰說我回了楚府的？」

宋夫人噎住了聲音，不著痕跡往楚錦的方向看了一眼。楚錦站在宋夫人身後，垂眸不言。

她不知道怎麼應對這樣的場面，但她慣來能裝淡定，便打算這樣糊弄過去了。

楚瑜沒想刻意找她麻煩，笑了笑沒有多說，宋大夫人同她聊了幾句，便帶著其他人離開了，讓楚錦招呼著楚瑜，儼然已經將楚錦當半個兒媳婦兒看。

楚錦領著楚瑜去逛園子，蔣純察覺這兩姐妹之間似乎有那麼些不對勁兒，早早退下了去。楚瑜和楚錦一路順著長廊圍著湖繞到邊，楚錦始終保持著那副溫和模樣，笑著給楚瑜介紹著這府裡的每一株花、每一棵樹，明顯是來過很多次，才有這樣的瞭解。

楚瑜靜靜聽著，腦子裡卻是什麼都沒想，重生以來她一直像一根緊繃的弦，直到最近幾日才緩緩鬆了下來。宋家財大氣粗，庭院修建得精緻，幾乎是將江南水鄉那份秀雅複刻了過來。楚瑜漫步在長廊之上，聽著楚錦不緩不慢的介紹聲，倒十分舒心。楚錦見她這副從容模樣，不由得多看了一眼，憋了許久，終於道：「姐姐不問我什麼嗎？」

聽到這話，楚瑜回過神來，明白楚錦這才走到了正題上。

其實楚錦向來不是一個能憋住話的人，楚瑜思索著她這個妹子的上輩子，回顧起來，卻發現真是一個粗製濫造的女人。

粗製濫造了一個才女的形象，貪慕眼前榮華利益，為此不擇手段。愛慕虛榮，熱愛炫耀，心機不多，心思不少。

上輩子自己怎麼會輸給這個女人呢？

楚瑜斜靠在長廊上，靜靜瞧著楚錦，回顧著自己的上輩子，當過去那些狂躁的、絕望的回憶浮現上來時，楚瑜驟然發現，她覺得眼前的楚錦目光短淺毫無風度可言，自己上輩子又何嘗不是失了本心？

看見年少的楚錦靜靜等候著她回答的那一刻，她才發現，上輩子真的離她遠去，只是上輩子了。

於是她輕輕笑了笑，溫和道：「妳想同我說什麼，妳就說吧。妳若不想說，我也不問。」

楚錦沒想到楚瑜是這樣的回答，她愣了愣後，眼中帶了些不解。

楚瑜瞧著，卻是道：「妳看上去，好像有更多話想問我？」

楚錦沒說話，沉默片刻後，她卻是道：「姐姐如今，可還會想顧大哥？」

聽到顧楚生的名字，楚瑜有些恍惚，她看著楚錦，好奇道：「妳何出此問？」

「顧大哥如今身在昆陽，音訊不知，姐姐就沒有半點擔憂嗎？」

楚錦眼中帶了責備之色，若是換作以前，楚錦這樣說，楚瑜便會開始反省自己了。或者楚錦不需要這樣說，她早已開始擔憂顧楚生，然而如今楚瑜早已不把顧楚生放在心上，她笑了笑道：「我與顧楚生非親非故，妳作為前未婚妻都不擔心，我為何要擔心？」

楚錦聽到這話，面色僵了僵，片刻後，她嘆息道：「姐姐果真是變了良多。」

「嗯？」楚瑜抬眼，有些疑惑楚錦為什麼這樣說。

楚錦接著道：「當年嫁入衛府，明明成婚前兩天還在不顧一切去找顧大哥，寫信讓顧大哥帶妳私奔。為什麼一覺醒來，就變了這麼多呢？」

聽到楚錦提這件事，楚瑜不免有些心虛。她的確轉變太快，讓人生疑。楚瑜思索著理由，又聽楚錦問她：「姐姐妳可能同我說句實話，是什麼讓妳改變了想法，突然決定嫁入衛府？」

「唔……」楚瑜想了想，慢慢編造著理由：「那時候衛世子私下托人給了我一封信，我從信中得見世子品性如玉，比顧楚生強出太多，左思右想，覺得顧楚生空有一身皮囊……」

話沒說完，就聽不遠處傳來一聲輕笑，楚瑜下意識冷眼掃去，抬手拈了一片樹葉朝著那方向甩了過去，怒喝了一聲：「誰！」

那樹葉削開了樹枝，露出了樹枝後一截青色衣衫，隨後楚瑜便見到有人抬起樹枝，露出身後那酒桌來，無奈喚了聲：「嫂嫂。」

楚瑜愣了愣，這才發現在這茂密樹叢之後，衛韞等一大批青年正在此擺宴。他們都是衣著華貴的青年少年，人數不多，從打扮上來看卻都是顯赫子弟，應該是他們本就認識，在宋府單獨找個了地方敘舊。

宋府庭院設置得精妙，空間與空間用山石樹叢等巧妙隔開，不熟悉這庭院，全然不知小小院落裡，竟能有這樣的璿璣。

楚瑜將目光落到楚錦身上，她帶她一路遊湖到這裡，必然是算好了衛韞等人在此設宴。她同她聊起之前的事，也不過是為了將她出嫁前曾試圖與顧楚生私奔一事在眾人面前抖落出來，並引她承認。

其實這事楚瑜並不避諱，做過的事她並不會否認，愛過的人她也不會抹滅。她既然做，那就做好了承擔的準備，不會遮遮掩掩。可楚錦這份算計之心，卻仍舊讓她惱怒。

好在剛才她說了自己是因愛慕衛珺嫁於衛家，若她方才說錯了什麼，衛韞在此聽著，該是怎樣的想法？

楚瑜腦中閃過許多念頭，楚錦卻是在見到衛韞之後，慌忙朝著那些人行了個禮道：「不知諸位公子在此，我等失禮了。小女這就攜姐姐離開……」

「何必呢？」一個聲音從人群後傳來，楚瑜抬眼看過去，卻是一個藍衫公子，他看上去也就比衛韞大上三四歲，生得也算俊秀，卻因身上有著股頹靡之氣，讓人心生不喜。那人從人群中走過來，抬手撩開樹枝，目光看向楚瑜，輕浮道：「來來來，楚姑娘這邊來。」

「你是誰？」楚瑜皺起眉頭。

那人笑了笑：「在下宋文昌。」

宋文昌，便就是那位和楚錦定親的宋世子了。

楚瑜看著宋文昌嘲弄的表情，便明白今日宋府特意邀請她，大概就是宋文昌為了楚錦出氣來了。

楚瑜皺起眉頭，思索著如今衛府不宜多惹事，便打算忍了這口氣，開口道：「妾身乃衛府女眷，不便在此多談，便先告退了。」

「楚姑娘怎麼拘謹？」宋文昌笑著道：「衛韞都把放妻書給妳了，如今也是楚姑娘再尋夫婿的時候。楚姑娘可是能為了心中所愛奮不顧身的豪氣女子，如今……」

「你見著了？」

宋文昌話沒說完，就聽一個冰冷的少年聲打斷了他。所有人尋聲看去，卻見衛韞坐在輪椅上，靜靜看著宋文昌。

他神色很冷。

除了面對自己的家人，衛韞的神色向來肅冷，然而此時此刻，那種冷卻與平日不同，彷彿是餓狼盯住獵物，打算撲上來一般的冷色。

宋文昌突然有些心虛，但目光落在衛韞的輪椅上，面色又好了幾分，笑著道：「什麼見著不見著？小七你莫不是還護著她吧？她可是在和你兄長成親前夕……」

「我說放妻書。」

衛韞推著輪椅往前楚瑜的方向過去，旁邊一個青衣少年看了，忙上前，幫著衛韞繞過樹枝，上了玉石道，推到楚瑜身邊。

衛韞的話出來，宋文昌終於反應過來，他下意識看向了楚錦，這個消息是當初楚錦和宋府議親時說的。那時候衛府還沒放出來，宋大夫人介意楚瑜和衛家的關係，楚錦親自拿了放妻書來給宋大夫人看過的。

宋文昌的猶疑落在衛韞和楚瑜眼裡，衛韞擋在楚瑜面前，摸著手中扳指，盯著宋文昌，慢慢道：「這封放妻書，我不曾寫過。楚瑜如今乃我衛家大夫人，掌衛府中饋，又豈容爾等如此造謠毀譽！」

衛韞提高了聲音，面上帶了怒色。宋文昌想說些什麼，支吾了片刻，卻終覺理虧，沒有在這個話題上糾纏，張口便道：「放妻書一事我且不提，那她與顧楚生私奔之事是真吧？」

這話出來，眾人看宋文昌的眼神就帶了幾分打量了。衛韞冷冷一笑，卻是問：「我嫂子私奔與否，與你何干？」

宋文昌面色一僵，遂聽衛韞繼續道：「我大嫂婚前之事，衛家均已知曉，故而家兄特意修書一封，我為鴻雁，方才修得此秦晉之好。此事我衛家都不曾置喙，又輪得到你們指指點點！」

「如今前線危急，國家生死存亡之秋，你宋文昌身為護國公世子，不思如何報效國家，滿腦子只想著婦人之事，可是你宋府胭脂粉味太重，連點男兒骨頭都沒了？」

這話砸下來，在場眾人都凝了神色，宋文昌也覺自己失態，卻猶自有些不甘。他還要說什麼，旁邊楚錦就沙啞著聲音道：「世子莫說了。」

眾人聞言看過去，見楚錦紅著眼，面露委屈之色道：「阿錦知道世子是為了阿錦……世子愛憐，阿錦記在心裡，只是阿錦與姐姐的事……罷了。」

她這一番話說得遮遮掩掩，引人遐想。大家也就反應過來宋文昌失態的原因，原是有著因果在這裡面的。

她給宋文昌遞了臺階，宋文昌也就坦然下來，僵著聲音道：「罷了，如今妳也與我定親，她也嫁人，以後也不會有類似之事發生，我也不追究了。」

說著，宋文昌擺了擺手：「你們回去……」

「你不追究什麼？」

衛韞冷著聲打斷他，宋文昌有了臺階，他卻是不想給宋文昌這個臺階的。

他冷眼看向楚錦：「妳是我嫂嫂的妹妹？」

「小女楚錦。」

「妳說清楚，」衛韞面對她，面帶肅色：「我嫂子與妳之間，是有什麼事，以至於宋世子要為妳出頭？」

「都是家長里短之事，」楚錦嘆了口氣：「姐妹之間的私事，不足外人說道。」

「既然不足外人說道，為何妳與宋世子又要當著這樣多人面折辱我大嫂？」衛韞猛地提了聲音：「如今她乃我衛府大夫人，你們如此行事，是當我衛府好欺的嗎？要麼妳別招惹，今日妳既招惹了，便給我說個清楚，若是我大嫂當真對不住妳，我衛家必將補償於妳。可若妳今日說不明白，我便當妳是辱我大嫂之清譽，我衛韞有恩報恩有怨報怨，此事休想就此過去！」

楚錦似是被衛韞駭住，眼中含著水汽，露出驚恐的神色來，宋文昌怒從中起，上前一步，擋在楚錦面前，怒道：「你說話就說話，吼她做什麼！」

衛韞面色不改，緊盯著楚錦：「哭，哭就能沒事了，哭就能把那些含沙射影羞辱他人的話哭沒了？打在別人臉上，別人還手就哭，妳以為哭我就不打妳的臉了？今日我話放在這裡，有道理妳就說，我衛府不是不講理。沒道理就休怪我不客氣。」

「你不客氣要怎樣！」宋文昌澈底怒了：「莫說楚錦占著理，就算不占理，你又能怎樣？你當你衛府還是過去？若不是陛下開恩，你以為你如今還能站在這裡說話？你衛府葬送七萬兵馬，早該抄家滅族……」

「世子慎言！」先前替衛韞推輪椅的青年猛地提聲。

宋文昌扭過頭去，看向那青年道：「你算什麼東西？輪得到你說話嗎！」

那青年微微一笑，神色平和：「我是算不上什麼東西，只是在下認為，白帝谷之事尚有蹊蹺，無論如何，衛府乃大楚風骨世家，衛府逝去之人均乃英烈，世子言辭之間，還是三思才好。」

說著，那青年神色中帶了警告之意：「為世子自己考慮，也為宋家考慮。」

楚瑜抬頭看那青年，青年在一群人中衣著最為樸素，青袍白衫，縷空玉冠，便知出身算不上高貴。他看上去不過十七八歲的模樣，和顧楚生年齡相仿，五官清秀雅致，帶了幾分英氣，本該是如玉少年郎，只是站在衛韞身旁，不免黯淡了光芒。

楚瑜看了他一會兒，覺得此人有些熟悉，左思右想，這才想起來，這位就是後來以庶子之身入仕，卻在最後繼承了護國公之位，挑起宋家大梁的宋世瀾。

上一世宋文昌隨父親去了戰場後死在那裡，便是宋世瀾出來請戰，宋世瀾頗有才能，與顧楚生交好，她與顧楚生在昆陽時，曾與宋世瀾多有來往，後來到了華京之後，宋世瀾卻不肯入京，始終屯兵於瓊、華兩州，沒有再回來過。

後來顧楚生與衛韞龍爭虎鬥，這位公子卻從頭到尾沒有表態，在瓊州每日遊山逛水，倒也成了佳話。

上一世見宋世瀾的時候已經相隔了近乎十年，楚瑜起初也沒認出來，反應許久過後，她才想起來，不由得多看了兩眼。

宋文昌被宋世瀾這麼一提醒，總算腦子清明了一些，覺得自己這話說得太過，退了一步道：「方才在下說話沒過腦子，還望衛小侯爺海涵。」

衛韞平靜瞧著他：「除了讓我海涵，還有嗎？」

衛韞和宋文昌說著話時，楚瑜便偷瞄了宋世瀾幾眼。宋世瀾注意到楚瑜的目光，笑意盈盈轉頭，朝她瞧了過來。偷看人被人抓包，楚瑜覺得有那麼幾分不好意思，扭過頭去。宋世瀾沒想到楚瑜不好意思，反倒愣了愣，隨後低頭笑了。

這一番互動落在衛韞眼中，他看了宋世瀾一眼，沒有多說，繼續同宋文昌道：「我嫂子之事，你和楚錦，可還有話說？」

「小侯爺，得饒人處且饒人，」宋文昌皺著眉頭：「此事我不與你再糾纏。你切勿咄咄逼人。」

「所以，你是道理說不出，就同我講仁義是吧？」衛韞冷笑一聲：「行了，既然沒道理，那就受罰吧。給我嫂子道歉！」

「行，」宋文昌氣得發抖：「我不同你爭執，我道歉，我給這位自幼欺負幼妹、刻意勾引自己妹妹未婚夫、在婚前逃婚與自己妹妹未婚夫私奔的衛大夫人……」

話沒說完，宋文昌就覺脖間一涼，似被人拽住衣襟，猛地騰空而起，甩入了旁邊湖中。

眾人大驚失色，卻看衛韞蒼白著臉色，一手扶住了輪椅扶手支撐著自己，另一隻手按在胸口，急促咳嗽起來。

宋文昌在水裡掙扎，楚瑜一臉慌張扶著衛韞坐下，從袖子裡拿出一個小瓶子，對急促咳嗽著的衛韞道：「侯爺你撐著點，您為何這麼衝動啊！」

說著，楚瑜將小瓶放到衛韞鼻下，衛韞嗅著那小瓶，慢慢緩過氣來，他咳嗽漸緩，抬頭便迎上楚瑜紅著的眼，他心裡咯噔一下，瞬間就慌了神，正想說什麼，就聽楚瑜滿臉委屈道：「他們給我潑汙水便潑吧，也不在意這一次兩次，侯爺何必為此傷了自己身子呢？陛下否了侯爺自請前線的摺子，是希望侯爺好好養病，再為國效力，為這些是非不分的小人傷神，侯爺無需如此！」

這一番話含著眼淚說出來，周邊人都聽糊塗了。一時也不知道這姐妹之間，到底是誰是誰非。然而衛韞卻是放心下來，楚瑜睜著眼說著大瞎話，估計心裡有數，不是被他的樣子嚇哭的。

他嘆了口氣，瞧著楚瑜紅著眼的模樣，慢慢道：「嫂嫂莫哭了，我無妨的。」

說著，他抬起頭，朝著眾人拱了拱手道：「衛某身子不適，便先請退了，諸兄繼續玩鬧，切勿因衛某擾了興致。」

看著衛韞的模樣，誰都不敢攔他。此刻宋文昌還在水裡撲騰，楚錦焦急招呼人去打撈宋文昌，宋世瀾見狀，便上前來，朝衛韞做了「請」的姿勢道：「我送小侯爺。」

衛韞點了點頭，有些疲憊，抬眼同旁邊侍女道：「勞煩幫我請衛府二夫人到門前相遇吧。」

侍女應了聲離開，宋世瀾給楚瑜和衛韞引路，朝著府外走去。楚瑜推著衛韞的輪椅，聽宋世瀾同衛韞道歉：「我兄長慣來衝動，還望小侯爺海涵。」

「這本是我與世子的事，與宋家和衛府無關，二公子大可放心。」

衛韞明白宋世瀾的意思，直接道：「二公子與世子相必不合吧？」

「平日還算不錯，」宋世瀾似笑非笑看過來，話裡有話道：「不過侯爺過來，便不一樣了。」

已經是入冬的天了，宋世瀾手裡卻還拿著一把摺扇，看上去格外風流雅致。

那摺扇挑起旁邊垂落下來的樹枝，細緻道：「前些時日，聽聞小侯爺入了宮。」

「二公子消息真快，」衛韞冷著臉：「本候深夜入宮，二公子都能知曉，窺聽聖上，怕是多少個腦袋都不夠砍吧？」

「侯爺言重了，」宋世瀾面上不慌不忙：「宋某不過愛好多認識幾個人罷了，哪裡談得上窺聽聖上？宋某認識些宮裡人，聽到侯爺入宮的消息。又恰好認識了幾個前線的人，聽聞了姚勇棄城之事。」

「姚勇棄城？」

楚瑜猛地出聲，第一個反應便是想起來當地百姓怎麼辦。之前衛韞回來雖然簡要說過和聖上的交談，卻也直說了姚勇在前線過於軟弱，並沒提棄城之事。因此驟然聽到這個消息，楚瑜心裡大為震驚。

衛韞明白楚瑜的想法，忙補充道：「他棄城之前已疏散了百姓……」話沒說完，就聽宋世瀾輕笑了一聲。

「他哪裡有這個心思？」宋世瀾語氣中滿是嘲諷不屑：「若不是那位叫顧楚生的昆陽縣令，白城百姓，早就已是北狄刀下亡魂了。」

聽到這句話，楚瑜愣了愣，衛韞明顯也吃了一驚，畢竟剛才才因著顧楚生的事兒在爭執著，轉頭就聽到了這個事兒。

衛韞下意識看了楚瑜一眼，楚瑜卻是在聽聞消息後，迅速鎮定下來。

上一輩子顧楚生能從罪臣之子一路走到丞相之位，當然是有真本事的。算起來顧楚生一輩子，最對不起的可能就是她。對於百姓而言，顧楚生就是青天大老爺在世；對於皇帝來說，顧楚生是國之重器、朝廷棟梁，戶部吏部禮部兵部工部，沒了顧楚生那和天塌一樣。對於下屬，顧楚生是一個賞罰分明的好上司，對於盟友，顧楚生是一個機敏重諾值得託付的君子。

顧楚生對誰都好，除了楚瑜。

有時候楚瑜也會想，為什麼獨獨是她，為什麼這樣完美的人，卻唯獨在她身上，將人性之惡展現得淋漓盡致。

可是她想了一輩子也沒想明白，這輩子也不願再想。

宋世瀾明顯知道顧楚生和楚瑜之間的關係，可他假作不知，只是繼續道：「昆陽乃糧草運輸要塞，顧楚生親自押解糧草送往白城，剛好遇到姚勇棄城，顧楚生帶著殘留的士兵安排百姓進行一輪抵抗，拖延時間疏散百姓。帶著人回到了昆陽。」

「那昆陽如今如何？」衛韞皺著眉頭。

宋世瀾聳聳肩：「這我就不知道了，看顧楚生和姚勇怎麼吵了，說不定，過陣子，昆陽也沒了。」

昆陽乃要地，若是昆陽沒了，再進行反攻戰就會變得異常艱難。

衛韞緊握著手掌，垂眸沒有說話。三人已經到了門口，宋世瀾抬眼看了門口，笑著道：「如今這樣的情形，陛下想必是希望小侯爺參戰的，可惜小侯爺有恙在身，不過陛下應該有思量過讓小侯爺推薦人選吧？」

衛韞沒說話，楚瑜推著他出了門，便看見馬車已經在門外候著，蔣純挑了車簾，含笑道：「怎的現在才來？」

楚瑜在衛韞身後瞧向蔣純，笑著道：「小七與宋二公子聊天呢。」

宋世瀾抬頭看向蔣純，溫和地笑了笑。蔣純驟然見到外男，有幾分羞澀，便故作鎮定點了點頭，隨後放下簾子。

宋世瀾先同衛夏一起扶著衛韞上了車，衛韞臨彎腰時，驟然下了決定，他抬起頭來，看向宋世瀾，平靜道：「若我幫了二公子，還望二公子記得在下這份恩情。」

「那是自然。」宋世瀾笑了笑，目光幽深，拱手道：「沒齒難忘。」

衛韞點了點頭，彎腰進了車裡。

宋世瀾轉過身來，朝著楚瑜伸出手，含笑道：「大夫人，請？」

楚瑜學著衛韞那矜貴模樣，點了點頭以示感謝，卻沒有將手搭上去，提著裙踩了臺階上去。一塊方巾落了下來，宋世瀾彎腰撿起方巾，抬手遞過去。楚瑜接過方巾，卻聽宋世瀾輕笑著道：「夫人的桂花頭油怪好聞的。」

楚瑜猛地抬眼，目光如刀。

方才在眾人面前，她假裝是藥給衛韞聞的，其實是她今日不小心帶上的桂花頭油。宋世瀾說出這件事，無非是想告訴她，衛韞裝病這事兒，他是清楚的。

可他這是什麼意思？

是警告，還是別有所圖？

楚瑜思索片刻，便看面前人輕輕一笑，擺了擺扇子道：「不嚇唬您了，方才就覺得衛夫人眼睛真大，嚇一嚇一定很有趣。」

眼睛真大所以嚇一嚇很有趣？

楚瑜被這個神奇人物的腦子驚呆了，她抿了抿唇，不知如何回話，便見面前人展袖鞠了個躬，含笑道：「送侯爺、大夫人、二夫人，好走。」

既然已經送客，楚瑜也沒多待，瞧了宋世瀾一眼，便轉過身去，進了馬車。

入馬車之後，楚瑜便看見衛韞正用手指頭敲著旁邊的小桌，扭頭看著車窗外，似乎在思考什麼。蔣純坐在一邊，看著她還沒看完的帳本。

楚瑜坐到蔣純對面去，含笑道：「這樣用功呢？我又不查帳，妳看這麼著急做什麼？」

「就閒著無事。」馬車慢慢動了起來，蔣純放下手中帳目，有些擔憂道：「聽聞方才妳在庭院裡，妳那妹妹讓妳吃了虧？」

「唔？」楚瑜有些詫異：「傳得這樣快的？」

隨後楚瑜便笑了：「婦人之見口舌的確比軍情還快。」

「妳沒事吧？」蔣純頗為擔心：「我看妳那妹妹也不是省油的燈……」

「無妨的。」楚瑜靠著旁邊小桌，斜了身子，含笑道：「起初有些生氣，後來小七給我出了氣，便覺得沒什麼了。」

「那外面傳的事兒……」蔣純小心翼翼開口，楚瑜瞧著她，眼裡神色平靜：「每個人年少時都會喜歡幾個人，這並不羞恥。」

聽著這話，衛韞抬了眼簾，看向楚瑜。

楚瑜神色平靜，帶了種歷經風雨後的從容：「我喜歡那個人，為此做到我所有能做的最好，生死以赴。但這片深情得不到回報，那我放下了，便不會回頭。」

「可我不介意別人知道，」楚瑜輕輕笑了笑：「做過的事得認，這也沒什麼。」

蔣純沒說話，她嘆了口氣，坐到楚瑜身邊，握著她的手，溫和道：「阿瑜，妳一定吃過很多很多苦。」

楚瑜微微一愣，她看著蔣純帶著心疼的目光，驟然之間，竟有無數委屈湧上來。

過去十二年在她內心翻滾，她看著蔣純，好久後，沙啞出聲，慢慢道：「還好，都過去了。」

未來不會更差。

三個人回到衛府，各自回了各自的房間。楚瑜與衛韞的房都是往東南走，兩人走到分岔口，楚瑜卻發現衛韞還跟著她，她有些詫異：「你還跟著我做什麼？」

衛韞沒說話，他靜靜看著楚瑜，似乎有很多想說，又說不出口。

過了好久後，他終於出聲：「嫂嫂，以後妳不會再被人欺負了。」

楚瑜沒想到衛韞跟了這麼久，說的居然是這句話，衛韞看著她，全然沒有在外時那股「小侯爺」的氣勢，他卸了堅硬的盔甲，露出柔軟與溫柔。

他黑白分明的眼裡倒映著她的影子，認真道：「今天看著妳和楚錦，我就在想，她這麼會說話，這麼會哭，妳在家裡，一定受了很多欺負。」

「妳從來都是想為別人撐起一片天的人，眼淚和血一起咽，再疼也不會哭一聲。大家慣來覺得妳堅強，覺得妳什麼都不在乎，什麼都不怕，不會難過，也不會傷心。很多時候，連我都這麼覺得了。那妳在家，是不是妳的父母兄弟，也這麼覺得？」

楚瑜沒說話，她回想著過去。

誠然如衛韞所說，愛哭的孩子有糖吃，這個家裡，多多少少，是關照楚錦更多的。

只是她如今內心早已經很難想起這些微小的感情，她人生經歷過更大的悲痛，衛韞所說比起來，似乎都微不足道。

可是微不足道就是不存在嗎？

它長年累月，悄然無聲的潛伏於內心。

被人戳穿時，便翻滾起無數酸楚。

楚瑜垂著眼眸，聽著少年慢慢道：「可是我想啊，其實妳也就和我差不多大。血流出來都會疼，眼淚落下來都覺得苦，誰又比誰更該撐著？是我不對，我本該護著妳，而不是依賴妳。」

「二嫂說得對，妳以前，一定過得很苦。」

是，很苦。

楚瑜不敢看他，莫名覺得，自己的內心彷彿被人剝開了，露出那些醜陋的、鮮血淋漓的模樣，供人參觀。

她靜默不言，聽衛韞的聲音溫柔中帶著笑意。

「可是還好，如今妳在衛家了。雖然大哥不在了，可我還在。以後我不會讓妳、讓二嫂、讓母親，讓妳們任何人，吃任何的苦。」

「以後我在，」他抬起手，放在自己的胸口：「一直都在。」

楚瑜沒說話，她低著頭。好久後，她慢慢抬起頭來，清風拂過她的長髮，她眼中含了些水光，含笑瞧著衛韞。

「小七，雖然發生這麼多事，可是這一輩子，有一件事我特別幸運，也沒有任何後悔。」

「那就是，我嫁到衛家，遇到你們。」

這話讓衛韞笑開，他清了清嗓子，隨後道：「好了，我也不與嫂嫂說這些閒話了，我有一事想請教嫂嫂。」

「嗯？」

「嫂嫂與顧楚生此人，可算熟識？」

聽到這話，楚瑜沒有出聲，她看了天色一眼，隨後道：「天冷露寒，不妨移步書房說話。」

衛韞點了點頭，兩人一起往書房走去，楚瑜看了旁邊一眼，慢慢道：「你何出此問？」

「我欲與此君結盟。」衛韞思量著道：「然而此事之前，我得明白，嫂嫂與他是什麼關係。若他曾辜負嫂嫂，那我便換一個人結交。」

楚瑜沒說話，她思索著衛韞說此話的意思。

如今顧楚生在前線疏散百姓，展露了如此才華，必然是大功一件，衛韞注意到顧楚生的才華，不足為奇。

且——顧楚生本也是個極有才華的人。

楚瑜垂著眼眸，斟酌著道：「為何有了這樣的念頭？」

「姚勇棄城一事，他本該受責。」

楚瑜點點頭，示意明白。兩人步入書房之中，跪坐於桌前，晚月上了茶和點心，衛韞抬手給楚瑜添了茶。

燈光下的少年目光平靜溫和，帶了幾分平日沒有的冷靜矜貴，茶水在燈光下泛著光澤，楚瑜目光不由自主落到了茶水之上，聽著衛韞的聲音：「然而他卻在戰報上遮掩此事，寫明自己是在疏散百姓後棄城而逃，將顧楚生的功勞一筆勾銷，若顧楚生知道此事，可會心生怨懟？」

聽了這個問題，楚瑜便明白，這是衛韞在詢問她了。

雖然楚瑜並沒有肯定自己與顧楚生熟悉，可衛韞卻擺明了知道她一定很熟悉顧楚生。

其實也不難理解，一個女子願意為之私奔的人，怎麼可能不熟悉？

然而事實上，如果楚瑜真的是十五歲，她大概是真的回答不了這個問題的，好在這是已經當了十二年顧夫人的楚瑜，於是她平靜道：「怨懟談不上，他向來認為，人心本惡，或許此事早已在他揣測當中。」

「哦？」衛韞有些疑惑：「他明知功勞會被搶，卻還是拼死疏散百姓，竟當真乃如此義士？」

義士個屁！

這一句怒罵憋在楚瑜唇齒之間，她為了讓自己鎮定些，沉默不言，等冷靜以後，才慢慢道：「他向來唯利是圖，談不上義士忠骨，切勿將他看得太過高尚。但他向來有野心，敢於豪賭，以他的才智，之所以拼命救下白城百姓，或許……就是在等著華京中的人吧。」

「還請嫂嫂詳解。」衛韞來了興致，看著楚瑜的眼裡帶了幾分興奮，從那神色裡，楚瑜看出來，如果沒有其他問題，衛韞應當會和顧楚生結盟。

上輩子就是如此，文顧武衛，這兩人便是大楚最堅固的防線。

有許多惡毒的話在唇齒之間，她想說顧楚生有很多壞，有多不好，這輩子，她都不想自己身邊的人與自己，和顧楚生有任何牽扯。

然而看著衛韞的目光，她又忍不住沉默。前世衛韞的人生與顧楚生息息相關，當年大楚被姚勇折騰得奄奄一息，如果不是顧楚生穩住了後方，她也不能保證，衛韞能不能有那麼完美的發揮。

這世上還有第二個顧楚生嗎？

楚瑜不確定。

可是她又要幫顧楚生與衛韞結盟，看著顧楚生走向那條康莊大道嗎？

楚瑜也不知道。

她本以為重活一輩子，對顧楚生的愛恨都放下，可是在自己親手給顧楚生鋪路時，又有了那麼幾分不甘心。

她沉默著不說話，衛韞不由得再次詢問：「嫂嫂？」

楚瑜看著他，眼下波濤洶湧，衛韞覺出楚瑜的情緒有那麼些不對，不由得道：「嫂嫂與他之間，可是有恩怨未了？」

他眼裡帶著擔心，而這擔心之下，是滿滿的維護。見楚瑜靜靜看著他，衛韞皺起眉頭：「當初之事，可是他辜負了嫂嫂？」

楚瑜聽到這話，知道只要她說一句「是」，衛韞便會立刻轉變對顧楚生的態度。這樣的善意讓她無法為了一己之私傷害，她吐出一口濁氣，緩緩道：「否。」

罷了，已經是下一輩子了。

這一輩子的顧楚生什麼都沒做，他沒有傷害她，他還是她年少時心裡，那個驕傲乾淨的少年。

楚瑜的內心漸漸平緩下來，繼續道：「他未曾辜負我，只是我傾慕他，他沒有回應。並非他有什麼過錯。」

「他向來擅長謀算，姚勇不會上報他的功勞，他必然知曉。而你回京來，衛家案與姚勇息息相關，他也知曉。他如此做，最大的目的並不是要爭這份功勞，或者保護百姓，而是用這樣一個套，讓他要想要結識那個人，主動找他。」

「那個人是誰？」

衛韞心裡已經有了答案，卻還是再次確認，楚瑜假裝自己是顧楚生，回顧著顧楚生做事的思路，抬眼看向衛韞，慢慢吐出一個字——「你。」

——《山河枕【第一部】生死赴》未完待續——

高寶書版集團
gobooks.com.tw

YE 068
山河枕【第一部】生死赴（上卷）

作　　者　墨書白
責任編輯　吳培禎
封面設計　單　宇
內頁排版　賴姵均
企　　劃　何嘉雯

發 行 人　朱凱蕾
出　　版　英屬維京群島商高寶國際有限公司台灣分公司
　　　　　Global Group Holdings, Ltd.
地　　址　台北市內湖區洲子街88號3樓
網　　址　gobooks.com.tw
電　　話　(02) 27992788
電　　郵　readers@gobooks.com.tw（讀者服務部）
傳　　真　出版部(02) 27990909　行銷部 (02) 27993088
郵政劃撥　19394552
戶　　名　英屬維京群島商高寶國際有限公司台灣分公司
發　　行　英屬維京群島商高寶國際有限公司台灣分公司
法律顧問　永然聯合法律事務所
初　　版　2024年4月

本著作物《山河枕》，作者：墨書白，由北京晉江原創網絡科技有限公司授權出版。

國家圖書館出版品預行編目(CIP)資料

山河枕. 第一部, 生死赴/墨書白著. -- 初版. -- 臺北市：英屬維京群島商高寶國際有限公司臺灣分公司, 2024.04
　冊；　公分. --

ISBN 978-986-506-953-7(上冊：平裝). --
ISBN 978-986-506-954-4(中冊：平裝). --
ISBN 978-986-506-955-1(下冊：平裝). --
ISBN 978-986-506-956-8(全套：平裝)

857.7　　113003923